Annabelle Combes
Cabanes de mer

Éditions Héloïse d'Ormesson

Roman

ISBN 978-2-35087-791-4

Éditions Héloïse d'Ormesson
92 avenue de France, 75013 Paris
www.editions-heloisedormesson.com

À mon père.

La mer est une intruse à laquelle
seules les collines et les montagnes ont pu résister ;
les terres basses ont disparu sous l'eau.
… c'était encore une province où la terre et la mer
se rencontraient d'une manière douce et tranquille,
se montrant l'une à l'autre leurs meilleures qualités.

Selma Lagerlöf,
Le Merveilleux Voyage de Nils Holgersson
à travers la Suède

.1.

La mort sociale nous tue !

Il l'avait hurlé avant de claquer violemment la porte.

En passant devant moi, il m'avait fixé de ses yeux torpilles de colère et avait fini de cracher : Plus sûrement qu'une balle entre les deux yeux ! Puis, desserrant sa cravate, il avait disparu d'un pas vif dans le couloir qui menait aux ascenseurs.

Je m'étais mis à compter.

Lentement.

Un.

Deux.

Une habitude lorsqu'une situation me perturbait.

Cinq.

Six.

Conserver la maîtrise de moi-même.

Je m'étais présenté au vingt-et-unième étage avec quelques minutes d'avance. Des rumeurs couraient dans l'entreprise. Je n'avais aucune raison d'être licencié eu égard aux appréciations dithyrambiques de mon chef, mais « dernier arrivé, premier débauché » était une réalité que tout employé intégrait relativement vite.

Neuf.

Dix.

Et vu la tronche que mon boss tirait depuis une semaine dès qu'il m'apercevait, pas de doute possible : je faisais partie – comme celui que je venais de croiser – de la charrette.

Douze.

Treize.

Le DRH a rouvert sa porte à dix-sept.

17 secondes pour se composer une mine grave et affable.

Gédéon Postif ? À nous !

Ce mec était un acteur à oscariser.

C'est à partir de l'instant où le complet trois-pièces au sourire plus blanc que blanc m'a signifié ma disgrâce que ce nombre – le 17 – s'est mis à me hanter.

Bien plus que d'être contraint de me présenter pour « réinsertion » à Pôle Emploi. Ou d'avoir à balancer un curriculum tout frais sorti d'une imprimante. Sur ce sujet, j'avais déjà pris ma décision : je ne réactualiserais pas mon CV. Je n'allais pas faire resurgir un passé que j'avais fui en me faisant suer pendant quatre ans dans le service informatique miteux de cette société d'assurances.

17

Des chiffres, j'avais toujours eu l'habitude d'en manier. Mais celui-là, crampon de chez crampon. À se taper l'incruste partout où je posais les yeux. Sur mon réveil, quand j'en éteignais la sonnerie – je savais pourtant qu'il était six heures du mat, j'avais conservé cette habitude de me lever tôt dès le début pour ne pas sombrer. Sur mon écran, quand je parcourais mes mails. Mon miroir, mon frigo, ma sacoche. Sur la peau d'Amélie quand elle me visitait. Sur sa pulpe si blanche, un reflet métallique, fantôme-tatouage. Et, tétanisé, je ne parvenais plus à la caresser.

17
Taches de rousseur ?
Poils sur son pubis ?
Encore-encore à mon oreille ?
Il fallait que je trouve.

Du plus loin que je me souvienne, le 17 pouvait tout aussi bien représenter le nombre de billes que je m'étais fait chourer dans la cour de récré. Je n'avais jamais été bon à ce genre de défi – pour moi, à cette époque, on se colletait à la géométrie sur un tableau noir, pas sur un carré de bitume détrempé. Et s'il me restait en mémoire quelques souvenirs d'enfance, l'impression d'une profonde solitude à névés, poudreuse et engelures, prédominait. J'étais d'une timidité maladive, et mes résultats scolaires, bien supérieurs à ceux de mes camarades, ne plaidaient pas en faveur d'un rapprochement avec ces derniers. Pour se venger de mon survol de toute difficulté en quelque matière que ce fût, ils m'avaient surnommé G/D. Et, parce qu'ils prenaient un malin plaisir à prononcer ce mot, *slash*, entre mes deux consonnes, je les détestais. Slaaaash. Diagonale surnaturelle. Lame. Qui me permettrait un jour de leur trancher la tête. À tous. Du vermillon sur le blanc. Dans une bise de caverne. Moi aussi, j'avais eu des envies de meurtres. Pas besoin de se faire virer d'une boîte d'assurances… Depuis, de l'eau claire avait coulé sous les ponts. De Westminster ou de l'Alma. Et avec elle, cette volonté tenace de ne me remémorer mes jeunes années que de loin en loin. Sans parler des suivantes. Durant cette satanée scolarité, j'avais certainement dû compter jusqu'à 17 moutons pour trouver le sommeil. 17 000 serait plus exact. Je mettais toujours un temps fou à m'endormir ;

ça, ça n'avait pas changé ! Compter était pour moi une attraction. Les nombres : des bulles de cosmos que je pouvais faire éclater à ma guise. Le calcul : une délectation. La résolution d'équations : jubilation et ravissement, frisson et sens, emprise sur ce qu'il y avait à défricher, déchiffrer.

Je me creusais donc la tête avec ce mystérieux 17. J'étais dans une période de ma vie où je n'avais plus grand-chose d'autre à faire : supputations, probabilités, échafaudages, signes cabalistiques, mathématiques ? Et puis, CRAC ! Rien ne venait. Que ce bruit déchirant : CRAC. Cette poutre sur laquelle vous vous êtes engagé au-dessus du vide et qui casse. CRAC-rien. Rien qui me sembla hypothèse sérieuse à fouiller, démonstration à noircir, solution à entourer avec un sonore CQFD. Coincé avec le 17.

Amélie m'avait bien suggéré le numéro de téléphone de la police, tout en me laissant celui de son psy pour possible refoulement d'un traumatisme, mais je n'avais pas de raison d'avoir affaire aux flics ou aux psys. Je n'avais au bout du compte tranché aucune tête. Et, malgré ce que certains pouvaient penser, aucune tentative de suicide ne me minait.

Le 17. Antiphraxis pour les Grecs – interposition – parce que situé entre le 16, nombre carré, et le 18, carré double ? 17 colonnes du Parthénon ? 17 sonates de Beethoven ? La Charente-Maritime ? Oléron, La Rochelle, l'île de Ré ? En tout cas, je n'y avais jamais mis les pieds dans ce dix-sept là. Comme je n'avais jamais mis les pieds à la mer. Que ce soit sur les côtes charentaises ou les autres…

.2.

Ce matin-là, le 17 et moi, nous nous sommes amarrés sur le quai du métro, ligne huit : Balard-École militaire. Ce n'était pas mon trajet préféré, autant vous le dire tout de suite, parce que ladite École militaire, où je me rendais au débouché de la station, était associée à ce fameux vocable de Pôle Emploi. Et que j'avais, à la suite de mon licenciement, à y pointer que je le veuille ou non. J'y étais attendu par une certaine madame Bocquillon pour faire le point. Troisième round en vue, et je n'avais toujours pas l'intention de jouer le jeu. « Madame Bocquillon. À ne pas confondre avec aiguillon ! » : ses mots d'accueil lors de notre premier entretien. Au départ, je n'avais pas bien cerné le rapport, mais après deux séances dans son QG, j'avais fini par comprendre qu'il y en avait un… et que la générale en chef me piquerait le derrière avec les talons aiguilles de ses bottillons à chaque fois que je ne rentrerais pas dans ses plans de sauvetage ! Sauf que je n'en avais plus ni l'âge ni surtout l'envie.

En m'enfonçant dans le métro, j'avais attrapé de la main d'un étudiant un journal gratuit et un échantillon de crème lavante, moussante et hydratante d'une marque « absolument » révolutionnaire dans un pochon écolo. Le jeune m'en avait vanté les mérites en quelques accroches. J'avais fait mine de m'intéresser à sa camelote, tandis que tous se laissaient happer par l'escalator. Reconnaissant, il m'en avait fourgué un second. Ma journée commençait sous les meilleurs auspices : j'étais paré pour être d'une propreté irréprochable et, chose étonnante, grâce à son laïus publicitaire, le nombre maudit s'était estompé.

Après avoir inséré les deux échantillons dans les poches intérieures de ma veste – à présent deux boursouflures inélégantes sur mon costume : qu'allait penser la générale Bocquillon ! –, je tentai en vain de me concentrer sur les gros titres du gratuit, dont quelques exemplaires s'avachissaient déjà sur les fauteuils fluo-gothiques de la station. Je les voyais fluo-gothiques, les années quatre-vingt-dix, rien qu'en observant le plastique moulé en forme de pseudo-chaise d'évêque qui polluait les quais, et leurs couleurs criardes censées esbaudir le carrelage éternellement rectangle et blanc du métro parisien – sans parler des teintes monstrueuses avec lesquelles on avait relooké certains arrêts lors de cette décennie frénétique dévouée à Wall Street et à ses *golden boys* : l'orange à Motte-Picquet ou le jaune moutarde à Assemblée nationale étaient à dégobiller. Quant à la Déclaration des droits de l'Homme en style télégraphique à Concorde, mieux valait replonger sur son portable ! J'en étais là de mes réflexions lorsque le métro s'engouffra sur le quai avec dix minutes de retard. Pour sûr, la générale Bocquillon n'allait pas me rater ! Je m'apprêtais donc à abandonner sans grande contrition un énième journal pour pénétrer dans la rame, quand s'aligna devant mes yeux un texte saisissant.

Établissements Lebernin
Les matériaux anciens !

Venez découvrir nos parquets, cheminées, carrelages,
Ayant tous une **âme**.
Grand choix de qualité, toute époque, tout style.
Chez Lebernin, l'ancien vous va bien.
Lebernin, d'hier à demain.

Suivaient l'adresse de cette caverne d'Ali Baba et son plan d'accès.

Est-ce le surlignage en gras du mot « âme » qui m'interloqua entre les deux gueules lugubres des tunnels ? Le métro est reparti plein comme un œuf. Sans moi. À 8 h 16, j'avais arraché, plié, enfoui la page dans la poche arrière de mon pantalon, balancé le journal et repris l'escalator en sens inverse. Ce faisant, je venais de prendre la décision la plus importante de mon existence : planter Pôle Emploi et me faire à vélo – je ne possédais pas de voiture – les deux fois vingt kilomètres qui me séparaient de la coquette ville de banlieue où sévissaient les carrelages à âme ; ville située non loin d'une coquette campagne, ainsi qu'indiqué en minuscule en dessous du plan. Comme si cet ultime argument, la campagne enchanteresse, pouvait rendre plus crédible l'authenticité des matériaux. Un peu plus, et Lebernin allait rimer avec foin.

Qu'escomptais-je déterrer là-bas ? Je ne possédais pas de maison à restaurer, de château en ruine à rebâtir, de ferme perdue dans la cambrousse à transformer en chambres d'hôtes. D'ailleurs, j'exécrais la campagne : manque de relief ! J'étais un montagnard échoué en ville, adepte de la grimpe-escaliers-de-secours-gratte-ciel en lieu et place du traditionnel ascenseur. Devenu homme d'asphalte, de baies vitrées carrées avec vue sur baies vitrées carrées et, parfois, mais rarement, homme du reflet des façades haussmanniennes dans les flaques des aubes pluvieuses, quand le regret de mes rafales neigeuses m'engourdissait en cafard : un informaticien licencié, domaine des assurances, quartier La Défense, vivant seul, enfin presque, dans un deux-pièces en rez-de-chaussée sur cour, place Balard. Mais allez comprendre ! Il m'était paru soudain inouï de sentir l'âme d'un carrelage s'ébrouer ! Cela faisait-il remonter à la surface… Non ! Couper court. De toute façon, ça ne pouvait pas être pire que de supporter sa sainteté Bocquillon s'échinant à me proposer une nouvelle opportunité professionnelle, grâce à laquelle je ne connaîtrai plus jamais la calamité d'être inutile.

Monsieur Positif, vous êtes conscient que j'ai un problème avec vous ?

Monsieur Postif. Mon nom, c'est Postif.

Désolée.

Ne le soyez pas. Postif, Positif, c'est du pareil au même ! Et ce n'est pas comme si je n'y étais pas habitué. De Gédéon Postif, je suis devenu GD Positif. On dirait un groupe sanguin. Ou un matricule de virus. C'est d'ailleurs cette identité qui apparaîtra sur mon CV.

Votre identité doit *impérativement* apparaître telle qu'elle est renseignée sur votre CNI !

Je plaisantais.

Retrouver du travail n'est pas une plaisanterie ! Vous avez l'air de prendre les choses à la légère, sans doute parce que vous êtes intégré à un plan de réinsertion, mais ce n'est pas si simple ! Encore moins avec votre exigence de changer de secteur. Nous devons mettre toutes les chances de votre côté et pour cela, il est inconcevable de présenter un CV aveugle sur plus de dix ans.

Ah… vous avez remarqué ?

Me prendriez-vous pour une imbécile ? Vous n'avez rien renseigné entre votre baccalauréat reçu avec les félicitations du jury, et l'année 2015 où vous avez été moniteur de ski pour l'ESF de La Clusaz. Je ne dispose que de vos cinq dernières années.

Comment savez-vous que j'ai obtenu les félicitations du jury pour mon baccalauréat ?

Votre ancien employeur, monsieur Positif.

C'était parti ! Elle allait me donner du Positif à tire-larigot. Jamais mon nom de famille ne s'imprimait dans la mémoire d'un Terrien : j'étais et je resterais une croix additionnelle.

Et que vous a-t-il dévoilé d'autre, ce brave Jobart ?

Le DRH de votre ancienne entreprise me paraît être un homme tout ce qu'il y a de plus sérieux. Lorsque vous êtes remonté de l'agence de Chambéry au siège de La Défense, il n'a cependant pas été bien curieux. Il prétend que vous étiez tellement au-dessus du lot selon votre patron de l'époque qu'il n'y avait pas de questions à se poser. Soit ! Mais nous ne sommes plus dans cette configuration ! Il m'a confié n'avoir jamais compris votre demande de mutation pour le service informatique. Il est persuadé que vous avez à votre actif des études d'un haut niveau. Si c'est le cas, pourquoi les dissimul…

Alors, pourquoi a-t-il permis qu'on me licencie ?

Certainement pour vous donner une autre chance ailleurs. Que vous cessiez de vous sous-évalu…

Pardon de vous interrompre, mais je ne vois pas l'intérêt d'indiquer sur mon CV une formation, quand bien même j'en aurais une, si elle ne correspond pas avec ce que je désire faire à présent. Ou avec ces fameux nouveaux métiers dont

vous me vantez l'avenir prodigieux depuis quinze jours. Tous liés à mon expérience de la montagne. Grutier, élagueur... Ce sont des secteurs qui embauchent, et n'est pas élagueur qui veut ! Il faut de la motivation, une formation, de l'expér... Et ne pas souffrir du vertige. Je crois que, pour moi, né à Chambéry et ancien moniteur de ski, c'est acquis. Le téléphérique, si je le pouvais, serait ma résidence principale !
Si vous continuez ainsi dans le sarcasme, je ne vois guère que garçon de café !
Ah, ça, improbable ! Pour être garçon de café, Bottillon, il faut être jovial, boute-en-train, boutefeu ! Et ainsi que vous pouvez le constater, je serais plutôt boute-cendres ! Si une personne ne me revient pas, il arrive que mon corps se bloque et provoque involontairement des catastrophes. Oh, rien d'énorme. Un flocon. Mais le flocon se fait vite boule de neige qui se fait avalanche ! La dernière fois que j'ai voulu, lors d'un mariage, faire passer un plateau au beau milieu d'endimanchés ébahis, je l'ai mis dans le mille, le café : sur la robe de la mariée ! (Entre nous, inutile de préciser à Bocquillon que la mariée était ma sœur, Delphie, et que depuis cet incident, elle ne m'avait plus laissé l'approcher, ni elle ni son mari, le bien nommé Franck Ronchon, ni leurs deux filles nées depuis l'incident : Félicité et Sidonie. Prénoms dont je me désole, car, vous pouvez me croire, un prénom ça peut vous tuer une vie !) Ce n'est pas parce que je souhaite ne plus utiliser mes compétences en IT qu'il faut m'inscrire sur une liste potentielle de brancardier. Une goutte de sang et je tombe dans les pommes, Bottillon. Dans les pommes !

Elle s'était levée brutalement. Sans doute parce que j'avais pris moi aussi un malin plaisir à écorcher son patronyme...

Je pense que vous n'avez pas encore digéré votre licenciement. Je vous inscris dans un groupe de travail consacré à la rédaction d'un CV. Cela vous aidera de discuter avec des personnes dans votre situation. On se revoit dans une semaine. D'ici là, tâchez de réfléchir à ce qui peut vous correspondre.

Par conséquent, en remontant du métro, le choix ne devait pas être si difficile. Soit Pôle-Emploi-Bottillon. Et ressortir de son bureau avec une démotivation qui confinerait à la paresse, qui confinerait à l'absence totale de considération de moi-même, qui confinerait aux cauchemars d'autodestruction plus communément appelés par mon médecin pulsions suicidaires. (Et là, le 17, c'était la date de ma mort. Nous étions le 3. Me restait encore deux rendez-vous Pôle Emploi pour passer à l'acte.) Soit le carrelage à *âme*.

.3.

Je me calai devant ma porte au moment précis où Assan, mon voisin du dessus, dévalait les marches. Il était sur le point de commencer sa tournée. La chance était avec moi.

Ti es pas au Pôle Emploi ?

Et toi, tu n'es pas en train d'empoisonner tes petites vieilles ?

Assan, après des années de galère, avait décroché un job dans une association : il livrait des repas à domicile à des personnes isolées – traduisez des vieillards sans le sou. Et à Paris, Assan ne risquait plus le chômage avant un bail vu le nombre d'aînés seuls et à la retraite en peau de chagrin ! Maintenant, il avait le job et la camionnette qui allait avec. Je ne sais pas ce qui lui allait le mieux, du job ou de la camionnette. Le job, pour sûr, lui allait comme un gant. Assan aimait les anciens. Il disait qu'ils étaient la prunelle du monde et que si les hommes politiques avaient plus souvent écouté leur mère, nous ne serions pas dans un tel marasme. La sienne, de mère, vivait avec lui et sa tribu : sa femme, le frère de sa femme, la femme du frère de sa femme, la plus jeune sœur de la femme du frère de sa femme (enfin, je crois), et leurs sept enfants, à eux six. Je n'avais jamais réussi à comprendre qui était le fils ou la fille de qui, mais cela n'avait pas tant d'importance parce que ce joli petit monde répondait comme un seul homme aux ordres de la sultane-mère, Azmia, et aux effluves de son tajine qui parfumaient la cage d'escalier le jeudi. Quant à la camionnette du job, Assan la bichonnait et interdisait à quiconque de s'en approcher quand il la garait dans la cour.

J'ai démissionné.
On peut démissionner de Pôle Emploi ?
Pour la journée. Tu peux me prêter ton vélo ?
Ti as un rencart avec ta belle rousse ?
Non, avec un carrelage.
Ti vas devenir carreleur ? Ti as signé une formation ?
Non, mais c'est en bonne voie.
C'est quoi exactement ta formation ?
Sonder l'âme des carrelages.
Encore un truc technologique ?
J'en sais pas plus pour le moment. Je te dirai ça ce soir.
Tiens, la clé du cadenas. Le vélo, ti le remets sous l'escalier bien à l'heure. Léli est de garde à vingt et une heures. Je ne veux pas qu'elle m'éreinte.
Assan, tu es trop gentil.
Je sais, je sais. Depuis que j'suis môme, mon cœur, il est trop gros !

Il était d'autant plus gentil qu'il accepta de me déposer, moi et leur bécane, porte d'Auteuil. Il pouvait débuter sa tournée par le village. Même à Passy, il y avait des vieux abandonnés. Et en l'occurrence, il en avait deux à visiter non loin de Sainte-Perrine, des sœurs jumelles, presque centenaires. Émoustillé, il ne cessait de répéter : « Des jumelles ! Tit rends compte ! Quatre-vingt-dix-huit ans !

Fraîches comme l'eau vive ! » Non, je ne me rendais pas compte, soudain terrorisé par l'idée qu'on puisse attendre quatre-vingt-dix-huit ans pour obtenir une aide ! La fameuse mort sociale n'allait pas tarder à m'engloutir. Je me vis comme ces deux vieilles à laisser couler les jours, guettant le bruit de la sonnette : qu'elle veuille bien retentir pour briser ma solitude. Combien de temps allais-je tenir ? 17 jours ? 17 mois ? 17 ans ? Je n'eus pas le loisir de répondre à cette question. Dans un grand éclat de rire, il me lâcha non loin de Roland-Garros.

> Allez, fais pas cette tête, ti vas voir, ti vas faire des miracles dans les carrelages ! Y vont te prendre, c'est obligé. Ti es un as de la technologie.

Je ne sais pas si j'étais un as de la technologie, mais j'avais à présent une certitude : j'allais me donner les 17 prochaines heures pour traquer et combattre tous ces mots en « é » : vacuité, fatalité, pauvreté. Et sans m'en douter une seule seconde, celui d'obscurité.

.4.

Une fois en selle, je fus pris d'une frénésie que, de nature plutôt pondérée, je laissais rarement s'installer, excepté en période de résolution d'équations, lorsque celles-ci étaient encore l'alpha et l'oméga de mon existence. J'avais probablement besoin d'évacuer le fait d'avoir été désagréable avec Bottillon. Cela ne me ressemblait pas. Je n'avais jamais aimé être désagréable avec quiconque. Je me faufilais entre les voitures, m'engouffrant en sens interdit, remontant les trottoirs, saluant les passants. Je jouais de la sonnette, criant : « Bien le bonjour chez vous ! », « Ne passez pas à côté du printemps ! » Cela les faisait plutôt sourire, cette minuscule audace. Un peu plus, et je les aurais tous embarqués à Trifouillis-les-Carrelages pour inspecter un parquet au point de Hongrie. Je me sentais comblé. Et je ne sais ce qui me réjouissait le plus : Bottillon-Aiguillon en train de se morfondre à compulser ses notes pour me faire signer une formation de « décalotteur » de nuages, ou l'air frais de ce matin d'avril ? Comblé et libre. Pour la première fois depuis que j'avais quitté ce cube à la Défense où je venais d'accomplir quatre années de bons et loyaux services ; d'abord au service commercial avant de rejoindre, à la faveur d'une formation en interne – il fallait bien faire comme si –, l'équipe informatique : comprenez les géo-trouvetou qui débrouillent les cataclysmes viraux que des chefs de ventes sous-doués infligent quotidiennement à leurs ordinateurs.

Je m'arrêtai bientôt à la gare de Sèvres. J'avais surestimé mes forces. Je me devais de les économiser parce qu'il était clair que j'allais faire de ce jour une expérience exceptionnelle. Je supputais que j'étais parti sur la trace de mon 17 sans savoir ni par où commencer ni comment, mais bon, l'exceptionnel, c'était un début prometteur ! Aussi iconoclaste dans ma vie que de poireauter en semaine avec un vélo sur un quai de banlieue. Jusque-là, mon existence n'avait en effet rien eu de spectaculaire – à part une parenthèse dont j'avais éliminé toute évocation. J'étais somme toute devenu un CRAC-rien, qu'on avait pu rayer sur une liste du jour au lendemain en face de la mention : « Compression de personnel. Approuvée par les actionnaires ».

Je n'avais pas quitté Paris depuis l'été dernier, et si cela n'avait rien de grandiose, le RER, parvenir à caler la bécane d'Assan entre les attaché-cases avait tout de l'exploit à en juger par la mauvaise humeur de mes congénères. Celle-ci ne me fit pas pour autant oublier ma fringale de souhaiter du bonheur à tous. Mais je m'abstins. Un Rom s'en chargeait déjà en nasillant *Non, je ne regrette rien* sur un bandonéon désaccordé, relié à un boîtier électrique qui, lui, crachotait la mélodie : une serpillière en papier de verre qui lustrait des lames de couteau. Parvenu à destination, décoincer mon vélo fut un jeu d'enfants : il n'y avait plus personne. Tous avaient changé de wagon ou refusé d'y monter, notre esquinteur d'opérette ne lâchant pas l'affaire et passant au crin-crin tous les classiques de la mondialisation. Au moment de nous quitter, il me tendit la main, à moi, le rescapé, qui avais accepté d'endurer jusqu'au terminus son boucan. Je lui collai dans la paume un de mes échantillons de gel-douche.

Qu'il s'en serve pour graisser les touches de son instrument.

.5.

La brocante Lebernin n'était pas si difficile à dénicher. Il suffisait de quitter la départementale pour s'enfoncer sur une vicinale comme seule la France sait en fabriquer : forêts de feuillus, collines et coteaux, clochers au loin, odeurs d'herbe. Oui, Lebernin rimait avec foin !

Un immense bric-à-brac à ciel ouvert et deux hangars façon séchoir à tabac : j'y étais ! Je tentai de reprendre mon souffle. L'effort m'avait anéanti et je n'avais pas songé à me munir d'une bouteille d'eau. J'arrivai sur les coups de treize heures sans avoir croisé une terrasse ombragée susceptible de proposer un plat du jour et de quoi se désaltérer. J'attachai le vélo d'Assan quand j'aperçus, à l'aplomb d'un des séchoirs, quelques tables. Visiblement, Lebernin faisait tenons, mortaises et buffet campagnard. Soulagé, je m'avançai, et voilà qu'une jolie brune à piercing au coin de la lèvre et sweat-message « Ici, tout est calme » m'invitait à m'asseoir. J'étais bien dans l'exceptionnel et commandai la plus coûteuse des propositions : charcuteries de pays, crudités, pain bio, fromages d'alpage et verre de brouilly.

Je pris mon temps pour déguster. Je ne m'invitais plus si souvent au restaurant depuis qu'Amélie avait ouvert le sien, et j'avais conscience que, dans les mois à venir, ce ne serait pas le réflexe à adopter, bien que, économe, je ne fusse pas sans ressources. La campagne n'était pas si désagréable, mon rouge, parfumé, et le spectacle, surprenant : lorgner les fesses des chineurs. Devant mes yeux s'étalait une scène de théâtre, au-dessus de laquelle oscillait un panneau : « Demeures seigneuriales du XVIIe et XVIIIe siècle ». Indication ô combien rassurante pour inciter les amoureux de vieux murs à détailler sur une pelouse déjà fatiguée par la sécheresse des lots de pierres de Bourgogne, pavements, et autres ferronneries dans leur jus, c'est-à-dire si rouillées qu'il était bien possible qu'elles tombent en poussière au moment de la signature du chèque. Naissaient alors les conciliabules, atermoiements parfois quand on faisait jouer le mètre-ruban, hochements de tête ou silences entendus. J'étais avec eux dans un autre monde ; cela me dépaysait, certes, mais qu'étais-je venu faire ici ?

Je réglai ma note et commençai à déambuler parmi les vestiges, faisant semblant d'être concerné par ce que j'examinais, comme ces gentils illuminés qui rêvaient de fenêtres à meneaux. Mais j'avais beau fouiller scrupuleusement les parvis, pas le moindre petit bout de carrelage à âme ! Décidé à ne pas m'être tapé vingt kilomètres pour rien, je m'adressai à un jeune homme qui me sembla être un averti : « À l'intérieur, m'sieur. Deuxième bâtiment. Les carrelages, ça ne s'expose pas à tout vent ! »

Ma déception fut à la hauteur de l'effort que j'avais fourni au moment où je pénétrai dans la grange. Quelques carreaux de ciment, à peine éclairés par deux fenêtres en guenille, trônaient dans la pénombre : dessins classiques de rosaces et palmettes, couleurs fades, pareils à ceux qu'on pouvait croiser dans les halls d'immeubles parisiens. Rien de bien remarquable ou d'excitant.

Et il me revint que dans une autre vie, j'avais tant appris sur les matériaux, leur combinaison. Un peu plus loin, un vrac de tuiles romanes, feuillets de calcaire, quelques tesselles de cuivre tout juste bonnes à être utilisées en plinthe pour qui aurait voulu un pavillon de Shéhérazade. Un négociant, la soixantaine, pipe à la bouche, vadrouillait et pointait sur son cadencier. Je l'abordai et me plaignis du peu d'intérêt de la marchandise. Publicité mensongère et tout et tout. J'avais fait trente kilomètres à vélo – j'en rajoutais ! – et tout et tout. Cela ne parut pas l'émouvoir. Des toqués de vieilleries, il s'en coltinait chaque jour, et qui venaient de bien plus loin. Il n'était pas responsable du stock. On n'était pas dans la diffusion industrielle, ici ! Ça s'en allait, ça revenait, comme dans la chanson ! Il m'indiqua cependant une réserve au fond du dépôt où étaient stockés les carreaux de provenance méditerranéenne, très en vogue selon lui : tomette de Galicie, azulejo portugais, ikat de Fès et cabochon à frise grecque. Mais de ce dernier, il en restait peu : un architecte griffé Patrimoine avait raflé la veille les trois quarts du stock pour un client russe rénovant sa datcha dans l'esprit « Promenade des Anglais ». Je souris de l'incongruité, mon bonhomme avec moi. J'étais dans un monde de passionnés, bien loin des affres du chômage. Je vis l'instant où j'allais tourner les talons parce que je captais de moins en moins ce qui avait pu me pousser jusqu'ici – à part ce passé qui tentait de réémerger et que je repoussais avant la réaction en chaîne –, quand mon homme, sans doute attendri par mon air dépité, me livra la clé du mystère : « Ici, il ne faut pas venir avec quelque chose de précis en tête. Lâchez tout ce que vous connaissez. Ce n'est pas vous qui choisissez, c'est le matériau qui vous choisit ! Moi qui parcours la planète depuis bientôt quarante ans, je sais que ceux que je rapporte ont tous une histoire et qu'ils veulent la raconter, pour pouvoir la poursuivre !

Elle est *là*, leur âme ! Si j'attendais de m'enrichir, monsieur, sauf vot' respect, je ne ferais pas ce métier. Je ne vous vends que l'histoire que vous allez écrire. Et, croyez-moi, celle-là, elle n'a pas de prix ! » Sur ce, il se remit à biffer. Un poète ! Un dingue lui aussi ! Mais il m'avait ferré jusqu'à la moelle… Intrigué, je me dirigeai vers l'extrémité du hangar avec cette mission : débusquer le cabochon qui allait me sortir du néant, faire de moi un prince, un empereur ; non, mieux, un tsar !

Et c'est là que je les aperçus.

Dans un rai de lumière jailli d'un vasistas. Entreposées contre une paroi lépreuse, à prendre la poussière. Rien à voir avec de la faïence, du grès ou de la pierre. Usées par les années, mangées par la vermine, elles allaient s'effriter quand je les caresserais. C'était trop beau, ces frondaisons presque invisibles, ces écailles fragmentées, veines à peine saillantes. Mon homme n'avait pas menti : elles m'attendaient. Lorsque le rayon s'est estompé, rien n'aurait pu m'arrêter. J'étais prêt à en découdre avec le monde entier mon sabre à la main. Un tsar amoureux fou d'un lot de planches patinées !

> Larges comme deux mains en offrande,
> vêtues d'un soupçon de peinture :
> nacre de tous les bleus, azur, turquoise, ardoise,
> qui faisait un roulement d'écume sur un horizon argenté.

C'est au moment de les payer que tout s'est éclairci. Georges, notre homme à la pipe et au stock dansant, les a comptées pour m'indiquer un prix. Et croyez-le ou non, il en a dénombrées 17. Pas une de plus ! Après ça, je n'étais plus en mesure de négocier quoi que ce soit. Mais Georges devait savoir que je reviendrais : il n'a pas cherché à m'assassiner. Un tsar naissant, on le laisse d'abord gouverner un peu, avant de fomenter un coup d'État !

.6.

Sur le chemin du retour, je n'étais plus moi-même. Je m'enfilai les kilomètres sans le secours du RER. Il me fallait du silence. Pas question de subir un orchestre en folie sur une boîte électronique ou de me heurter au regard vide de mes compatriotes qui m'aurait remémoré combien il était salvateur de se rendre au bureau chaque matin.

Je n'en voulais plus.
De cette existence-là.
De ces regards-là.
Je ne voulais plus que contempler mes planches.
Les laisser me dicter la suite des évènements.

J'étais devenu dingue moi aussi, parce que m'enquiller la route à vélo alors que je n'étais plus sportif – sinon une semaine de hors-piste par an et un ou deux sommets pour le décrassage –, c'était de l'inconscience ! Pourtant, je respirais. Veste grande ouverte, dos en dégoulinade, pression des phalanges-guidon, puissance des contractures-mollets. Mon cœur jonglait. Il se rebranchait sur ce courant avec lequel je ne m'étais électrifié qu'une seule fois – bien que j'en eusse approché si souvent la brûlure –, extrasystoles sismiques dont je laissais refluer la trace : adrénaline du 4 décembre 2013, présentation chez Coleman, comité de direction, mon idée, révolutionnaire, un ruban architec… *Black-out*. Ne pas replonger, ne plus y songer, ne pas l'évoquer. Sur ces pédales, mes contraintes intérieures se fissuraient. Et je laissais faire un tant soit peu, me délectant de renouer avec cette euphorie si particulière qui vous allume lorsque vous *savez*. Que tout s'enclenche. Que vous êtes parvenus – après vous être épuisé en impasse, dépit, cafouillage, sans issue, temps perdu – à dompter les hypothèses, énergie de l'investigation, tracé parfait, contour adéquat, emboîtement. Voilà, vous la détenez, *la* force qui survolte, survole toute entrave.

Être à la croisée des chemins.
Tout pouvait arriver.
Tout allait arriver.
Mais ce coup-ci, je gérerais seul.

Emprunter le vélo d'Assan avait été d'une simplicité déconcertante. Qu'en serait-il de sa camionnette ? Georges m'avait cédé ses panneaux à un prix défiant toute concurrence mais, à ce tarif-là, la conclusion avait été sans appel : enlèvement par vos soins et dans les dix jours. Je m'étais engagé à revenir le surlendemain, samedi. Ce jour-là, je le savais, les petits vieux d'Assan ne mangeaient pas : c'était son jour de congé.

.7.

Il était inquiet lorsque j'arrivai ; non de savoir si j'étais devenu le magnat des carrelages, mais de l'heure avancée. J'étais en retard. Oh pas de beaucoup, mais suffisamment pour que Léli lui passe un savon ; et Assan vénérait plus que tout la tranquillité. J'avais cependant paré son possible mécontentement : je m'étais arrêté chez un fleuriste et dégainai de ma veste une botte de narcisses que je lui tendis sitôt qu'il m'alpagua avec son « GD, tit fous de moi, ti as vu l'heure ? » Il attrapa le bouquet pendant que je décoinçai mon pochon que je le lui fourguai dans l'autre main : « Pour te faire pardonner ! Et moi avec ! » Cette journée m'avait appris la générosité, en plus de faire germer en moi cette certitude que j'allais dégommer de ma vie tout superflu. Il considéra avec circonspection le produit de beauté et commença à parcourir son carton. Il avait deux fossettes au coin des lèvres, et quand elles se relevaient, c'était signe que son gros cœur fonctionnait à plein régime. Plus rien à craindre : il était mûr pour me donner l'absolution.

Fils, ti un frère. Léli adore l'aloé vera.
Tant mieux ! Ce produit est miraculeux, je crois qu'il vient de me sauver la vie.

Si ti le dis, je te crois. Moi, je veux juste que ça la calme. Mais avec les fleurs, ça ira.

J'espère... parce que... j'ai un autre service à te demander.

Pour tes carrelages ?

Non, pour des planches.

Ti vas devenir menuisier, maintenant ?

Ça se pourrait !

Planche ou carrelage, c'est pareil, faut tracer droit ! C'est quoi ce service ?

Ta camionnette, j'en ai besoin samedi. Pour récupérer celles que j'ai achetées.

Ti as acheté des planches ?

Oui.

À Paris ?

Non. À une vingtaine de kilomètres.

Ti as fait quarante kilomètres à vélo pour acheter des planches ?

Oui.

Fils, ti es fada ! Elle n'est pas miraculeuse, ta crème, elle est ensorcelée !

Écoute Assan, je suis parti pour voir des carrelages, mais c'est sur des planches que j'ai craquées, c'est tout ! Et il faut que je les récupère.

Spécial ! Et la crème ?

Rien à voir. C'est un étudiant qui la distribuait dans le métro.

Si tu n'en veux pas, je la balance à mademoiselle de la Maule.

Assan me foudroya du regard et fourra illico l'échantillon dans sa poche. L'acariâtre du cinquième qui se plaignait chaque jeudi de l'odeur du tajine dans l'escalier, ah ça, non !

Appelle Léli. L'heure tourne. Si on continue à discuter, on va vraiment se faire déneiger les bronches.

Léli descendit dès que son mari la prévint que son carrosse était attelé. Lorsqu'elle m'aperçut, elle fronça les sourcils.

GD, tu exagères. Je devrais déjà être en salle de travail. Mais je t'engueulerai demain. Tu perds rien pour attendre ! J'espère que ça t'a au moins permis de décrocher le job de tes rêves de m'emprunter mon deux-roues !

Assan crut bon d'ajouter : Oui, un job dans les planches !

Et alors, si le théâtre, c'est son kif ! Et les fleurs, c'est pour qui ?

Assan en avait oublié les fleurs. Il les tenait tête en bas, yeux baissés sur le guidon. Il les fit remonter.

Pour toi, ma louve du désert.

Léli se retourna à nouveau vers moi.

C'est bien parce qu'il faut t'empêcher de faire des conneries. Boire, traîner et tout le tralala ! Assan a exercé le métier de chômeur bien trop longtemps. Ce métier-là ne devrait pas exister. Mais ce n'est pas moi qui peux t'aider. Je ne te vois pas tirer la tête d'un enfant hors du nid. Tu es un poète, GD. Les planches, ça te va pas si mal !

Elle prit son vélo, poussa la porte de la cour, et lança d'une voix forte : Les fleurs, Assan, ça doit boire ! Surtout dans le désert ! Et… merci quand même !

Tu vois, dis-je à Assan, la camionnette, pour samedi, tu peux pas refuser !

Il me bourra un coup de poing dans les côtes, ses deux petites fossettes relevées.

Si til dis !

.8.

Lorsqu'il vint à ma rencontre en fin de journée, je sus immédiatement que quelque chose clochait. Assan n'avait pas pu m'accompagner à Trifouillis-les-Carrelages. Pour une fois, Léli n'était pas de garde. Ils allaient profiter ensemble de leur samedi ; mais là où Léli avait espéré une partie de campagne, lui avait décidé de traîner sur les quais : ping-pong avec les gosses, Batobus, cornets de frites. Sa louve du désert n'avait pas apprécié. Elle avait cherché la voiture. Il avait dû lui avouer qu'il me l'avait prêtée. Elle l'avait copieusement avoiné. Prêter sa voiture de fonction, ça ne tournait pas rond dans sa tête ! Si ça se savait, il pourrait perdre son boulot ; et puis, si ça trouve, la camionnette n'était pas assurée pour une tierce personne ; quant à GD, assuré, il ne devait même pas l'être ! Je connaissais Léli et ses coups de semonce par cloisons interposées et, sur ce point, elle était dans le vrai : je n'avais pas renouvelé ma prime. Le mot « assurance » ne devait plus me faire aucun effet ; ou une voix me soufflait d'ores et déjà que j'allais quitter la place Balard. Je remerciai Assan de ses bontés et lui affirmai combien sa Léli l'aimait malgré ses emportements. Il cessa de bouder et contourna le véhicule. Lorsqu'il aperçut le tas volumineux dépassant des portes arrière, il s'assombrit à nouveau.

Dis, fils, ti vas pas murer tes fenêtres et te faire sauter la cervelle ? Parce que le chômage…

Non, je ne vais pas murer mes fenêtres.

Tes planches n'ont pas l'air bien neuves…

Elles ont de la valeur. Elles sont dix-neuvième.

Ah ?

Je continuais à flotter sur mes 17 lignes de crêtes. J'avais hâte de finir de décharger. Mais lui n'abandonnait pas.

Ti vas te fabriquer des skis ?

Assan, ça fait cinquante ans qu'on ne fabrique plus de skis en bois ! Et à quoi ça me servirait ? T'as vu une piste au métro Balard ?

À ta montagne, idiot. Ti veux te construire une mezzanine ?

Non.

Refaire ta cuisine ?

Non.

Réparer le local vélos ?

Certainement pas. Je ferai pas ce plaisir à la copro.

Alors ?

Alors rien ! Je vais les regarder.

Ti vas regarder des planches ?

Oui.

C'est la crème, elle t'a jeté un sort !

Il m'aida à extraire le panneau suivant. Nous peinions. La hauteur de son utilitaire me demandait à nouveau une extrême concentration après celle pour éviter les embrouilles sur la route avec les portes arrière ouvertes.

Je vois la mer dans ces planches.

Ti vois la mer ? Parce qu'il y a deux traces de bleu ! D'abord, ti l'as jamais vu la mer. Tim l'as dit. Comment ti peux la voir sur des planches ? J'appelle ma mère. Elle va nous faire le couscous. C'est le chômage qui te turlupine !

Le chômage ne me turlupine pas.

Alors, ti veux vraiment devenir menuisier ?

En quelque sorte.

Menuisier pour planches de mer ? Comme des surfs ?

En quelque sorte.

Je te prête la boîte à outils le temps que ti démarres ?

J'avais bien senti dans cette dernière interrogation qu'il abandonnait la partie.

T'es un frère !

Pour sûr. Mais ça ne me dit toujours pas ce que ti vas faire avec des planches dans lesquelles ti vois la mer.

Un cinéma !

Il haussa les épaules.

Si til dis.

Je n'avais pas envie d'expliquer. Expliquer quoi ? Tout était encore trop imprécis. Mais plus je répondais aux questions d'Assan, plus les choses émergeaient d'un brouillard identique à ceux que je côtoyais dans ma vallée. Bandes de brume sur un ciel de lave ; éclaircie ; brusquement, un pic crevait la voûte.

En fait, tout était déjà construit.

.9.

Les panneaux déposés dans mon appartement, je me mis au travail. M'entendre taper et percer à vingt-deux heures a perturbé mes voisins. J'étais plutôt un homme discret, un passe-muraille. Je n'avais jamais vu la mer, donc faire des vagues, je ne savais pas trop ce que cela pouvait signifier. Pourtant, il m'arrivait de m'interrompre pour préciser mon dessin. J'avais remis la main sur un de mes carnets de croquis, carnet de ce temps où les postulats inventifs se bousculaient. Il n'était pas si enterré, ce bloc de suppositions, d'allégories hasardeuses : il lui restait quelques feuillets à noircir. Et je retrouvai d'instinct le plaisir de la mine grasse sur la feuille, de la rature, du bombé qu'il ne fallait pas louper, de l'angle à calculer, du regard à inverser, du logiciel qui allait concrétiser en 3D le rêve. J'élaborais, je découpais, chauffais, formais, soudais, recrayonnais, enclenchais, fixais : au millimètre. Aussi étonnant que cela puisse me paraître, subsistaient dans mon trente mètres carrés de fatras et à portée de main, quelques symboles de mon ancienne passion : plaques de métal, lambris d'essences de bois, carton à maquettes, pantone. Je les avais remisés, certes, mais sans les bazarder.

Les voisins, eux, s'en fichaient de mon délire rétrospectif : ils défilèrent les uns derrière les autres pour faire cesser le tapage.

Certains de ceux qui sonnèrent à ma porte ne m'avaient jamais vu. Moi, en revanche, je les connaissais tous : l'avantage du rez-de-chaussée avec vue imprenable sur cour, mur, poubelles, et ragots devant les boîtes aux lettres. Je les renvoyai dans leur vingt-deux sans daigner ne serait-ce qu'entrouvrir avec le loquet de sécurité armé. Seule Azmia profita de ma clémence. Elle, elle ne sonna pas. Je l'entendis me siffler derrière la porte : « P'tit ! P'tit ! Dis vitamines. Bon pour c'que ti fais. Ci toi qu'as raison ! Le chômage, faut pas li laisser gagner. » Je lui ouvris. Elle me tendit un poêlon fumant, en souleva le couvercle, les légumes de son couscous, un bouillon aux épices à vous retourner les fosses nasales. Assan avait passé une tête derrière elle, en survêt et chaussons, tablier à la ceinture. « Ça embaume, pas vrai ? » Que répondre ? Quant au sourire de sa mère : mêmes fossettes que les siennes, mais un tantinet plus hautes. La sultane-mère se rengorgea devant mademoiselle de la Maule à qui je venais de claquer le beignet et remonta chez elle, auréolée ! Ces deux-là, j'allais avoir du mal à les quitter : ils avaient été mon seul soleil place Balard. Avec ma rousse Amélie.

Je me remis à bricoler jusqu'à pas d'heure. Oubliant le décompte du temps. Oubliant même de maugréer contre le locataire qui avait l'indélicate habitude de faire grincer la porte du local poubelles à six heures chaque matin, week-end compris.

.10.

L'annonce, je l'avais découverte sur un site internet au nom très poétique : *fairedenimportequoiquelquechose.*

Il faisait encore nuit noire, mais le ciel se dégrisait à l'horizon. Je me sentais vidé d'avoir enfanté mon mécano géant. J'avais ouvert la fenêtre pour compter les étoiles. Peut-être, en cette aube, se décideraient-elles à se poser sur les pavés crasseux de la cour. Depuis l'enfance, j'étais persuadé, à défaut de pouvoir les dénombrer, qu'il me serait donné un jour d'admirer une pluie de comètes et de les toucher du doigt. Souvenir lointain de mes Alpes et de leurs ciels nocturnes cousus de paillettes ? J'attendais. En phase. À l'équilibre. Tasse de café au creux de la paume. Amertume brûlante. Recenser les constellations, supplier qu'elles se décrochent. Mais rien ne venait… Bon, le toit du local à vélos ne devait pas être assez confortable pour la voie lactée. Elle tardait à se poser, et mes pupilles, elles, se relâchaient. Je refermai la croisée et me retournai.

Et elle était là.
Ma cabane.
Deux jours de travail.

trois nuits d'insomnie.
Et elle occupait la moitié de mon deux-pièces.
Soit une surface exacte de 14,28 mètres carrés.
Fantasque.
Houle, courants,
avancée, étirement, retrait,
dunes.
Bleus à rêves.
Manteau de tempêtes.
Allégorie de souffle.

J'avais terminé ! Terminé de dessiner les plans, les mécanismes de réversion, qui me permettraient de la démonter et remonter à loisir dans mon salon. Terminé d'assembler mes planches entre elles, de fondre les pièces de liaison, les sceller, masquer les finitions, clouter, scier, le moins possible, ne surtout pas poncer. Je ne voulais pas abîmer d'une éraflure les traces du temps sur le bleu. Je ne m'étais autorisé qu'une touche de fantaisie : le nombre 17 au pochoir au-dessus de la porte – parce qu'elle avait une porte –, repris au-dessus de la fenêtre – parce qu'elle avait une fenêtre aussi, transversale et panoramique.

Pour cadrer,
une fois assis à l'intérieur,
l'infini du tumulte de l'océan.

Ne restait plus que son toit à élaborer. Un chaume à iris ? Une bâche à tipi ? Un plancher de grange ? Je dénicherai l'idée. Chez Georges Lebernin. Dans la mémoire de son bazar patrimonial.

Assan, inquiet, avait frappé à ma porte à plusieurs reprises. Je n'avais pas donné signe de vie. J'avais senti lundi matin l'odeur du tajine d'Azmia qui se faufilait – la traîtresse, elle avait cuisiné avec trois jours d'avance mon préféré : agneau-dattes-abricots ! Je n'avais pas réagi. Alors, elle était descendue et je l'avais entendu à nouveau me murmurer : « Dis ptit, tit fabriques pas un cercueil au moins ? » Non, je me fabriquais un rêve. Pour cette mer que je n'avais jamais vue. Mais je ne leur ouvrirai que lorsque je l'aurais désarticulé. C'était mon secret.

Je ne sais où j'étais allé débusquer cette idée, moi, féru d'adrets, de cimes, de piolet, d'ascension : une cabane de mer ! Elle s'était gravée sur le trajet du retour de Trifouillis-les-Carrelages sans possibilité de révocation. Allumette dont on pressent qu'il faut la laisser produire son embrasement. La mer, c'est vrai, je n'avais jamais voulu l'emprisonner dans ma toile à sensations. Je n'avais fait que l'apercevoir sur des cartes postales, des sites de voyages, des livres illustrés, des tableaux de maîtres, ou depuis le hublot d'un Airbus au bout d'une piste. Mais l'approcher, non. Pourquoi ce désir irrépressible maintenant ? Pourquoi ne pas revenir à mes moraines et à mes crevasses ? Plus simple qu'un K2, l'Atlantique ?

Peaufiner mon endroit m'avait tenu en éveil au-delà du possible, atteindre un imaginaire et le concrétiser. Je ne pouvais cesser de la détailler, ma cabane, de me l'accaparer, de poétiser tous les instants que j'allais passer grâce à elle. Et puis, j'avais renoué avec le dessin. J'avais réveillé ce monstre qui sommeillait : construire, élever des murs, casser les schémas, inventer des angles inconnus, une hauteur de vue, désengendrer les perspectives, alléger les structures, déverrouiller les toitures, verre, bois, tuile.

Gratter le ciel.
Contempler.

Contempler quoi ?
La magie s'estompa.
Fragment brutal.
Café froid.
Mes yeux s'étaient déroutés vers le réveil.
Six heures. Il allait sonner.
Et j'étais devenu fou.
Ou crevais-je seulement de faim ?

Azmia avait raison : je devais reprendre des forces ! Son tajine s'était mis à me tarauder. Amélie était en vacances, pas question de l'appeler au secours. J'allumai donc mon ordinateur pour rechercher, dans cette aube strassée qui me refusait ses pendeloques, le professionnel du tajine agneau-dattes-abricots, qui, à six heures du mat', me livrerait mon plat dans le quart d'heure, et chaud, bien entendu ! Je pianotai, je pianotai. Je ne serais pas exigeant. Sans les dattes, je prendrais aussi. Sans les abricots ? J'avais fini par tomber sur ce site *fairedenimportequoiquelquechose*, quasiment prêt à renoncer, aucune publication ne répondant aux critères de ma requête. Et je m'étais laissé happer… L'endroit recensait toutes les idées farfelues de France et de Navarre, et il ne m'avait fallu que quelques minutes pour m'y perdre et y abandonner mon tajine tant les propositions insensées s'y bousculaient. Et, brusquement, en haut de la cinquième page.

Vends en viager dix hectares de mer. Côte ouest. Mer agitée à peu agitée. Déferlantes. Parfois. Prix intéressant. Pas de notaire. Contrat sur dix ans car la terre se délite.
Contacter Adémar au 06 32 17 59 17.

Était-ce les deux 17 du numéro ? J'ai saisi mon portable et j'ai appelé sur-le-champ.

.11.

Sa voix m'a étonné. Elle était tout à fait éveillée à l'heure où la moitié de la sphère émergeait du coton. Une voix d'homme, basse, tranquille, un peu rocailleuse, pas de trace d'accent si ce n'est une manière d'appuyer chaque fin de phrase, comme s'il se persuadait qu'il y fallait un point final. Les questions, c'était moi qui les posais. Et il y répondait sans détour. Carré, oui, il était carré. Pourquoi m'étais-je imaginé que l'individu qui avait posté cette annonce était un idéaliste ? Ses termes, sans doute. Ou ce prénom, Adémar, issu d'un Moyen Âge que je ne parvenais pas à faire coïncider avec la notion de viager...

Oui, l'annonce était toujours valable. Consultable depuis quatre mois, vingt et un jours et une poignée d'heures. Il pouvait me le dire très exactement si cela m'intéressait mais il n'avait pas encore pris son deuxième café, il pouvait faire des erreurs. Sa précision arithmétique happa mon oreille. Oui, j'étais la première personne qui le contactait donc la seule susceptible d'être intéressée. Non, on ne pouvait pas en parler au téléphone. Les déferlantes, ça ne s'achetait pas comme un lave-vaisselle sur *leboncoin*. Il fallait contempler avant de signer. Il avait ajouté : « Aussi bien pour vous la plage qui se délite que pour moi votre capacité à écouter le sable disparaître. » Il m'enverrait tous les renseignements par sms. Même la mer était connectée. Rendez-vous le mercredi en huit si cela me convenait. Cela me convenait parfaitement : je ferai sauter ma quatrième assignation à comparaître devant Bottillon.

Avant de raccrocher, je l'entendis ajouter : « Si vous possédez un bonnet d'aviateur de l'année 1916, c'est le moment de l'étrenner. »

.12.

Il se tenait debout dans les coups de boutoir de la houle, juché sur un socle en briques, entre deux sirènes monumentales aux seins en saillie. Tresses d'or, bracelets multicolores, queues argentées bleu-vert qui filaient, l'une vers la droite, l'autre vers la gauche, elles absorbaient la grisaille galopante et la restituaient arc-en-ciel sur les haies qui délimitaient le fond du jardin. Un pin au tronc en biais étalait ses grappes d'aiguilles pendantes dans le travertin du ciel et fermait l'horizon dans un grondement incessant. Musée à ciel ouvert. J'étais perdu sans parois verticales, grésil, crête, rocaille ou béton-verre, pour me contraindre la vue. Je m'accrochai à cette carrure qui défiait la suie de la voûte, cette attaque dans les dorsaux perceptible sous le goudron de la veste, pieds plantés, jambes musclées dans un jean rentré à l'intérieur de godillots noirs montants, semelles épaisses.

J'avais sonné, attendu, sonné à nouveau. Trois fois. Personne n'avait répondu. Je m'étais alors introduit, circonspect. Il n'y avait pas de barrière à franchir, pas de porte à pousser. Il suffisait de soulever un rideau de cordes. Mais, sur chaque corde, une multitude d'oiseaux en céramique se riait du monde, plumage peint, coups de brosse épurés. Ils avaient chanté dans l'entrechoquement et, surpris, j'avais empoigné leurs ficelles pour les faire taire : frisson d'en briser un. Dans cette volière aux ailes irisées de bleu, tous me tendaient leurs becs orange feu qui jalonnaient de pointillés l'ombre de l'ouverture, comme des girandoles allumées sur la place d'un village.

Il était là à présent, à quelques mètres de moi, et j'avais peur d'aller à sa rencontre. Peur de lui faire peur. J'avais pénétré à l'abri du rideau-passereaux, m'étais frayé un chemin au milieu d'un désordre de vie. Partout des pièces sculptées, sur une enfilade, au bord d'une table, le long des plinthes, formes irréelles, cassées, ébauches, rugosité et légèreté, puissance naïve. Partout des reflets, verts, bleus, des taches phosphorescentes, univers décalé où la matière prenait le pas sur le quotidien : l'argile dictait sa loi, tournait ses cabossages girouettes. J'avais traversé cette pièce basse percée de deux puits de lumière, fenêtres sales dont les rebords débordaient d'outils, déniché l'accès au jardin, osé le franchir, pour recevoir en pleine face la lumière froide de cette fin de matinée, son vent salé et ce mugissement incessant. J'avais pris mon temps dans son temps à lui. M'avait-il entendu lorsque j'avais appelé de l'intérieur ? Pouvait-il seulement m'entendre alors que je le découvrais de dos avec ce bonnet de cuir qui lui coiffait le crâne jusqu'à la nuque ? Merde, le bonnet ! Il ne plaisantait pas !

Avec ou sans, il n'était plus temps de faire marche arrière. Je m'avançai vers les sirènes. D'ailleurs, que contemplait-il, le corps ainsi offert au zéphyr ?

.13.

Les liens de cuir formaient un nœud sur sa gorge. Il était flanqué de lunettes d'aviateur aux verres épais, aux montures larges en peau fendillée d'usure. Elles lui serraient les tempes par un élastique à l'arrière du crâne. Il scrutait l'horizon à travers et ces lunettes et une paire de jumelles. Je ne sais pourquoi son accoutrement ne me surprit pas outre mesure. Je comprendrais quelque temps après qu'il quittait rarement son masque en raison de son métier, bien que celui-ci ne lui fût pas indispensable pour l'exercer. Qu'il m'ait entendu approcher me perturbait plus sûrement que son look iconoclaste de personnage de bande dessinée années trente. Je me plaçai à sa droite.

Après l'avoir dévisagé discrètement, je fermai les yeux, en descente dans le vent, son écho tantôt duveteux, tantôt étiré et caverneux. La plainte de la mer s'y mêlait. Insondable, l'angoisse de rencontrer cet élément au moment de me poster au-dessus des buissons qui bouchaient le fond du jardin. Seul, me semblait-il, un goulet pris entre les ronciers permettait l'accès au rivage, mais j'avais interdit à mon regard d'aller plus avant. Il m'interpella : « Prenez le tabouret. » J'avais pourtant supposé que ma taille fût bien supérieure à la hauteur des bosquets. Je m'exécutai et revins avec un trois-pieds déniché derrière ma sirène, devant un amas de tessons colorés agencés de telle manière que cela devait avoir un sens pour lui. Je me juchai sur ma trouvaille, plus solide que son état le laissait présager, et lui tendis la main, obstruant à nouveau mes paupières. Il ne cilla pas d'un pouce pour venir à mon contact.

Vous avez oublié votre bonnet!

Sa voix se restitua avec ses points finals assertifs, un soupçon d'élan en tréfonds. Contrairement à ce que mon imaginaire avait posé sur celle-ci, Adémar n'était pas si vieux: probable milieu de la cinquantaine, peau enduite de soleil, front haut, menton en lame de silex, nez fin, joues creuses qu'accentuait une bouche ample. Tout dans les traits de son visage rappelait ce côté « roc intégré au site ». Pour le regard, on attendrait.

Pour être franc avec vous, je ne l'ai pas cherché.

Et vous avez bien fait! Les bonnets d'aviateur de la Première Guerre mondiale sont introuvables! Depuis 2016!

Ah bon... Pourquoi?

Un imbécile a cru bon de mettre aux enchères à Drouot celui de Lindbergh. Un cuir de 1927. Mise à prix: 40000 euros. Les enchères se sont envolées à 52000...

Un éclair de sidération me traversa.

Et?

Et? L'imbécile, puisqu'un imbécile il y a, avait inscrit son prix de réserve à 60000. L'objet est resté dans les startings. 52000, un pactole pourtant! À vouloir être trop gourmand...

Faire de n'importe quoi quelque chose!

Je ne vous le fais pas dire!

Pourquoi m'avoir demandé d'en apporter un si vous saviez que c'était impossible?

Manière de tester votre détermination. Vous n'avez pas rappelé pour annuler notre rendez-vous. J'ai supposé que ce serait vous qui me raconteriez cette histoire !

Il me serra enfin la main.

Adémar. Ravi de faire votre connaissance.

GD.

GD… pour… ?

Gédéon.

Je ne sais pas à quoi nos mères ont pu penser en nous voyant à la sortie ! Un prénom, ça peut nous emmerder à vie, et elle est déjà suffisamment courte et encombrée.

Je m'y suis fait. Je contracte. G pour graphe. D pour droite. Mon langage a toujours été géométrique.

Alors dans cet endroit, vous allez être servi ! Quoique, en matière de géométrie, on serait plus proche de la courbe ! La ligne droite, c'est celle qu'on tente vainement de tracer. Enfin, ça dépend de l'angle d'attaque ! Parce que ça bouge ! Que ce soit le vent, la mer ou la terre. Faut avoir le cœur bien accroché… Je vous avoue qu'avec les années j'ai aussi fini par me faire à mon prénom de château fort ! Mon Adémar s'écrit sans H. Pas de tour de garde pour asseoir l'enchaînement des lettres. Je suis un château qui ne possède que le contour de ses créneaux. Un homme de créneaux est obligé de se jucher au-dessus des points de vue. Tu géométrises, je guette ! Et ici, on dit tu.

Le silence se réinstalla. J'étais conquis par son discours. Impression que sa matrice intérieure architecturale et poétique, non dénuée de bon sens, rejoignait mes propres vibrations mathématiques. Que j'étais appelé d'une manière ou d'une autre à m'ancrer dans son port. Je tentais de m'adapter aux odeurs salines : bouche grande ouverte, mon nez n'y suffisait pas. D'apprivoiser ce que cette force olfactive imprimait en mon subconscient : poussée de sensations inédites, censurées dans mon train-train parisien. J'étais en train de donner substrat à l'odeur du mouillé : l'eau brasse celle des corps en flottement ; la glace l'emprisonne et la dissimule. Résurgence de notre humanité au contact de l'écorce de la Nature. J'avais escamoté jusqu'à ces notions vitales, enfermé dans mon bocal où je tournais en rond en dégoisant une bulle d'air : un savoir logiciel. Tout se réorganisait en une microseconde. J'étais, nous étions, tous deux, des êtres de chair reliés, mais surtout raccordés au vivant.

Tu n'ouvres pas les yeux ?
Non.
Si tu achètes la terre qui se délite, c'est pour te faire bousculer ! Ronger par l'érosion. Les racines des troncs léchées par le courant. Mises à nu. Le grisou quand il s'intensifie, qu'il rumine, qu'il écrase, ce morflage du fronton tout là-haut jusqu'à la tombée des nuages. La lumière qui, quand elle parvient à s'affirmer, éradique tout ce que tu as déjà pu inscrire en toi. C'est charnel ici ! Et ça nous rend minuscule… Un état d'esprit, l'humilité.
Le choc risque d'être trop puissant. Je vais y aller mollo. Je préfère vous, enfin, t'entendre me décrire.
De deux choses l'une, soit tu es froussard, et donc inutile de te risquer jusqu'ici ! Soit, et ce serait bien étonnant, tu n'as jamais vu la mer ! Tu me diras que sur *fairedenimportequoi quelquechose*, je ne pouvais pas vraiment m'attendre à un Homo Sapiens cérébré !

Réponse numéro deux : je n'ai jamais vu la mer. Enfin, vu, si, bien sûr. En photo. Mais, pour de vrai, non ! Total novice. Voyez-vous ça !

Je me mis à fredonner :

La mer n'existe pas. Parfois nous la rêvons. Mais elle n'existe pas. Ce n'est qu'une illusion.

Le sentant perplexe, je précisai :

C'est une chanson. D'Art Mengo.

Art Mengo ? Connais pas ! Mais elle me plaît, ta ritournelle.

Chaque fois que j'ai voulu aller à sa rencontre… La mer… J'ai fait demi-tour.

Tu sais nager, au moins ?

Je sais nager, au plus.

Qu'est-ce qui te bloquait ? À part les mots d'une chanson.

Sans doute l'idée que je conservais en moi quelque chose à découvrir face à cette impression tenace que tout avait été écrit, pensé, conçu… Alors, j'ai préservé des zones d'ignorance. Et mes parents n'étant pas bord de mer quand j'étais môme, cette zone-là, je l'ai laissée inexplorée.

La mer quand même, ça me paraît à la portée de n'importe qui.

Appréhender un paysage avec un esprit vierge prend… devrait prendre du temps : s'en imprégner, comprendre comment il fonctionne, comment le préserver, le transmettre, l'inscrire en soi. Je ne suis pas du genre touriste à défiler le portable à la main et le maillot de bain dans le sac… Et puis, il y a eu ton annonce. Non, d'abord ce nombre, le 17. Et j'ai su que c'était maintenant : affronter cette part liquide de la planète… Je ne dois pas te paraître très clair !

Adémar ne m'a pas répondu. Il devait me reluquer à présent, mais je m'en foutais. On s'était si souvent moqué de moi à cause de mon côté premier de la classe que l'humiliation ne m'atteignait plus. Avoir l'air débile les yeux fermés, je connaissais ! Ça avait toujours été ma façon d'aborder un problème, un obstacle : ce glissement en dedans, paupières closes. Avant de le résoudre. De sauter. Avouer ses faiblesses vous rendait plus fort que tous les cons qui tentaient de les masquer et que j'avais rencontrés à foison. Je restais concentré dans le silence, me refusant à ouvrir les yeux. Je me laissais bousculer par les rafales. Je savais que tout s'enclenchait dans un sens que je ne maîtrisais pas, que cette idée de cabane de mer n'était pas fortuite mais venue au jour pour me désenliser. Que j'allais me réconcilier avec du grandiose. À l'échelle de mon endormissement. Renouer avec cette dimension fugitive ressentie au sommet d'une déclivité d'où l'on s'élance en hors-piste : l'adrénaline de la trouille : cette forme de domination de son propre moi.

Les gens clairs, ça n'a jamais existé ! Ici encore moins qu'ailleurs. À la pointe, ça cogne, hoquète, bourrasque à toute heure. Tu t'attends à quoi ?
À rien de précis.
C'est pile l'état d'esprit qui sied à cet environnement. Si la terre se délite, la mer, elle, repousse ses limites, se recompose. En permanence. Qui est mer ? Qui est terre ? Décrire n'est pas chose facile. Cela dépend de l'humeur, de la part de réalité que tu veux y mettre ou de la poésie qu'elle a décidé de te faire adopter. Tout est affaire de vocabulaire !
Il a marqué une pause.

À cette heure, sa liquidité est opaque, un névé qui viendrait de déglacer, monts d'écume qui fissurent à l'arrière, rochers grisâtres dont on ne réalise qu'ils sont des blocs d'eau que lorsqu'ils s'effondrent. À l'adret de la vague, il y a l'ampleur du roulement. À l'ubac, son déversoir. Elles progressent, ces murailles-avalanches ! Elles comblent les ravines, creusent la minéralité qu'elles parviennent à peine à couvrir, ensalent les parois. Ou roulent et bâchent en grondant… Entre deux. Entre deux de certains jours. Et quand elles laissent à découvert le granit, ça pointe, en pics, en flèches… *Écoute.* Avant même de regarder ! La bise tonne coincée entre deux parois ; et d'un seul coup, elle chuinte, elle relâche sa matière. Et cesse à nouveau de s'engouffrer. Calme plat… Ça peut foutre le vertige, ces brassées incessantes ! Alors, ce sont les yeux qui s'adaptent. Ils se positionnent. Sur la sente escarpée. Jusqu'à la pointe mauve. Elle, elle s'avance dans le noir de l'horizon. Et on ne sait pourquoi, au milieu de ce champ d'éboulis, un rayon translucide propulse la voile d'un canot. Une belle tache rouge ! Susceptible d'être engloutie d'une seconde à l'autre…

Il a conclu :

C'est tout ce que je suis en mesure de te relater. Je ne suis pas conteur. Je suis regardeur.

Adémar me décrivait la mer, et je n'entendais que les sons de ma montagne, le glissement des carres sur la couche tassée, le silence de nouveau monde lorsque la neige a pleuré la nuit entière, le bruissement des flocons qui, trop lourds, finissent par faire ployer les aiguilles des mélèzes, le crissement de la luge, sourd, comme le tonnerre quand il se gonfle avant de se fendre.

J'ai descellé les paupières.
Souffle dans les pupilles.
L'onde infinie.
Verdâtre.
Échevelée sous un plafond blême.
Roulante.
Fracas.
Le choc m'a laissé comme lui.
Entre deux.
Neuf et las.

Avais-je attendu depuis ma naissance cette harmonie manquante ? Soudain, il me vint à l'esprit que toute vie était marquée par l'initiation, puis l'expérience. Graduellement. Jusqu'à notre anéantissement. Et que les quelques années qui venaient de s'écouler avaient été un immense gâchis. J'avais loupé une marche. J'avais fait du surplace. Je m'étais interdit toute progression, tétanisé par une escroquerie, un rapt de mes talents. J'avais encore moult calculs à inscrire sur la liquidité bleue de ma vie. Sans logiciel.

C'est à cette seconde qu'il a lancé :

C'est l'heure du 11.44. Et je tiens pour acquis de ne jamais le louper.

.14.

Le 11.44 était son troisième café de la matinée, préambule à son déjeuner, et plus allongé que le 6.33 et le 9.18. Qu'il associe à des instants du quotidien des dénominations chiffrées a achevé de me séduire. J'apprendrais que c'était une part importante de ce qu'il laisserait à la terre, ces dénominations chiffrées, inscrites parfois en titre pour certaines de ses créations : sorte d'équations personnelles, un compte à rebours, celui de sa vie, qu'il essayait tant bien que mal de sérier. Il m'avait simplement indiqué : « Lorsqu'on travaille seul, il faut se fixer des horaires. » Je n'avais pas osé lui demander dans quel domaine, encore tout à l'étrangeté de notre rencontre, mais j'étais déjà certain que cet homme entretenait un rapport audacieux à la matière.

Nous avions quitté le front marin pour nous engager dans la propriété par un chemin poussiéreux d'herbes folles, délaissant la maison par laquelle je m'étais introduit sur ses terres. Au loin se profilait une seconde bâtisse, plus haute, plus vaste, robuste, pourvue à l'arrière d'un conduit de cheminée imposant en circonférence et hauteur, duquel s'échappaient fumée et odeur de résineux. C'est au rez-de-chaussée de cette bâtisse qu'eut lieu le cérémonial : une salle ample à quatre baies traversantes dans le fond de laquelle trônait le pourquoi de cette cheminée : un four gigantesque. L'atmosphère de douce chaleur, le décor sobre et clair – hêtre froissé de la table et des chaises, chêne des placards gratté au blanc d'un ciel de début d'hiver, dont il me précisait, et je ne savais pourquoi, les essences – m'enveloppèrent d'un bien-être que j'avais eu peine à ressentir ces dernières semaines. Lorsque l'alarme de sa montre bipa, deux tasses d'expresso fumaient devant nous. Je jetai un coup d'œil sur mon portable : onze heure quarante-quatre pétantes. Il ôta alors et ses lunettes et son bonnet. Boule à zéro. Ce qui livra à la pièce baignée d'une lumière impalpable un halo blanc qui se mouvait en un va-et-vient assuré et tranquille ; et qui, lorsqu'il se pencha vers sa boisson, rendit son regard plus incisif. Adémar se portait à l'écoute de chaque infime parcelle de lui-même, de chaque pulsion sensorielle de son entourage, avant d'inviter son interlocuteur à occuper toute sa place. Et cette placidité attentive m'intimida.

De mon côté, après l'assommoir des bourrasques et la certitude d'avoir ingéré un flux et reflux – balancement imperceptible : neuf et las, neuf et las – auquel il me serait désormais impossible de me soustraire, je sirotais son café-réconfort suspendu à mon moi profond quasi introuvable depuis quatre ans, en phase, à l'équilibre, incapable de rompre le ronronnement qui émanait du four.

Sa configuration était l'exact prolongement de la tour extérieure : un ventre prismatique en pierre de tuffeau qui occupait un bon tiers de la pièce. Je fixai l'énorme fauteuil posé devant, au coutil bleu ancien, de ses bleus qui enchevêtrent de l'indigo et un brin de marron violacé. Gonflement de l'assise, accoudoirs tressés d'érable, design finlandais des années quarante : je m'y connaissais encore. Et l'ensemble des palettes, cagettes, briques qui traînaient, surmontées d'objets aux contours étranges, pots de toute contenance, assiettes ou plats, qui attendaient, dans cette tiédeur, leur première cuisson. À l'entrée de ce qui devait être une autre pièce, que je devinai destinée à l'alchimie des formes, des bains aux harmonies de la marée s'étalaient dans des cuves basses.

Mon hôte s'est levé. Claquement de la porte du réfrigérateur. Il nous a installé à chacun une bière et une pile de crabes-sandwichs préparés par ses soins, « sans les pinces », avait-il cru bon de souligner. « Aujourd'hui, on pique-nique. La journée va être longue. Demain, on verra pour s'organiser. » Une régalade, sa mayonnaise au basilic, son émietté de chair de crabe et sa roquette poivrée, sur leur lit de pain au chanvre « levé à la chaleur du four ». Soupçon d'hilarité dans ses prunelles en me regardant dévorer. Puis une part de kouign-amann que je n'ai pas refusée, adoptant sans rechigner la finesse du caramel beurre salé avec un autre café, que je lui ai réclamé, bien serré, celui-ci.

Demain ?

Je ne m'étais pas posé la question de ce jour qui semblait ne jamais advenir, ni à mon départ de Paris, ni à présent que j'adoptais sans réserve le bonhomme et son accueil dénué de questionnement invasif ou de ligne de vie à justifier. Je m'étais enfui de la capitale sans billet de retour avec cet unique leitmotiv « se laisser conduire » ; et cette injonction prenait envergure, me suggérant des idées aussi nostalgiques que de visiter le coin en stop. En fait, je n'avais qu'une envie : rester assis pour l'éternité devant un crâne nu. Adémar ne partageait pas ma mollesse. Il remit son bonnet. « Ce n'est pas tout ça ! Y a dix hectares à arpenter. Si on n'en a pas trop perdu cette nuit ! »

.15.

Dehors, le ciel se faisait plus menaçant. Sous un hangar, un drôle de volatile au fuselage vert anglais patientait : guidon surélevé, sièges cuir, coffre gainé de sangles, jantes boueuses.

Alfred, mon side-car ! Construit à partir d'une Triumph Bonneville Newchurch. Tu situes ?

Pas le moins du monde !

Mais l'engin était si racé sous son paravent de tôles, que je mangeai des yeux son museau court et arrondi, ses pneus légers, ses jantes en acier-étoile-flocon : un gosse, nez collé à la vitrine d'un magasin de voitures miniatures. Je me suis glissé sur le siège passager. Adémar a pris le temps de nettoyer le pare-brise.

Alfred n'a pas fait sa toilette depuis notre dernière virée. Et ça crasse vite ! Bloque la toile cirée sur tes jambes. On dirait que ça se gâte. Pas plus mal. Il vaut mieux visiter dans les pires conditions.

Il s'est absenté quelques minutes. Je l'ai entendu fouiller. Il est réapparu avec, à la main, un bonnet de cuir à sangle et visière, aux oreilles longues, au blond un peu usé.

Cadeau ! Un authentique 1916. Je l'ai subtilisé sur le fil à un gang d'Américains, drivers de Harley, qui écumait la Normandie, ses cimetières de guerre, et qui tentait de rafler le stock. Bien cru qu'il allait me filer sous le nez. Il y a des choses qu'on ne doit pas laisser s'envoler. Surtout le serre-tête d'un illustre pilote qui a dû avoir chaud aux fesses dans sa carlingue.

Une trace de brûlure grainait le cuir à l'arrière. Je l'ai enfilé, impressionné. Que mon 17 m'ait conduit à rendre hommage à un homme qui avait mangé le ciel. Avant que je n'absorbe la mer.

Pile-poil à ta taille ! Il était pour toi !

Il a enfourché la bécane, mis le contact, accéléré en douceur ; en quelques secondes, la route était à nous. Impression de faire corps avec le bitume, d'être la sente qui ondule, de bouffer du monticule dans un confort moelleux, à peine une secousse de temps à autre dans les reins. Personne, excepté un camping-car à doubler dans cette longe côtière de dunes, broussailles rases, bruyères brunes, mouchetée de points jaune genêt, écho d'une terre à virages, à arbres fripés, désert de ciel. À un moment, il s'est éloigné du bord de mer pour traverser un maquis de maisons granitiques, pâturages, patchwork de cultures maraîchères, mottes de bouse qui explosaient sous la pression des roues et retombaient en libérant une odeur forte. J'aurais voulu que cette balade se prolonge à l'infini, persuadé que j'allais vers un paradis, parfum d'herbe sèche à la bouche, larmes salées sous les paupières. Mais le moteur a cessé de vrombir. La pluie s'est invitée, fine. Et dans ce crachin, un rayon a troué le gris, lumière polaire entre deux frondaisons d'arbres, commencement d'un hymne vert tendre acoquiné à des bruns de poutre et des noirs d'ébène. D'un geste large du bras, Adémar a embrassé le paysage.

Voilà.

Ce simple mot par lequel il m'offrait sa terre et ce qu'il était.

Les choses telles qu'elles sont.

Par quoi on commence ? La forêt ou le littoral ?

La forêt, c'est ce qui te restera dans dix ans.

.16.

Nous nous sommes enfoncés sous le couvert des arbres. Curieusement, ce n'est pas la mer qui m'a fait aimer cet endroit. C'est ce coin moussu, branchu, qui me rappelait les contes que ma mère nous lisait, à Delphie et à moi, ce mélange de ténèbres, d'angoisse et de héros qui finissaient toujours par convoler en justes noces et dérouler une progéniture gigantesque. Et ce bouquet de senteurs dont je n'avais plus l'habitude : terre détrempée, feuilles qui pourrissent sous l'averse, fougères qui dégagent leurs élancements, tabac blond, fève, champignon, et cette note de fond, omniprésente, métallicité si proche de la pierre poreuse qui charrie, quand elle dégèle, des réminiscences d'insectes fossilisés, de graminées, amertume du houblon. Là, plus qu'ailleurs, se sont burinées en moi des sensations, des images que leur libération ravivait. Ces retrouvailles avec ce qui m'avait animé dès mon entrée en scène sur cette planète féconde : la calligraphie des nombres à partir de laquelle je traçais, enfant, des croquis de huttes en branchages, chalets à frontispice, cambuse sur pilotis. Engendrer sur le papier ces intuitions me démangeait à nouveau, calculer leur faisabilité, habitat-nid d'oiseaux, charpentes sculptées, fenêtres en ogive, tout remontait… Une fois de plus, je bloquai ce flot et me concentrai sur celui de mon compagnon.

Dans son bois, Adémar causait. Pas à moi. À ses arbres. Et lorsque je dis « nous nous sommes enfoncés sous le couvert des arbres », la phrase est inexacte tant la frondaison s'est éclaircie après le premier écran de troncs serrés que constituait la hêtraie : elle était, en réalité, la porte d'accès à un lieu insoupçonnable depuis la route. Il prenait corps sous nos yeux, forêt-jardin à perspectives, comme je n'en avais jamais contemplée – et en paysagisme, j'étais loin de ne posséder que quelques notions –, où la main de l'homme avait dû être aussi essentielle que le vent qui pousse les graines, la pluie qui les plante, le soleil qui ennoblit leur croissance et l'ombre qui leur ordonne le repos. Endroit intemporel où Adémar causait. À ses amis. Il les saluait, les caressait, collait son oreille sur leur écorce, débroussaillait un lierre envahissant, évaluait les pousses. Plus nous pénétrions, plus j'étais envoûté par la beauté des chambres de verdure qui se succédaient. Elles déclinaient des hauteurs de vue à étage après des faîtes si haut perchés que se tordre le cou n'y suffisait pas pour les apercevoir et des troncs-armatures si larges qu'une ribambelle d'enfants n'auraient pu en faire le tour. Toutes s'ouvraient à des moments inattendus : une échancrure sur ce panorama indomptable, la frange de son écume et le grège de son sable, la fébrilité de ses oyats et l'anthracite des deux pointes caillouteuses qui enserraient une minuscule baie sous le goutte-à-goutte continu.

Soudain, mû par je ne sais quelle intuition, il s'est rappelé ma présence.

Cet orme compte cent soixante hivers mais il joue petit bras. La hêtraie possède des spécimens de quatre cents ans. Elle avait bien sûr son utilité : la fabrication des coques de bateaux. Pour le reste… La plupart de ces arbres ont été plantés il y a deux siècles par mon arrière-grand-père, qui s'était mis en tête d'établir sur cette lande une sorte de conservatoire végétal pour y étudier l'adaptation de certaines espèces. Il a bourlingué sur toutes les mers du globe. Les graines, il en a rapporté un paquet, et il a tout consigné. Quatre mille pages qui prennent la poussière dans un grenier! À l'est, les dunes protègent le terrain des vents d'ouest salés, fougueux et destructeurs. Grâce à elles, la parcelle est irriguée d'un microclimat maintenu à l'année. Le dispositif est complété par les haies, le système des « chambres »: elles fonctionnent comme des brise-vents et modèrent la température.

À l'instant où il a affirmé cela, j'ai tombé la veste, la pluie ne filtrant plus. Nous progressions, moi à l'écoute, lui, dissertant sur chaque espèce, et sur le grand-père, qui en bon descendant de l'arrière, était devenu une victime collatérale de la démangeaison d'orteils et des semences à faire pousser. Ces trois-là m'embarquaient dans leur tour du monde et implantaient en mon subconscient silhouettes et mots singuliers: gommier rouge, bambou, érable du Japon, tilleul argenté, ginkgo biloba, Indonésie, Malaisie, Nouvelle-Guinée, Chili, Chine, Philippines.

La nature est stupéfiante! Regarde ces araucariacées, splendides désespoirs des singes. Et ce *wollemia nobilis*! Fondamental pour notre survie! Lui fut planté par feu mon père pour célébrer l'an 2000. Une espèce malheureusement en voie de disparition.

Ton père était de la partie lui aussi?

Pas du tout! Il faut bien que la chaîne casse de temps en temps, sinon on pourrait croire que nous sommes programmés à la seule fin de poursuivre l'œuvre d'un ascendant plus génial que les autres ! Mon père était médecin. Trop débordé par sa clientèle et plus épris de cabotage le long de la côte à la barre de sa goélette que de botanique. Mais il a tenu à faire entretenir le lieu, équilibrer les élagages, les couleurs. Et il nous a bâti, à mes frères et moi, ce chemin de fougères arborescentes. Un sacré terrain d'exploration ! Ah, nous en avons inventé des cabanes et des parties de cache-cache !

La largeur des feuillages, leurs dentelles entremêlées, montées sur des pieds costauds à près d'un mètre cinquante du sol, pouvaient sans problème camoufler un gosse de bonne taille. Un lieu de conte où je m'imaginais sans mal guerroyer avec un dragon aux franges luisantes, aux yeux enfiévrés, museau d'or.

Maintenant, l'entretien, c'est pour moi ! Comme mon père, je ne suis pas planteur. Je te l'ai dit : je suis regardeur. Total novice, pour reprendre ton expression !

Et tes frères ?

N'y foutent jamais les pieds. L'un parce qu'il les a déjà dans la tombe. L'autre, parce qu'il est quelque part dans un monastère au fin fond du Canada. C'est bien assez pour des premières présentations.

Nous avons continué à arpenter, longues foulées, à assimiler, cramoisi, émeraude, brise, craquements, camélias, gunneras du Brésil, pittospores, gardénias, jasmin du Cap, lobes, dénominations latines sur des tessons d'ardoises, parfois dans le touffu, parfois dans le maquis, parfois dans la clairière, parfois à la presque lisière où nous percevions l'anéantissement régulier des flots.

Il y a cinq hectares de bois, cinq hectares de dunes. Nous arrivons au bout.

Un chemin sablonneux zigzaguait parmi des viornes, corymbes au blanc poudré, des azalées rouge vif et des rhododendrons de l'Himalaya, violacés et orange. Les premiers boutons étiraient leur onde de feu avant la plage en contrebas.

Quitter cette pénombre des verts. Cet éden quasi mystique qui nous avait soudés.

Et nous l'avons retrouvée.
Dans ses gris.
Sternes dansantes
Débris de coquillages
Valves évidées
La pluie s'était interrompue.
Semelles qui s'enfoncent.
Amas compact de rochers.
Ils surgissaient à marée basse.
Ridelles de sables
Tas d'algues noires éparpillés
Vallon en inclinaison douce
Je l'ai désirée.
Hors du temps.
Je me suis déchaussé.
Aller au contact.
Aboutir.
Il s'était assis sur un rocher.
L'eau a clapoté sur mes orteils, mes chevilles.
Glacée.
Puis elle s'est ruée.
Profonde.

En moi.
Flux et reflux.
Neige et blizzard.
Il y avait toutes les natures en ce lieu.
Le son langoureux des vagues
devenues humbles
me guettant,
mourant pour renaître.
Les couleurs et leurs nuances.
Le froid et les errances des êtres
confrontés à leur petitesse.
Construction
du monde
de chacun
de mes sillons intimes.
Déracinement.
L'onde était d'un olive pâle
avec des virgules de bleu roi
ou peut-être étaient-ce les nuages
qui inscrivaient ce va-et-vient fugace
au patrimoine mondial de l'humanité
en y déposant leur trait laiteux.
Neuf et las.

Pieds trempés, je lui ai crié :

Je reste ! Faut juste que je trouve à me loger.

Je suis remonté sur la plage, à sa hauteur.

T'inquiète. À l'atelier, au-dessus du four, il y a une chambre.
C'est spartiate mais confortable, avec un coin-douche.
Vous n'habitez pas sur place ?

Non, j'y travaille.
Adémar, pourquoi vendez-vous ?
Je ne vends pas. Je viage. Et puis mes raisons ne doivent pas influencer ton choix. On ne se dit plus « tu » ?
Je vais être franc avec toi. Je suis chômeur. J'ai un peu d'argent de côté bien sûr mais je ne suis pas certain de pouvoir répondre à tes exigences financières.
Le dilemme n'est jamais l'argent, GD. La terre ne s'achète pas. Elle se reçoit.

.17.

Je pressentais qu'il apparaîtrait quelques minutes avant son 9.18 et que s'il m'avait confié son rituel, c'est qu'il avait une réelle signification. À la suite de notre balade, une évidence m'habitait : son observation de l'autre était teintée d'une cordialité bon enfant, mais il ne forçait pas le contact, il attendait l'alchimie. Et ces rituels étaient sa manière de se souvenir d'accorder du temps au temps : vivre ce que l'on décide. Je désirais entrer en connivence avec lui. Je soupçonnais que j'avais à apprendre de ses silences et que lui ne dédaignerait pas se faire complice des miens. La réserve que j'avais installée vis-à-vis des autres était, grâce à cette rencontre, sur le point de céder. Il m'avait d'ailleurs quitté en me posant sa première question, qui, en définitive, n'en était pas une :

> Ton tee-shirt est surprenant. Superbe ! Si on trouve ce genre d'articles à Paris, c'est que la capitale offre encore de l'exceptionnel ! Si j'en avais un à proposer à la vente, dans la lignée de celui-ci, pour la Chamblaie – nom de mon domaine –, il ferait fureur !

J'avais balbutié que je ne l'avais pas acheté mais fait fabriquer, que je faisais imprimer chacun de mes tee-shirts depuis un pari quand j'étais étudiant. Je travaillais par série et chaque tee-shirt était unique. J'avais consacré ma première série aux architectures modernes totalement novatrices : la Robie House de Chicago, le dôme géodésique de Montréal, la tour Einstein à Postdam, et la mythique tour Chrysler, symbole de New York. Puis le pari était devenu défi : monuments anciens, ceux par qui l'architecture avait ce pouvoir d'être un postulat divin : porte d'Ishtar, cathédrale de Milan dont j'étais fanatique, mastaba d'Akhethétep. Ou icônes du design : légendaire brique Lego, radio Tykho, bouteille Coca-Cola. Des graphismes à l'encre noire, un ombré monochrome rouge tango comme une punchline, où les détails devaient se repérer et se mouvoir avec le tombé d'un coton léger : ma signature. Depuis peu, j'abordais ma période « Parcs mythiques du monde ». Et le tee-shirt qu'Adémar appréciait représentait les Oval Gardens : une quarantaine de jardins familiaux de forme elliptique, pensés en 1952 et installés non loin de Copenhague. Concept inédit en architecture-paysagisme, ils composaient, vus du ciel, des tableaux abstraits avec leur espace de dialogue entre pavillons, non goudronné mais pelousé et fleuri. Les Oval Gardens reléguaient sans mal à la dernière place le bitume et les cages à poules des cités françaises d'après-guerre. Enfin, c'était mon point de vue ! Il n'avait pas jugé bon de m'interrompre, mais lorsque je terminai mon explication, il avait eu cette conclusion :

Mazette ! On ne doit pas s'ennuyer avec toi ! Je n'avais jamais pensé qu'admirer un jardin du ciel pouvait entrer en ligne de compte dans sa composition. Nous étions faits pour nous croiser, et à ce moment précis de nos existences puisque tu es dans ta période « Parcs patrimoniaux » et que je ne sais que faire du mien. Sur ce, je te souhaite la bonne soirée. Je ne te fais pas le guide dans la baraque. Tu sauras te débrouiller.

.18.

Il a garé Alfred, toiletté comme neuf, tandis que je mettais l'eau à chauffer. Bonnet d'aviateur mais lunettes posées sur le cuir. Regard gris profond. C'est moi qui lui ai préparé et servi son arabica, et pile à la minute. Il s'était assis à l'extérieur sur un tas de palettes. Peintes à l'outremer, elles faisaient office de chaises et table de jardin ; et cette réappropriation des matériaux m'interpellait. Relais de ma déambulation à la brocante Lebernin ?

J'aime savourer mon 9.18 dans ce petit coin quand j'ai terminé de réalimenter le four. Bien dormi ?
Pas fermé l'œil !
Normal ! Les émotions, faut qu'elles transitent. Des sens aux organes. Par la peau.
Par la peau ?
Là sur tes doigts, ce sont tes kératinocytes. Ils régulent et évacuent tout ce que tes neurones ne peuvent pas décoder. L'épiderme, notre façade. Le squelette, nos fondations. Pour utiliser un vocabulaire qui parle à tes aspirations.
D'où tu tiens ça ?
Vingt ans de kiné, ça laisse des traces. Un corps, c'est un papier qu'on défroisse. Et qui garde ses infimes fronces.

Et aujourd'hui, tu bosses dans quoi ?
Je reforme les traces, les plis. Autrement… Je rêve. Je glaise. Je cuis. C'est moi que je délasse ! Alors ce projet ?
Comment ça ?
Tu me dis à demi-mot que tu es chômeur, tu me déroules un abécédaire international de l'architecture, et tu n'as pas fermé l'œil. C'est que tu as tergiversé, et quand on tergiverse, l'imagination s'en mêle. Foi de céramiste ! Alors, de deux choses l'une, soit tu te mets à table et je tente de comprendre ce qu'un mec aussi cultivé que toi peut m'apporter, et on voit ce que j'en dis, soit tu t'en retournes. Et tu ne te seras jamais défié toi-même.

Comment avait-il su ? Comment avait-il pu deviner le schéma incroyable qui m'avait traversé l'esprit dès mon installation sous la pente du toit ? Était-ce le ronronnement de son four qui enclenchait des pérégrinations créatives par sa bande-son et sa chaleur sèche ? Ou son lit de camp qui avait pu faire surgir dans mon inconscient cette idée de bivouac ? J'avançais avec prudence dans la conversation. Je ne voulais pas le brusquer. Je souhaitais que cet homme, que je ne connaissais pas la veille, accepte ma vision de son éden. Parce qu'il m'était devenu limpide, au cours de ma traversée nocturne, que je tenais enfin le moyen de retisser tous les fils qui s'étaient déchirés en moi six ans auparavant. Retourner à ce qui me constituait en vérité. Cesser de fuir, me faire confiance.

Je crains que tu me prennes pour…
Un fou ? Et après ? Tu ne serais pas le premier. J'en ai croisé plus d'un. Je suis vacciné ! De deux choses l'une, soit tu te

débrides et on voit comment être dingues à l'unisson, soit tu continues à te serrer le mors et on se dit adieu. En permanence, deux voies dans l'existence et un seul choix. En permanence, une voie dont on ne sait pas où elle nous aurait mené. En permanence, une hypothèse à deuiller, une partie de nous à détruire pour en faire saillir une nouvelle. En permanence, choisir. Et assumer.

Et de deux choses l'une, ton expression favorite !

Mon credo ! Nous sommes plus libres que nous le pensons !

Je t'écoute.

J'aimerais installer sur la lande de sable, entre ta forêt-jardin et la mer, des cabanes. Au surplomb de la dune. Utiliser cette vue fantastique. Démontables, écologiques, autogérées. Toutes différentes. Sept cabanes. Pas une de plus. Enfin si, la mienne. C'est une intuition. Permettre à des personnes en délitement de venir se poser pour un temps dans cette démesure. Qu'elles libèrent synapses, paupières, vibrato ! Qu'elles contemplent ! Et par là, qu'elles se retrouvent, qu'elles explorent leur point d'achoppement... Et qu'elles se redéploient en respectant cette nature fabuleuse.

Adémar a éclaté de rire.

Tu veux installer à la Chamblaie une colo pour maniacodépressifs ?

Non ! Enfin... quoique !

Il se gondolait ; mais dans son regard quelque chose avait frémi. Il avait accroché à cette illumination, l'avait peut-être déjà caressée, n'attendait peut-être que cela : le choc qui vous pousse à sortir des schémas de pensée rabâchés. Se relancer. Oui, nous étions faits pour cette complicité, une nouvelle dimension pour lui, pour moi, pour ce coin fabuleux qu'il fallait protéger coûte que coûte mais entrebâiller à un public captif. Je me suis engouffré dans la brèche de son regard interrogateur.

Tu l'as écrit dans ton annonce : la terre se délite. Chaque jour, de la même manière, nous perdons un morceau de nous-mêmes. Si pour toi c'est douloureux d'observer cette merveille disparaître, c'est pareil pour d'autres de voir ce dont ils sont dépossédés, de le sentir sans pouvoir le nommer ou d'être incapables de déterminer les conséquences de cette perte sur la poursuite de leur existence. Ce sont tes propres mots : une hypothèse à deuiller, une partie à détruire pour en faire saillir une nouvelle. Faire le tri me semble indispensable pour avancer en paix, trouver son essentiel. Et des êtres équilibrés, c'est aussi important pour l'humanité que la nature à sauvegarder, non ? Tout est lié. Dans ce cadre plus qu'ailleurs ! Cette nuit, j'ai repensé à ta vision de la mer. Qu'est-elle au fond ? Seulement un paysage ? Ou un moyen de survie de notre humanité ? Et j'ai entrevu que c'est dans cette zone de combat que je voulais me situer : donner naissance à des projets pour rendre les gens à eux-mêmes. Parce que… c'est la meilleure des prises de conscience pour faire entendre qu'il faut préserver certains endroits. La mer nous le souffle à tous les deux ! Oui, il faut écouter. Attends-moi trente secondes…

Quelques minutes plus tard, j'ai étalé devant lui les esquisses qui avaient dévoré mon sommeil, sept cabanes, chacune originale, imaginées, ou inspirées des matériaux entraperçus chez Lebernin : ouverture face océan uniquement, pas de perspective sur la forêt-jardin, structures prenant en considération les marées et les vents, toitures encore en approche. Avec cette volonté, cette contrainte de ne pas abîmer le littoral, d'être en mesure de démonter, transporter ailleurs, rendre à la nature ce qui lui appartenait une fois la « thérapie contemplative » achevée. Faire comprendre à ceux qui accepteraient ce challenge ce qu'il pouvait produire en chacun de positif. Pour débrider, j'ai débridé ! Adémar avait raison : lorsqu'on partageait des rêves à deux, ce n'était plus un rêve, c'était un commencement de promesse. Et, emporté par cet enthousiasme auquel je m'étais refusé depuis des lustres, je lui ai débité mon cheminement : l'histoire de mon 17, ma hantise de Pôle Emploi, ma visite chez Lebernin et la cabane dans mon rez-de-chaussée parisien. Remonter plus profond mon parcours, j'en étais incapable.

Il s'est emparé de chaque dessin, les a scrutés. Il soulevait les pages, revenait d'une proposition à l'autre, lisait les commentaires techniques. Silence de cathédrale. Charbons ardents. Puis il a déplié son corps, a recalé ses lunettes d'aviateur et s'est dirigé vers l'intérieur de la maison en déclarant : « On va se faire un 10.36 un peu costaud. »

Pétrifié, je n'ai pas bougé. Vent au diapason. Pas un souffle.

Je venais de présenter à Hearl Kingvey, mon boss chez Coleman, une des plus grandes agences internationales d'architecture basée à Londres, l'aboutissement de plusieurs mois de travail : maquette et plans d'un gratte-ciel-paysage de soixante-quinze étages avec solarium sur Shanghai. Encore une de ces compétitions dont tout le milieu de la City se gargarisait. Hearl n'aimait pas que je travaille seul. Hearl n'aimait pas que je sois positivement si doué si jeune. Mais il reconnaissait mon apport dans le cash-flow de la boîte, mes trois contributions décisives, missions que l'agence avait gagnées, Downtown Atlanta,

Embarcadero Resort Phuket, Riverside Copenhague. Mon implication au-delà de la norme, frénésie créative, défier le ciel. Il me tenait dans son pool de winners, la laisse autour du cou. Hearl n'aimait pas que je souhaite m'émanciper. Caresser dans le sens du poil, appâter avec du fric, toujours plus de fric. Il appréciait ma singularité dans ce milieu où chaque levée de fonds se jouait sur l'entregent. Des milliards à se faire. Mon côté décalé, à mille lieues du système. De son système. Il avait pris son temps à la fin de la présentation pour reprendre la main. Ethan chiait dans son froc. Il collait l'empreinte de ses mains moites sur l'ébène de la table du comité de direction. Victoria, nouvelle recrue, encore en pro bono, avait redressé l'échine. Lorsque Hearl ne posait aucune question...

Adémar m'a tendu un de ses deux « irish coffee, crème de whisky et maragogype nicaraguayen ». 10 h 36. Planètes alignées.

On trinque ?

À quoi ?

À la plus belle bande d'allumés que la Chamblaie va recevoir.

Merci grand-père !

T'es d'accord ?

En tout cas, y a de l'idée. Tu es quand même conscient que tout le long du littoral, on a interdiction de construire. Et qu'on en serait plutôt à détruire les cabines de bain.

Merde ! Je n'avais pas pensé à ça. J'ai rougi. Violemment. Je rougissais encore à trente-cinq balais comme lorsque j'osais, à dix, interrompre le prof pour lui montrer qu'il se trompait. Bordel ! Erreur de débutant pris à son propre jeu. Excitation à la con ! Combien de fois Hearl m'avait asséné : « On ne sort jamais du cahier des charges. Jamais, c'est clair ? » J'ai commencé à rassembler mes feuilles.

Il est vrai que je ne t'ai pas précisé qu'on était en zone protégée.

OK, c'est bon. C'est foutu.

Pas complètement. Je n'ai jamais emmerdé la maréchaussée. Il faut un début à tout dans l'existence. Et tes cabanes sont autorétractables, archi démontables, capables de replonger dans l'invisible en un rien de temps ! Au jeu du chat et de la souris, ton rodéo pourrait bien être ce début. Cette promesse de vie dont tu m'as parlé. Que tu incarnes. Laisse-moi y réfléchir encore un chouïa, tu veux !

Et il a cogné sa tasse contre la mienne.

Je ne peux pas déduire clair sans un bon casse-la-croûte. On s'invite à la Quimpéroise. Moules-frites à volonté.

Avril 2019. Ma vie venait de prendre un tournant.

.19.

J'ai dégusté ses paroles.
Cidre brut. Du cru. De la pomme aigre et anoblie.
Il a opté pour les moules. Deux pleines cassoles.
Pas de frites.
Adémar a un appétit de boucanier.
J'ai préféré les fruits de mer. Praires et couteaux. La récolte du jour.
Il m'a montré comment les sublimer.
Il a joué
au père attentif
au copain de tablée.
à l'ami insaisissable.
L'était-il ?
De lui, je saurai si peu.
Mais de son art de céramiste...
Avalanche.
Des bribes. Puis une logorrhée.
Descente en tréfonds.
Un jargon.
Biscuit. Terre de pipe. Réfractaire. Lave. Majolique.
Ai-je posé des questions ?

Images incohérentes, parfois éloignées du sujet.
Et pourtant au bout du propos, un rapport, un fil entre son imaginaire et le concret du tour, du four.
Ses mains.
Je les observe.
Doigts longs et fins, ongles bruns de concrétions.
Tout est fin chez lui. Tout est souple.
Voyage. Vision.
Au cœur d'un savoir-faire inconnu.
Le cœur de la planète.
Le magma. La terre. L'argile.
Sculpture des émotions.
Essais infructueux.
Recherche d'une perfection,
qu'il ne parvient pas à cerner.
D'une maîtrise qui s'efface.
Mise en couleurs, échec, prise de risque.
Éblouissement.

Adémar confrontait encore ses mains aux corps.
Ses paumes au défi de la souplesse.
Plasticité.

.20.

J'ai oublié l'ancien bunker réhabilité en auberge où il m'avait convié, le béton nu des murs, ses plaques publicitaires des années soixante, sa terrasse de guingois, le bois râpeux des tables, les chaises dépareillées, la forme imprécise des assiettes – ses créations : la patronne me l'avait soufflé au moment de la note. J'ai oublié cette exhalaison sauvagine des fruits de mer qui reste collée aux doigts après la chiffonnette au citron lessiviel. Je n'ai conservé de ce gueuleton que ces quelques lignes griffonnées dans l'après-midi, le baptême d'une amitié déroutante, phrases impressives qui se heurtent les unes les autres au beau milieu des amorces de ce camp de nomades en lévitation dans nos deux pensées. Et ses yeux gris et émouvants, ses yeux gris et tristes, pointe de nostalgie d'un temps révolu, d'une douleur sourde dont il ne m'avait concédé que le trou de la serrure. La clé, il l'avait égarée.

Nous sommes rentrés. Il a décaissé les pièces du four, les auscultant, mettant de côté celles qui ne faisaient pas l'affaire. Hors de celles de table classiques – entendons-nous sur le vocable « classique » : assiettes, bols, tasses, aux contours inédits, irréguliers, uniques, qui pourtant composaient à l'évidence des services complets – émergeaient des modelés à l'émaillage sublime. Harmoniques de tons de mer au bleu d'un soleil radieux, au méthane de la houle, au lacté lunaire d'une nuit à vaguelettes lascives, au violacé intense des éclairs sur un granit concassé. Formes minérales, aquatiques, indéfinissables. Et, clou du spectacle, de somptueuses plaques rectangulaires, frottées, balayées, où, dans les plissures de la couleur presque morte, livide, vert pâle et bleu étain, s'arrimaient des larmes de brillance. Incarnation de la paix de celui qui tâtonne, s'élance, se brise, mais déniche une parcelle de son être intime et s'en voit soulagé. Pour une seconde. Oui, nous étions arrimés l'un à l'autre sur une même corde. Je plongeais en ses « tableaux » comme en ses yeux : solitude, douleur, oppression, ensevelissement. Je retrouvais mes névés, contemplais mes sommets intérieurs, apaisais les angoisses qu'avaient fait naître ce projet une nuit durant et l'absence de réponse factuelle de la part d'Adémar.

Je ne savais si j'appréciais qu'il prenne son temps pour y réfléchir tant il m'était clair que si sa réponse devait être négative, je serai dans l'incapacité de retourner mendier un job pour jouer à ce jeu de dupes qui avait orchestré quatre années de ma vie. Ne me resterait plus qu'Amélie, dont je sentais indiciblement, à l'aune de mes questionnements, qu'il me faudrait la quitter elle aussi pour avoir la force d'endiguer cet embourbement. Nous étions, tous deux, compagnons d'infortune, soudés par des rapports peu loquaces et une entente sexuelle câline. Elle n'était pas en attente d'un engagement gravé aux bans d'une mairie : elle savait que j'aurais été un piètre époux et père. Je me le répétais inlassablement, conscient que je n'avais pas encore frotté ma pleine démesure à la vie, à ce pour quoi elle m'avait convié sur ce bout de lopin entre Chambéry et les Grandes Jorasses.

.21.

Patienter.

Qu'Adémar me délivre son aval.

Ou pas.

Il avait sous-entendu qu'il ne souhaitait pas que je reparte vers la capitale trop vite, que la soupente était mienne et mon emploi du temps libre. Lui allait et venait du matin au soir entre la chambre de façonnage, celle des bains, l'entretien du feu, les sorties du four. Puis il me quittait et rejoignait un foyer, un endroit énigmatique. À la suite de nos premiers échanges, nous n'avions pas réenclenché de dialogue. Je l'avais pris au dépourvu en pleine période de création et j'acceptais que ce ne soit pas celle de sa décision. J'évaluais aussi sa capacité à être dérangé par ma présence et, les jours passant, je n'étais plus trop certain que celle d'étrangers sur le terrain de la Chamblaie, qui plus est un peu allumés par la vie, soit une excellente idée, tant il semblait apprécier sa tranquillité.

Chaque matin, il remplissait le frigo pour la journée et déjeunait avec moi. Il nous gâtait de ses talents culinaires : terrines de bar, de courgettes et petits pois, gratin de blettes à l'andouille, rillettes de thon aux trois poivres, pain maison, fruits à la corbeille, selon son expression, et yaourts de la ferme sur la route en amont, où un couple ami entretenait un poulailler, une vingtaine de laitières et quelques chèvres. Lui cultivait les blettes à partir desquelles il élaborait son gratin. Où ça? Autre mystère. Je n'avais aperçu aucune fane de carotte ou cul de poireau dans le jardin qui cernait son lieu de travail...

Tout cela dans notre silence.
Tantôt de patience, tantôt de connivence.

Je suppose que c'est parce qu'il ne savait pas combien de temps son cerveau mettrait à appuyer sur la touche *on* ou *off* qu'il m'avait fait cette concession, le matin suivant notre gueuleton à la Quimpéroise, à l'heure du 9.18.

Tiens, voilà les clés d'Alfred. Sillonne. Fais-toi ton idée. Vois si la région peut te faire changer d'avis sur ta montagne. Puisque je subodore que c'est de là que tu es sorti du kaolin. Tu n'as rien d'un citadin. Encore moins d'un Parisien.

Il me laissait son side-car sans même me demander si j'avais mon permis. Mais il m'avait prévenu...

Seul bémol à mes largesses. Je n'apprécierais pas d'avoir à aller rechercher Alfred au commissariat. Pour faire le plein – il m'avait tendu la carte d'une station-service à une dizaine de kilomètres. J'y ai mon compte. Je préfère faire travailler les copains de routiers plutôt que le bibendum Leclerc et toute sa clique.

Au diable, le permis moto! Hors de question que je reste enfermé.

.22.

Avec Alfred, je jouais la modération. Je m'habituais à le manier prudemment : en deux-roues, je ne bénéficiais que de l'expérience de la mobylette d'un pote qu'il avait fallu ramener bourré chez lui, et cela remontait à la fiesta de fin de terminale, autant dire à la Préhistoire. Il répondait à mes commandes avec subtilité, ne rechignant pas à notre allure bridée : pauses statiques de vigie, prise de pouls d'un univers mouvant. Nos périples ne s'éloignaient jamais trop de l'océan : attraction irrésistible de ces contours géographiques inconnus jusqu'alors. Mes sens s'imprégnaient de cette vue qui se perd, aucunement contrainte. Je recherchais cette transfiguration imperceptible des paysages liée aux variations des conditions climatiques : le cache-cache averse-éclaircie. Puissance organique des décrochés, accidents d'escarpements face à ce merciel impalpable, et ces rochers roses ou mauves ou bleus, déchiquetés ou coulants, ces flots en nappe de vert ou turquoise, voire bistre pour quelques secondes fuyantes, ce mouvement ininterrompu du ressac que je me contraignais à saisir en fermant les paupières jusqu'à en perdre la notion du temps. Faire mourir les images de ma vallée. Ciseler mes cabanes. Et lorsque je les rouvrais, rideaux de brume qui parfois se concentraient au-dessus d'un cap, parfois s'effilochaient en trous serrés, comme la maille de ces filets à crevettes qui fleurissaient à la devanture des boutiques d'articles de pêche. Alors, les souvenirs refluaient comme les rouleaux…

Ces cours de natation à la piscine de Chambéry, du CP au bac, les championnats, mes médailles, pour une grande bleue que je n'expérimenterai pas. Les demandes désespérées de Delphie de passer les vacances sur la Côte d'Azur. La réponse systématique de notre père : « L'été, on s'oxygène, on quitte la vallée, on randonne en hauteur. » J'en avais pris mon parti : la mer n'aurait jamais aucun intérêt. Manière de me faire apprécier de mon paternel, d'engranger quelques tapes sur l'épaule, si rares hors période estivale… Oui, j'avais appris à tutoyer les sommets dans tous les sens du terme – escalade, compétitions de ski, dont je rentrais là aussi toujours vainqueur, résultats scolaires, études supérieures – et son corollaire : une solitude omniprésente et mon asociabilité.

J'avais abandonné Delphie, après son BTS de commerce obtenu à l'arrache, et sa rencontre avec Franck Ronchon. Elle s'était rangée derrière lui et son boulot dans une société d'import-export, leurs deux filles occupant le centre névralgique de son existence. Et je ne lui donnais plus signe de vie que de loin en loin. Comble de notre détachement l'un de l'autre, elle possédait à présent son studio cabine à Ouistreham, dont elle nous vantait les mérites à chaque réveillon avec force photos sur son téléphone portable – enfin, elle la côtoyait, la mer ! Je m'étranglais devant sa boîte à chaussures rabattable dans laquelle quatre paires de godasses devaient s'encastrer, tout se repliant dans ces murs. Je n'admirais pas la performance. Je n'avais pas atteint un tel niveau, épousé toutes ses contraintes, pour imposer aux générations suivantes des clapiers, fussent-ils empilés sur la plage. Je n'aurais pas voulu y poser un orteil, dans son cube balnéaire, mais je ne risquais rien : elle ne m'y avait jamais invité… L'adolescence me rattrapait. Je me remémorais le gouffre de cette période quand il devient vertigineux de poser ses premiers choix et combien le ressort créatif m'avait attiré alors : dessiner des idées, me laissant penser que je serais ainsi le plus libre des hommes. Ces dernières années, je m'étais laissé glisser dans un autre camp : celui de ceux qui raisonnaient. Se raisonnaient ? Et je n'avais rien fait pour freiner cette adhésion au train-train. Allais-je encore étouffer toute aspiration sous le duvet de l'oreiller ?

Il n'y avait plus de plumes
dans les oreillers.
Du synthétique
qui fait transpirer.
Une sueur acide
sur la désillusion.

Le matin du quatrième jour, nous nous sommes seulement croisés à l'aube, Adémar et moi. Je désertais pour la journée. Je l'en informai. Après avoir sillonné son univers, une évidence se faisait jour : il me restait une formalité à accomplir, une sorte de rite de passage ; et la réussite à cette épreuve, me semblait-il, m'apporterait la réponse à cette question qui parfois surgissait, me faisant vaciller : étais-je de taille à supporter des déprimés recherchant des fragments de leur psyché parmi les décombres de leur mal-être ? Je m'étais jeté à l'eau dans ce projet avec toute ma sincérité. En fait, pas totalement… Et c'était bien à cet endroit que le bât blessait…

J'avais donc repéré une petite crique à l'abri du sentier des douaniers, à une dizaine de minutes au sud de la Chamblaie. Après avoir consulté le calendrier des marées, je savais qu'en début d'après-midi, la mer serait haute et, je l'espérais, quelque peu accommodante en température. Auparavant, je m'étais rendu à Quimperlé pour l'achat de vêtements de rechange, serviette, maillot de bain, et j'en avais profité pour me recharger en blocs, grammage maxi, et faire l'acquisition d'un set de dessin graphite, me maudissant de n'avoir pas mon matériel informatique sous la main. Aucun architecte ne travaillait plus sur papier, et ce retour à Cro-Magnon m'inconfortait. Mais pour l'heure, une expérience inédite, repoussée depuis mes premières brasses dans le bassin de Chambéry, s'imposait.

Nager.
En eau libre.
En eaux profondes.
Confrontation.
Mise à mort ou mise à vie.

La fraîcheur me surprit lorsque je me déshabillai. Mais je n'étais pas frileux, habitué à l'arrivée brutale d'un coup de froid, d'un ciel virant au noir, d'une mise à l'abri sous une voûte salvatrice. Rien de tout cela ici. Il fallait juste s'enfoncer à poil dans le lointain. Sentir l'eau s'infiltrer, imbiber la peau, les cuisses, le sexe, la poitrine, perdre pied. Vibrer sous cette masse écrasante, expérimenter le mouvement dans le sens contraire de la vague, la vigueur du courant, le goût du sel qui étonnamment piquait moins que le chlore, engager physiquement le combat, ruer, puis se laisser porter. Reconquérir cette sensation de péril à dompter, d'abîme. Plonger. Atteindre ce bleu vif, et boire sa première tasse. Épuiser le corps. Jusqu'à ne plus sentir le froid. Guetter. Les lignes du rivage. Les lignes intérieures de la terre.

Être capable de se situer :
on est toujours d'une glaise mélangée à un peu d'eau,
qu'elle soit de neige ou de vague.

Ne plus hésiter.
Accueillir ce renouveau.
Et s'effondrer.
Neuf et las.

.23.

Le matin du cinquième jour, Adémar ne vint pas.

Il m'avait quitté la veille au soir sans recharger le four. La maison était devenue presque inhospitalière sans son trémolo. Dehors, une pluie baveuse creusait de larges flaques, renforçant l'impression de désolation. Je tournais en rond. Avec cette urgence chevillée à l'âme de lui annoncer que j'avais franchi toutes les étapes, que j'étais mûr pour laisser l'ancienne part de moi-même se déliter comme la sinuosité de sa plage. Après la journée du bain, j'enchaînais avec la journée de la gamberge. Gamberge sur les plans que je façonnais, dont je savais qu'ils pourraient être révisés selon les stocks chez Georges Lebernin. Je voulais travailler avec ce dernier. Le bonhomme m'avait plu, son flair, cet esprit de furetage, de conquête poétique des matériaux : c'était un attrapeur de rêves. Gamberge sur mon avenir. Coincer Adémar. Lui extorquer une réponse, fût-elle négative. Sans compter les courbatures grâce auxquelles tout mon corps me rappelait qu'on ne déliait pas si facilement des liens emberlificotés depuis six ans, même dans l'eau, si tonifiante soit-elle !

Il a fini par se pointer en fin de journée. En l'observant garer sa voiture, je l'ai apprécié à mille pour cent. Il n'était pas un personnage. Il était lui. Sincère. Attachant. Lunettes et bonnet de cuir au garde-à-vous, au volant d'une 2 CV à robe bleue improbable. Adémar rembobinait les décennies avec ses rétroviseurs rectangulaires sur tiges métal, ses phares rondelets, ses jantes-couvercles-de-casserole et ses garde-boues en dos d'âne. Comble de l'authenticité, sa deudeuche décapotable avait une housse de toit bleu marine rayée blanc. De sa fenêtre relevée vers l'extérieur, il m'a fait un signe. Y avait-il au monde quelqu'un d'autre que lui pour posséder une deudeuche à marinière ?

Et, elle, elle a un nom ?

Brittany ! Du prénom de la jeune femme avec laquelle j'ai fait le tour du Kent en 1981. Je venais d'obtenir mon permis. J'étais rudement amoureux. De l'Angleterre. De sa pop. Brittany l'était de la France. Mais son truc, c'était le tango. On s'est séparés à Arles. Elle avait tombé un toréador à Fiat 500 rouge ! Je n'ai pas essayé de rivaliser. N'importe comment, le Sud, c'était déjà trop chaud pour moi. Maintenant, cette Brittany-là n'est pas trop copine avec Alfred. Elle n'en a ni le confort ni la tenue de route. Elle serait plutôt complice avec Amanda, la vieille DS noire de mon père. Mais côté ligne, elle la surpasse largement. Et côté couleur, pas photo ! D'origine, le bleu !

Il est entré dans la maison. Il était tard. Pas de cérémonial, de rite à horloge. Juste notre cidre bio brut, bien frappé, et une part de quiche aux poivrons.

Tu as éteint le four. Tu as terminé ce que tu avais en cours ?

Je n'ai pas éteint le four, je l'ai mis en sourdine. Et je suis loin d'avoir terminé mes en-cours. Dans quel monde, tu vis, GD ? C'est dimanche ! Le dimanche, c'est sacré ! Qu'il soleille ou qu'il pisse, je nage. Une fois par semaine, cinquante-deux semaines par an !

Dimanche ? J'avais déconnecté ! Amélie avait dû ronger son frein. Elle était rentrée de son voyage à Naples.

J'ai nagé moi aussi. Hier.

À la bonne heure ! Au plus ou au moins ?

Au plus ! Je ne sens plus mon dos !

C'est le métier qui rentre. Je vais te rebouter avant de me carapater. Mais, d'abord te dire que je ne viage plus.

Il me prend par surprise. Je ne me suis pas préparé à encaisser. Je chute. Pas l'énergie pour pousser sur les orteils du fond de la piscine. Je reste coi.

Ne fais pas cette tête. J'ai réfléchi à ta proposition. Sans brasser de l'eau salée, je ne sais pas mettre les idées dans le bon sens. Comment comptes-tu financer tes cabanes ?

Je me doutais qu'il m'attendrait sur ce point.

Les cabanes, ce n'est pas ce qui risque de coûter le plus cher. Je mise avant tout sur la récup' de matériaux anciens, je sais où me fournir. La main-d'œuvre, c'est moi. Je travaille gratis. Et je te l'ai dit, j'ai un peu de côté. Mais c'est vrai, il faudra de l'adaptabilité. Il y a le prix de la location par semaine. J'ai bâti un budget prévisionnel. Sur trois ans. Au-delà, si ça ne marchait pas, pas la peine de s'enferrer. Mais je crois que ça vaut la peine qu'on s'y penche.

Je lui ai tendu ma liasse.

C'est pas sur ordi. Mais c'est nickel. La calculatrice, je l'ai dans la tête.

Ça, j'avais saisi !

Le hic, c'est ce que tu m'aurais demandé comme bouquet et rente. J'avais construit trois hypothèses.

Il a commencé à parcourir mes écritures, puis a reposé le paquet à l'écart de son assiette.

Pourquoi tu me parles au passé ? T'as changé d'avis ?

Non. Mais tu viens de me dire que tu ne viages plus !

Balance-moi tes descentes chiffrées. Tes cabanes, on ne va pas vraiment les financer, tu viens de le dire, puisque c'est de la récup'. C'est écolo, et moi, le recyclage, ça me connaît et ça me botte. D'autant que dans ton projet, on est surtout là pour faire du recyclage de ciboulot, et c'est ça qui m'intéresse. La grande lessive ! Alors, voilà ce que je te propose. La construction, c'est cinquante-cinquante. Mais elles t'appartiennent. On fait un premier essai de mi-juin à mi-août, l'année prochaine, le temps que tu nous construises tes châteaux de plage. Tu as la jouissance du terrain gratuitement. En revanche, je ne veux personne dans la forêt. On se met d'accord sur un prix de location à la semaine sur lequel je te prends quinze pour cent, ça me paraît raisonnable pour que tu puisses développer ton affaire. Je ne veux pas formellement te lier à cette terre. Tu es trop… Enfin je préfère que tu te sentes libre, le cerveau en équilibre, puisque c'est le cœur de notre accord. Et tu me donnes un coup de main pour entretenir la Chamblaie en échange de la mansarde. Il y a un débarras propre de l'autre côté du grenier où tu devrais pouvoir installer tes affaires. J'ai créé il y a trois ans un potager en permaculture sur une autre parcelle. Je n'arrive plus à tout assurer. Et on verra comment on avance au fur et à mesure. Bien sûr, il faut que je te fasse un contrat. Le merdier administratif d'usage. Ta sécurité. Ma sécurité. Ces conneries qui ne te permettront jamais de gérer une bonne grosse panade mais qui engraissent à foison les assureurs ! Qu'en penses-tu ?

Assommé. Je scrute ses mains. Tout son être se concentre dans ce tactile : cette cérémonie de la caresse. De la main tendue. Soudain, ma nuque en proie à des névralgies insupportables se libère, j'ai repris mon souffle après un effort conséquent. Sommet atteint. Paysage spectaculaire sans dévisser. Je lui lance un sonore merci ! Il a contourné la table ; j'ai laissé ses épaules couvrir les miennes. Il m'a semblé qu'il n'avait pas accompli ce geste depuis…

Pourquoi tu fais ça pour moi ?

Pour toi ? Tu rigoles, j'espère ? C'est pour moi ! Je n'ai jamais rien fait pour les autres à part de la rééducation de rotule-clavicule. Et puis je ne vais pas te le répéter : je rêve d'emmerder la maréchaussée ! Je finissais par m'ennuyer à causer à des arbres ou à des assiettes. Faire de n'importe quoi quelque chose. Ben, on y est ! Va t'allonger sur la dormeuse, que je m'occupe de ces reins douloureux. À partir de maintenant, c'est grand bain tous les jours et footing au pas de charge avant le 6.33. Pas de discussion. Et je te rappelle que tu me dois un tee-shirt. D'ailleurs, quand on y songe, c'est par là qu'on devrait commencer. Vendre des produits dérivés de ma forêt et de tes cabanes ! Pas de doute qu'on serait vite riches à millions ! Mais comme ce n'est pas ce qui nous intéresse…

Il avait raison, ce n'était pas ce qui nous intéressait, mais sa plaisanterie fit tilt immédiatement : un tee-shirt, ça ne coûtait pas cher à fabriquer et si l'idée prenait, ça pouvait financer un tant soit peu notre folie douce. Et mettre du beurre dans les épinards de notre potager.

.24.

La nuit suivante, j'ai à nouveau très peu dormi. La gamberge avait changé de camp. Excitation douloureuse entre certitude que je ne me trompais pas, que se présentait enfin l'opportunité d'aller au bout de mes aptitudes, que je n'avais que trop tardé – à les garrotter dès que j'apercevais à la Défense une grue, un échafaudage ou un algéco –, et la peur panique de me résoudre à quitter Amélie.

Elle avait investi rue Caulaincourt pour reprendre une affaire, vingt couverts. Les travaux, nous les avions menés ensemble. Amélie ne connaissait ni mon passé ni mes compétences. Nos ébats nous suffisaient. Elle m'avait demandé conseil, et constatant que mes remarques sur ses devis étaient pertinentes, avait bouté hors de son périmètre l'agence de décoration intérieure qui cherchait à l'arnaquer. Cela nous avait rapprochés. Sur le chantier, j'étais intervenu avec discrétion ; qu'elle reste maîtresse à bord ; elle ne m'en avait que plus apprécié. Le WBB était ouvert depuis huit mois. *Wok, Bowl, Bo Bun* à la mode « veggie » et cérémonie du thé à la japonaise : la formule était à la mode. Depuis, nous ne nous croisions plus que quelques heures par mois ; et en profitions pour nous épuiser d'une manière autrement plus saine. Je ne voulais pas m'engager, mais j'appréciais notre relation tissée de nonchalance et d'acceptation tacite d'un futur incertain, sa volonté de ne rien imposer, de supporter mes silences, de ne poser aucune question intempestive, de repartir le lundi un peu avant quatre heures du matin pour les halles de Rungis, de me déposer une soupe ou un jus de fruits thermomixé, que je découvrais après ma journée morne, morte. Présence en creux. Elle veillait sur moi. Avec ce projet, nous nous étions trouvés. Et notre routine s'était ennoblie d'une vraie confiance, d'un attachement réel.

Je ne voulais pas renoncer à la proposition d'Adémar et ne pouvais imposer à Amélie de me suivre. Et je me méprisais. D'avoir à me comporter comme un goujat, alors que je n'avais rien à lui reprocher. Oui, Adémar m'avait percé à jour : cette confrontation aux délitements inévitables de notre vie, cette bulle de contemplation, je la voulais d'abord pour mon propre bénéfice. Qu'escomptais-je en tirer ? Une cure d'altruisme ? Un rebond d'adrénaline face à des cimes que je ne côtoyais plus ? Une plongée enfin dénuée d'angoisse dans mon rapport à l'inconnu ? Ou étais-je en train de fomenter une revanche sur les salopards qui m'avaient détruit ?

C'est là que jaillit cette nouvelle fulgurance. Devant mon incapacité à prévoir sans culpabilité cette déclaration d'abandon à la capitale et à mes nuits avec Amélie dans son studio de Pantin ou mon cagibi de Balard. Dans cette volonté de noyer mon chagrin. Je n'allais pas paniquer de me retrouver seul, au milieu de nulle part avec sept dingues, et un ravitaillement en bleu lagon. Je ne le serai pas, seul. J'allais me connecter au monde entier.

Créer de l'envie.
Une chaîne YouTube.
Couplée à un site internet.
ephemerescabanesdemer

Adémar, une fois encore, avait réveillé mon instinct de concrétiser l'inspiration. Je documenterai l'élaboration de chaque cabane, cette souscription à la récup' : matériaux, mobiliers. Je la filmerai et dévoilerai peu à peu notre idée d'accueil. Ménager la surprise. Puis rideau. Dès que le campement serait en mesure d'accueillir ses sept pionniers, de vidéos, il n'y en aurait plus. Seule subsisterait, via le site, la vente de tee-shirts exclusifs, cabane par cabane, en petites séries, et numérotées.

J'ai programmé deux allers-retours à Paris.

Le premier pour sonder Georges Lebernin, lui présenter le projet et m'entendre avec lui sur ce que je pourrais repêcher pour magnifier à un coût raisonnable mon cabanage. Ainsi que je l'avais espéré, les plans et mon souhait de bénéficier de ses compétences sur un gros œuvre solide, esthétique et démontable, le conquirent. Il se montra prêt à s'investir et porteur de conseils précieux pour des toitures inédites. Dans la foulée de notre entretien, je recevais par mail des photos de lots, et ma jubilation fut à la hauteur de ce qu'il était en train de dépister durant son périple européen annuel, Bavière, Tyrol, boucle dans le Piémont ; il pousserait pour moi jusqu'à Varsovie et Oslo.

Le second pour signifier à Amélie mon départ et embarquer la totalité de mon barda, ma 17 en supplément, dont la rétractation ne causa pas l'ombre d'un problème pour se loger dans la camionnette de déménagement. Ce qui ne fut pas le cas avec Amélie.

Je me sentais morveux. Aussi vicieux que ceux qui m'avaient planté autrefois une lame dans le dos. Et ses larmes silencieuses me retournèrent les tripes. Assan, qui avait accepté de m'accompagner et de ramener la camionnette à Paris, avait bien tenté de me rasséréner. Peine perdue. Ce n'est que lorsqu'il avait aperçu les deux sirènes au fond du jardin d'Adémar et affirmé goguenard « Fils, terminé les jérémiades ! Ti es entouré ! », que j'avais réussi à nettoyer ce qui me restait d'estime de moi : recracher une eau de mer moins vaseuse.

.25.

Quelques semaines plus tard, Adémar et moi délimitions les contours de l'aventure. Il était impératif d'en jeter les bases, d'en déterminer les contributions, d'en établir les conventions. Bien que nous ne cesserions d'y réfléchir, d'affiner, d'améliorer. Pour la construction, ce serait moi. Pour l'administratif, ce serait lui. Pour l'organisation, on s'y attèlerait ensemble. De nos réunions s'était dégagée une liste de postulats qui avait le mérite de nous guider et d'affermir notre entente.

Le séjour de nos hôtes ne pourrait excéder une semaine et serait renouvelable uniquement en fin de mandat. Si cela se produisait – ce qui était fort peu probable au vu de nos conditions spartiates –, à moi d'avoir en réserve une cabane supplémentaire au cas où notre capacité d'accueil soit entièrement atteinte les jours suivants. « On ne peut décemment pas interrompre une tentative de relitement en cours ! » Le claquement de doigts d'Adémar m'avait fasciné. J'avais pensé à tout, sauf à la cabane de secours. Et si tous souhaitaient rester ? Mais je n'avais pas contesté cette idée étrange. Adémar faisait grand cas de la fragilité psychologique, affirmant qu'elle était la détresse première de tous les maux dans notre rythme de vie surchargé. « Rien ne se résout sans patience », répétait-il souvent. Sa grandeur d'âme m'interpellait et je me persuadais que nous étions absorbés par une odyssée humaine dont les tenants et aboutissants risquaient d'être surprise et flexibilité. Et puis, qui sait, peut-être n'attirerions-nous que des cabaniers avides de grand large sans besoin d'introspection…

Un seul hôte par cabane serait la règle. Les locataires pouvaient être en couple dans la « vraie vie », mais à la Chamblaie, l'autre moitié était indésirable. « Pas de scènes de ménage. De vaisselle cassée. De la tranquillité. De la contemplation. Du moi et du remoi. Point barre. » Je notais ses assertions – la vaisselle cassée, et pour cause, devait le terrifier. Je m'y pliais, conscient que son expérience de personnalités multiples, voire indomptables – il lui arrivait d'évoquer certains de ses souvenirs de kiné –, me serait peut-être nécessaire avec les inconnus que nous allions héberger.

Aucune activité ne serait proposée. « De l'ascèse ! », Adémar le martelait, et lorsque je lui avais soumis l'idée d'une visite de son atelier en cas de pluie ou de déconfiture trop avancée des cœurs, il m'avait répondu : « Surtout pas ! On pourrait créer des vocations et influencer sur le moi profond du déliteur. » C'est ainsi que nous allions les nommer : les déliteurs ! Cependant, il avait insisté pour que soit notifiée dans le contrat de location une obligation de participation à deux réunions. (S'ils n'y venaient pas, qu'allais-je faire ? Les fouetter ?) La première au début du séjour pour se présenter : « Un minimum pour la courtoisie et le bon déroulement de la semaine. » La seconde, la veille du départ, au thème circonstancié : « Que vous a apporté votre contemplation ? » Devant cette nouvelle exigence, je m'étais demandé si Adémar voulait lui aussi surfer sur la vague du développement personnel et pondre son best-seller, à l'image de ces pavés de quatre cents pages, coaching en délassement de cerveaux, qui pullulaient en librairie et s'arrachaient comme des petits pains. Cela lui aurait peu ressemblé : je ne l'imaginais définitivement pas signer « Amicalement » sur des couvertures kitsch devant des files de groupies. Et, s'il s'amusait parfois de ma stupéfaction, il était clair qu'il s'efforçait avant tout de questionner, à travers les hypothèses qu'il formulait, quelque chose d'intime. Bien au-delà de sa pratique et du regard que lui tendrait et qu'il pointerait sur chacun des participants. Mais quoi ? Et pour quelle raison ? Mystère !

Côté aménagement, il m'avait laissé les coudées franches, tout en me suggérant : « Unique pour chaque maisonnette, qui n'empiète pas sur le paysage, ne retient pas le déliteur à l'intérieur. » J'avais fait le tour du net et m'étais rendu compte que sur le créneau de la cabane de Crusoé nous étions loin d'être les seuls, mais que la tendance promettait le grand luxe avec expérience sensorielle rare et éradication de tout stress. Les arguments brandis étaient de taille : réveil au chant des oiseaux, chaises longues immergées dans la chlorophylle canopéenne, brunch servi par panier-corde-poulie, salle d'eau façon balnéo. Rien de comparable avec notre approche ! Toilettes sèches, bloc-douche de jardin – nous croisions les doigts pour l'eau tiède, mais le terrain de la Chamblaie avait été viabilisé quelques décennies auparavant et disposait, ô miracle, d'un générateur dans une annexe – et coin cuisine optimisé pour des repas sur le pouce. En option, panier de fruits et légumes aux bons soins d'Adémar, et plus si affinités : fromages, cidre et autres bulots. Pas de connexion internet – il y tenait – donc pas de téléphone portable. Je m'envisageais parfaitement confisquer lesdits portables comme un chef scout en camp d'exploration.

Le Robinson, le vrai.
La Nature, l'authentique.
La Contemplation, la pure...
Et dure !

Quel type de déliteur allait bien pouvoir mordre à l'hameçon de ces contraintes ?

Enfin, dernier détail – il fallait tout de même dégager un semblant de rentabilité –, le coût du séjour serait variable et majoré en août, comme il est de coutume en région balnéaire. Niveau de base : petit déjeuner inclus. Niveau supérieur : pension complète, plaid en mohair, corbeille de bienvenue et, cerise sur le gâteau, visite de la forêt-jardin. J'avais réussi à lui extorquer ce supplément et n'en étais pas peu fier. Qui de nous deux ferait le guide ? Nous n'avions pas tranché. Il bougonnait encore sur ce point, entre deux lueurs de franche poilade dans son regard perçant.

Notre argumentaire était au complet. Ne restait plus qu'à élaborer la procédure de recrutement.

Une procédure ?

Au cas où des milliers de personnes se rueraient sur notre coin paradisiaque, il nous faudra trier et trancher.

Je ne compris pas cette ultime réflexion. Néophyte dans le métier, j'adoptais naïvement la vision classique du business : le premier à réserver et à verser les arrhes est l'heureux détenteur d'une semaine de contemplation. Mais pour Adémar, c'était une vision bien trop simpliste.

Et comment tu vas savoir si ce sont des déliteurs, des vrais ?

.26.

Cette dernière saillie avait provoqué chez moi un lâcher-prise jamais atteint. J'en avais mis de côté cette donnée du recrutement, qui était loin d'être ma priorité. J'avais à m'acclimater et à tenir des délais. Je me concentrais sur ma tâche. Je n'étais pas un constructeur à proprement parler. Dans mon souvenir, j'étais un architecte, habitué à résoudre des problèmes et à gérer une équipe qui y faisait face. Dans le cas présent, le plus compliqué s'avérait de statuer sur la variété et l'originalité des matériaux que Georges me dégotait. Tous me ravissaient, à commencer par leur histoire qu'il ne pouvait s'empêcher de me raconter. Par ricochet, il m'enjoignait à en inventer une autour de chaque refuge, à surmonter obstacles et déconvenues, à revoir mes copies, à sublimer déclics et adaptations.

C'est mon histoire que j'écrivais.
Ma créativité enclose en celle d'Adémar.
Et pourtant débridée.

Ma propre marée haute s'amplifiait : réflexe, curiosité, élaboration, écoute. J'allais épauler des déliteurs et je prenais le chemin contraire : tout se renforçait en moi ; le corps et le mental se soudaient. Je touchais ce pour quoi je m'étais battu des années auparavant, mais avec un sens décuplé de mon apport au monde. Amélie me manquait – nos déambulations le long du canal Saint-Martin, sa lubie de faire d'improbables selfies, ses scones aux graines de courge, son pyjama sous mes oreillers –, alors, pour éviter de me morfondre, je m'étais associé à une cordée de vrais compagnons, ceux du devoir, artisans de métier, avec lesquels je tissais des échanges féconds. Cette nouvelle fratrie prenait plaisir à passer au Four, surnom qu'ils donnaient à la propriété d'Adémar, pour y savourer un 9.18 ou un 11.44.

Ce dernier avait sacrifié un peu de sa solitude mais n'en souffrait pas outre mesure. Il nous rejoignait après des matinées chargées : déclaration à cette argile glaireuse qu'il embellissait de gammes chromatiques plurielles, de glaçages arachnéens et maîtrisés. Cependant, je n'entrevoyais plus de son art que la partie traditionnelle : vaisselle et poteries. Le reste, à supposer qu'il y en ait eu un, était dissimulé. Je me doutais qu'Adémar furetait d'autres approches lorsqu'il restait à travailler jusqu'à l'aube ou qu'il me demandait de m'absenter le temps qu'il défourne. Mais il ne me serait pas venu à l'idée de pénétrer dans la pièce du fond, celle de son tour. Il respectait mon intimité, j'en faisais de même avec la sienne. Il émergeait, son bonnet de cuir vissé à la nuque, ses lunettes d'aviateur sur le nez, s'asseyait, écoutait, s'insérait ou non dans la conversation, et retournait à ses explorations.

Il m'arrivait aussi de retrouver au bistrot du village certains de mes compagnons-artisans. Les discussions allaient bon train, et je glanais alors une ou deux informations sur Adémar et le petit grain de folie de cette famille. Les voyages lointains de l'arrière-grand-père et du grand-père avaient élaboré les fables qu'on évoquait au coin du feu lorsque la pluie ralentissait les chantiers. Leur excentricité à rebours de leur réserve. Leur soif de connaissances et d'expérimentations. Ces adjectifs qu'on leur collait : loufoque, fêlé, farfelu. Seul le médecin, le père d'Adémar, trouvait grâce à leurs yeux : on l'avait moins aperçu dans le coin ; son cabinet non loin de la capitale, il ne revenait au pays que pour caboter ; d'ailleurs il n'y était pas enterré ! Adémar, le seul des trois frères à s'être réinstallé sur ses terres quelque quinze ans plus tôt, fourbissait à nouveau leurs blagues. Rien de méchant. Ils l'avaient surnommé 2F : le Farfadet du Four. Légende bretonne. Était-il au courant ? Ce trait d'esprit complétait à ravir mon GD, établissant ainsi notre équation à 7 inconnues : GD + 2F = 7.

7 cabanes.
7 personnes.
Ou 7 personnages ?

.27.

Cela se produisit le jour où la troisième cabane sortait de l'atelier pour essai de démontage en conditions réelles. Le 21 octobre. Par un effet de gris délayé dans une couverture brouillardeuse digne d'un mois de décembre à Chambéry. On n'y voyait pas à trois mètres. Depuis quelques jours, Adémar arborait une mine aussi basse de plafond que le ciel. J'avais moi-même failli abandonner la partie, pris d'une crise d'angoisse, de celle qui me faisait grimper le palpitant quand je posais mon marteau pour me pencher sur mes dépenses prévisionnelles.

La météo avait tourné après le 15 août, les grandes marées, et un été lumineux où j'avais fini d'épingler l'océan à mon panthéon personnel et mes courbatures à celui des bons vieux souvenirs – je me tuais à la nage pour oublier Amélie. J'avais rencontré Erwan, un jeune de dix-huit ans en contrat d'apprentissage dans une entreprise de travaux publics. Spécialité du gamin : multitâches, astucieux, fureteur, traficoteur de deux-roues, phobique du casque et fronceur de sourcils. Il m'avait été recommandé par Baptiste, charpentier de son état : ensemble, nous avions mis à dimension et emboîté sur la cabane 37 cette coque de pointu blanc à bandes azur que Georges m'avait négociée à Marseille. Erwan, après avoir visité mon chantier dans les pas de Baptiste, s'était attaché à mes semelles. Il arrivait le soir sur sa mob et faisait avec moi des heures supplémentaires sans que je lui aie promis quoi que ce soit. L'argent n'entrait pas en compte dans sa motivation. Plutôt la volonté d'être capable un jour de monter sa propre affaire. Il aimait l'originalité de mes cahutes, se perdre dans leurs plans. Et leur numéro, tous en 7.

Le 17 m'avait porté chance et l'idée de ces 7 cabanes - 7 personnages ne me quittait pas : je les avais donc estampillées chacune avec ce nombre porte-bonheur. La 17, la mienne. La 37, terminée. La 47, sur le point de voir le jour. La 57, prête à investir l'atelier.

J'appréciais la compagnie d'Erwan, ses traits d'humour, ses remarques pragmatiques, son corps fluet, pas si long, qui abritait une musculature de titan, son regard vif, sa tignasse brune mal coupée, qui lui donnait l'air d'un lutin débraillé, et surtout cette conviction qu'il était fait pour se confronter à toute matière, y compris aux fonds maritimes, sa passion, et aux rochers à escalade, ma transmission. Adémar l'avait lui aussi adopté sans détour un soir où il avait rapporté un clignotant d'origine pour Alfred. Où s'était-il fourni ? Adémar pestait depuis des semaines à la recherche de cette pièce, à la suite d'un incident survenu au mois d'août : un « couillonneux de Parigot » lui avait effleuré la carlingue sans s'arrêter. Pour ma part, après quelques discussions sur la maréchaussée avec Baptiste, j'avais renoncé au side-car pour le vélo : inutile de mettre en péril notre projet pour conduite sans permis. Il l'était déjà suffisamment : nous n'avions encore fait aucune demande d'autorisation, malgré mes nombreuses relances à l'administrateur en chef, qui faisait le dur de la feuille quand ça lui chantait. Le gamin avait remplacé le clignotant. Adémar lui avait tapé dans la main. Il pouvait entrer dans la confidence et apporter son aide.

En ce début d'après-midi, j'étais seul. Comme pour tout démontage. Je rédigeais la fiche technique et fignolais la vidéo que je mettrai en ligne sur *ephemerescabanesdemer*, raccord-image et enregistrement de la bande-son. Sans jamais montrer mon visage. Focus sur mes mains au travail. J'allais bientôt passer les cinq mille abonnés et les vingt mille vues au quatrième épisode de mon rodéo monte-démonte : une réussite. Au vu des commentaires, un joli peuple de touche-à-tout avait accroché à mes délires : bricolo du dimanche, militant écolo, papy-santiags ou branchée déco. La 47 s'était laissée déboîter comme une montre ancienne. Aucun pépin. J'apprenais, et j'apprenais vite. Je savourais ma victoire. Un 13.22 amplement mérité, qui serait suivi en fin de journée de moults allers-retours crawlés, manière de fêter chaque naissance architecturale.

Adémar apparut sans son bonnet, alors que le crachin venait de passer la cinquième et que je m'évertuais à mettre à l'abri la toile de yourte qui servait de toit à la 47. Il posa un papier sur la table basse-palette et me gratifia de cette seule affirmation : « Notre recrutement. Trois questions. Le tri s'annonce passionnant. » Puis s'en retourna.
Je dépliai la feuille mouillée.

1. Quelle est votre couleur ?
2. Qu'est-ce qui se délite en vous ?
3. Si vous aviez droit à un objet personnel
dans votre cabane, lequel apporteriez-vous ?

.28.

Ces trois interrogations me laissèrent interdit, tant leur justesse me parut appropriée.

Il y avait la sienne de question, la première, celle sur la couleur, dont je ne cernais pas l'objectif, mais qui m'appelait à la confiance. Si Adémar était capable de déterminer, à partir d'un pigment, la qualité de réel déliteur d'un être humain, il était un dieu. Je n'avais donc rien à craindre. Il y avait à l'évidence, la mienne, la troisième : celle sur l'objet. Elle avait instantanément tintinnabulé en moi. Depuis que Georges Lebernin m'ennoblissait son patrimoine par des anecdotes, que ses matériaux reprenaient destin sous mes doigts, il m'était devenu limpide que les objets avaient légitimité à exprimer ce qu'une personne était en vérité. Qu'ils offraient, à l'instar des écrits, cette perspective sur l'intériorité des êtres : ligne de vie, face cachée, secrets. L'objet choisi était indéniablement un marqueur. Il renvoyait aux projections que l'on pouvait élaborer sur un être, à ses goûts intimes, ses préférences, à une époque et aux contraintes dans lesquelles son possesseur avait évolué. Ne pas vouloir s'en séparer induisait un attachement à un passé qui teintait le présent d'un vécu ineffaçable, et projetait un avenir rassurant. Fort de cette conviction, je caressais désormais l'idée de ne meubler qu'en brocante ma colonie cabanesque.

Les objets, eux, ne mentaient pas.

Quel était mon talisman ?
Celui dont je n'accepterais
pour rien au monde
de me défaire.

Compas.
Reçu pour mes huit ans.
Boîte en métal chromé.
L'instrument ouvre à toutes les variations.
La flèche perce la feuille.
Il faut être délicat.
Ne pas froisser.
Ne pas déchirer.
La mine du crayon trace.
Les angles.
La rondeur du monde.
Pleine. Magique.
D'un point à un autre.
Sans s'arrêter.
Les points se rejoignent.
Perfection du trait.
J'ai bouclé l'existence.
Tout problème a une solution.
À l'intérieur, j'emboîte.
Toute forme.
Toute équation.
Toute difficulté.

Pas de segmentant, de pointu.
De sommet.
Une frontière douce.
La courbe d'un ventre,
d'une lune, d'une orange.
Mystérieuse rondeur.
Je suis la terre.

Et enfin, cette dernière question : qu'est-ce qui se délite en vous ? N'était-elle pas notre raison de cheminer ensemble ? Paire bancale et complémentaire. Paire assertive et acceptante. N'était-elle pas tout à la fois l'exact énoncé de notre intuition première, et cette réponse en laquelle nous espérions tant ?

La mer, capable d'accomplir un engendrement.
De mettre en lumière nos déliquescences.
Nous relier à notre essence.

.29.

L'hiver pointait à présent ses frimas. La 57 m'avait fait prendre beaucoup de retard. Son toit-pagode s'était avéré trop lourd pour la structure, et j'avais dans la bagarre abîmé un lot de cloisons rechampies de mandragores, bonsaïs et cerfs-volants, que j'avais dû déposer en restauration. Je m'en voulais. La patience faisait partie du métier. Alléger cette couverture pour en faire deux paravents repliables, en en préservant le calepinage en écailles, la laque et les corniches sculptées, m'avait occasionné des cales aux creux des paumes. Et une immense fatigue psychologique. Retour logique de mon investissement depuis des mois. J'étais en cale sèche. Les parois de la 67 et de la 77, pour l'une au rouge norvégien, pour l'autre, pin polonais gravé d'arabesques et cœurs, dormaient sous le hangar, attendant mon bon vouloir, leurs solutions de faîtage en souffrance. Sans compter la cabane dite « de secours ». Amélie continuait à entretenir en moi un profond sentiment de perte, et Erwan ne me remontait pas le moral avec ses sorties imparables : « Si t'as pas tombé une meuf en saison, c'est mort. Hors saison, les nanas, c'est comme les devantures, elles baissent le rideau ! » Pour ne rien arranger, le climat social se dégradait : la France s'était mise au diapason des Gilets jaunes, la répression s'étalait sur *Ouest France* et, couplée aux grèves de transport illimitées, ne faisait qu'amplifier l'impression de ras-le-bol, loin de l'aura magique des fêtes de fin d'année.

Dans ce blues ambiant, j'avais renoncé à visiter mes parents pour Noël. Je n'aurais essuyé qu'indifférence de la part de mon père, ayant osé basculer dans le clan des ramasseurs de coquillages. Et supporté l'air triomphant de Delphie qui n'aurait pas manqué de souligner que j'étais enfin capable, comme tout le monde, de poser mes fesses sur le sable à ne rien faire. Sa revanche !

Seul signe positif : la 47 avait fait un tabac sur ma chaîne YouTube avec sa blancheur arctique et son toit-yourte plat. Erwan l'avait d'ailleurs surnommée le « Pot de Yaourt », et j'avais conservé son appellation-clin d'œil. Elle était la seule cabane à proposer deux fenêtres ovales disproportionnées, deux grands yeux, montées à partir de miroirs gustaviens gigantesques que Georges m'avait fait expédier depuis Oslo en plus de l'ossature rouge de cabane à fjords destinée à la 67, et je les avais réadaptés : du verre teinté dans la masse, pâles reflets bleus. Un iceberg étrange et pur qui se démontait en deux bonnes matinées. Je progressais. Le tee-shirt Pot de Yaourt tenait la vedette dans la hotte du Père Noël. Nous étions en réimpression. Je ne ramais plus à contre-courant.

J'avais pris ma décision : je réveillonnerais seul. Pas de sapin sous la soupente. Cette soirée, j'allais la passer comme en montagne. Mitaines, écharpe et shetland. Mais ici, tout était différent. Le seul précipice, c'était le mien : de moins en moins insondable. Chemin parcouru. Leçons apprises. Celles qu'Adémar me donnait pour entretenir ses allées de sous-bois. Pelletées de feuilles mortes dans lesquelles je lançais des coups de pied pour envoyer bouler mes états d'âme. Geste futile. Soupape. Je gueuletonnerai devant ces soubresauts d'écume dont je ne pouvais plus me passer. Je ne les discernerai qu'à peine dans l'obscurité, mais leur chant inlassable serait mon cantique noëlesque ; et à leur rythme, j'expérimenterai ce que nous proposerions à nos visiteurs.

Contempler.
Me dialoguer.
Évaluer ce que j'avais à déliter en moi.

Face à l'infini, je me mis à parler à voix haute aux comètes. Dégager. Ces humiliations dans l'enfance, cette solitude de celui qui l'ouvre à contretemps et se défroque devant les vacheries, cette course de l'intelligence à décupler jusqu'à satiété, seule bouée de secours. Ces rapports avortés en amour, en amitié. Cette effrayance viscérale de la responsabilité que je maquillais en remarques acerbes, qui jaillissaient sans que je puisse les retenir et que je regrettais aussitôt. Ma complaisance pour mendier deux bribes de reconnaissance. Ma reculade lorsque, adulte, on m'avait porté le coup de grâce. Mon manque d'envergure, d'envie de riposter, d'écraser la vermine, de rendre coup pour coup. Ma fuite. Oui, je les avais laissé faire. Je l'avais laissée m'embobiner. Et j'en fulminais encore. J'avais été incapable de dénoncer, de me défendre. Réparer, c'était trop tard. Mais balancer tout ça dans le va-et-vient était à cet instant l'unique cadeau que je pouvais m'offrir.

Et, brusquement.
Je le sentis.
Le vide. L'immense vide.
Mon cœur récuré.
Remis à neuf.
Tout s'était effacé. Délité.

L'océan venait d'emporter l'homme ancien. Eux seuls étaient coupables. Oui, le ressac dépouillait : notre intuition à Adémar et moi était non seulement réelle mais puissante. J'eus alors envie d'y plonger dans cet océan. D'y pénétrer à poil. Me souvenir que j'avais affronté bien des sommets. Seul. Que j'avais survécu. Seul. Je mis cette pulsion à exécution.

Mon meilleur Noël !
Entre deux sirènes.

À minuit, dans le plus simple appareil, après ce bain mémorable – purée, qu'elle était gelée ! –, j'ai tendu à leurs seins multicolores une troisième nymphe, soyeuse, aromatique : ma Veuve Clicquot. Puis, à l'affût de l'aube, engoncé dans une couverture, je suis resté à savourer mes bulles et à admirer les déchirures du ciel qui se frangeaient d'une clarté nouvelle.

Me recevoir.
Autre.
La nouvelle année serait périlleuse, hasardeuse.
Elle me révélerait.

Au 6.33, Adémar m'a rejoint, ponctuel, avec une part de bûche marron-gianduja. Il m'a tendu une clé au bout d'un nœud de marin, cordage prêt à se rompre.

Amanda, la DS de mon père, s'ennuie. Et elle, je suis certain qu'elle te séduira. Joyeux Noël !

Il a descendu son café, puis ajouté :

Tu as déjà vu un pangolin ?

Non. Pourquoi ?

Ça transmet des virus. Et pas informatiques, ceux-là. Où avait-il pêché cette tocade ?

.30.

Amanda, la DS du père d'Adémar, a fait prendre à ma vie un virage singulier. Avec son habitacle cuir d'un confort sans égal – il m'est arrivé de dormir dedans – et ses suspensions d'une autre époque, je me suis lancé dans la traque des objets-marqueurs pour l'aménagement de nos cabanes. Sur ce chapitre de la décoration, je n'étais pas d'accord avec Adémar : pour être en position d'admirer le paysage et conserver le bénéfice de cette pause-émerveillement, je défendais le point de vue selon lequel l'intérieur de nos refuges devait être un singulier cocon ; où l'âme rassérénée prolongerait sa béatitude, ferait la sieste, rêverait, lirait, fredonnerait, danserait…, entrerait en dialogue avec elle-même.

J'ai commencé à écumer en solitaire, Adémar déclinant mes invitations, les brocantes de la Bretagne, poussant parfois jusqu'au Perche ou du côté du mont Saint-Michel. Rencontre de passionnés à l'aube, ouverture de débarras derrière des vitrines crasseuses, furetage. Gravas des hommes qui nous ont précédés. Déclic. À l'aune du jour naissant, certaines trouvailles insignifiantes se révélaient majestueuses. Il fallait estimer, rénover. Perpétuer. Ou laisser mourir. Cela me bouleversait. Et puis je me découvrais négociateur. La discussion éveillait l'antiquaire. Lui seul avait ce pouvoir de faire parler l'objet, d'entendre sa complainte, de déceler cette possible adaptation à l'univers auquel je tentais de donner corps.

Ce n'est pourtant qu'à une trentaine de kilomètres de la Chamblaie que j'ai rencontré Marjorie. Elle, elle achetait pour revendre. Elle tenait une boutique « à l'intérieur des terres ». Elle employait ce genre d'expressions fanées qui allaient bien à ses robes-sarraus, ses collants de laine, ses derbies montants en cuir usés, sa vaste sacoche qui se débouclait par le dessus. Elle y enfonçait les trésors acquis, avant de les faire disparaître avec les pièces plus importantes à l'arrière de sa fourgonnette. Visage poupin, masse de cheveux bruns qu'elle relevait en queue dès qu'elle se penchait pour examiner, petite taille qui la contraignait à se hisser sur la pointe des pieds, rondeur de ses formes, du galbe de sa voix : Marjorie était un orbe de patience, de volonté farouche, de savoir. Un jour experte en design années cinquante, le lendemain versée dans le Chippendale, le panoramique Zuber ou le tabouret Starck. Elle possédait surtout un sixième sens pour appareiller des éléments contradictoires : une connexion manifeste à l'éther des choses.

C'est Amanda, ma déesse, qui l'a sauvée.

Je l'avais garée non loin d'un dépôt-vente sur les coups de cinq heures du matin dans un ombré au feutre gris. Pour une fois, il ne pleuvait pas, mais ça caillait bigrement. J'étais en avance. Le négociant qui m'avait fixé rendez-vous pour un bureau pliant – mon obsession pour optimiser mes rangements en fin de saison – était pressé. J'avais laissé les phares allumés et le moteur tourner pour tenter d'intercepter un peu de chaleur et quelques bribes de Gainsbourg. *Viens, petite fille dans mon comic strip*. Elle a toqué à la fenêtre. J'ai tourné la manivelle pour descendre la vitre, geste année soixante qui cadrait bien dans le décor, et j'ai baissé le son.

Hello. Vous venez pour le bureau ?

Exact. Vous êtes de la brocante ?

Pas du tout. Il m'intéresse aussi. Pensant qu'il allait partir ce matin, le gérant m'a appelée. D'une pierre deux coups. C'est de bonne guerre. Assez rare qu'une écritoire pique la curiosité de deux personnes au point de les faire se lever au milieu de la nuit ! Avant de savoir à qui de nous deux ce secrétaire est destiné, cela vous dérangerait que j'attende avec vous ? Le ventilo de mon van est en rade et je me les pèle.

Je me suis penché et j'ai tiré le bloqueur de porte. Autre geste année soixante. Elle m'a tendu sa main gantée d'une mitaine orange.

Moi, c'est Marjorie.

Je lui serrai le bout des doigts.

GD.

J'adore les DS. Mon grand-père en avait une lorsque j'étais gamine. C'était comme monter à bord d'un paquebot. Je rêvais qu'il vienne me chercher à l'école avec ! Que je puisse crâner ! Mais ça ne s'est pas trouvé.

Je ne crois pas avoir eu tant envie que ça de crâner à l'école. Malheureusement, je l'ai fait. Et bien malgré moi !

Comment ça ?

QI trop développé.

Là, vous crânez encore ?

Ça se pourrait.

C'est elle qui a emporté le bureau pliant. C'est moi qui lui ai proposé un café. Pas au Four. À Rosporden. Balade autour de l'étang, non loin de la vieille église, pas un chat, avant de se mettre au chaud. Le café s'est transformé en déjeuner. Nos parcours à dérouler. Intimité immédiate, presque irréelle. Impression de m'extraire du retranchement de ces derniers mois, de parvenir à nommer des ressentis, mes expériences, myriade de mots, de sens, être authentique, à son écoute, appréhender son univers, ses sautes d'hilarité, ses plages de retenue, son regard affûté, son besoin d'une cohérence douce, d'harmoniser des cultures plurielles, ne rien brusquer, ne rien imposer, écouter les fibres s'entrelacer, aménager des lieux pérennes, pouvoir les quitter, recommencer, ailleurs, ne pas s'encombrer, réinventer chaque matin avec un plaid froissé, une tasse en grès, des gerbes de graminées, de fleurs séchées, des parquets vieillis, des chauffeuses basses et crevées, des miroirs piqués, tirer parti de l'usure, métamorphoser la laideur. Son emballement pour mon projet. Échange de numéros. Envie de nous revoir. De travailler ensemble.

.31.

Marjorie.
Elle est entrée
dans mes cabanes de mer éphémères.
Les a transfigurées.
De l'intérieur.
Février.
Nous avons tout oublié.

Ces termes étranges qui débarquaient d'une autre galaxie et se télescopaient sans retenue: SARS-CoV-2, distanciation, saturation, intubation, réanimation, Ehpad. Ce langage guerrier. Les premiers morts. Les services hospitaliers débordés. La pénurie de masques. Les mensonges qui s'affichaient sur les écrans. Petits ou grands. La panique. Goulot d'étranglement. La peur qu'on nous injectait sous la peau, nous chevillait à la glotte. Ne plus embrasser. Ne plus visiter. Le croque la mort qui débitait chaque soir sa litanie de cadavres à l'heure du dîner. L'Italie qui tirait la sonnette d'alarme. La Suède qui dansait encore. L'Angleterre qui suffoquait.

Main dans la main.
En elles.

Sept cabanes.
Sept cœurs à faire battre.
Elles allaient nous sauver la vie.
Il nous fallait terminer coûte que coûte.
Notre avenir en dépendait.
Il n'y avait plus d'avenir.
L'épidémie progressait.
C'était une course contre la montre.
Pour eux.
Pour nous.
Marjorie visualisait. Elle farfouillait. Elle trouvait.
Je n'étais pas amoureux.
J'étais au-delà de l'amour.
Comme si je l'avais connue
dans une autre vie.
Je ne voulais pas transgresser.
Notre fil au-dessus du monde.
La perfection qu'elle y déposait chaque jour.
Ses trouvailles.
Elle sublimait chacun de nos sept univers.
N'abordait jamais la 17, ma cabane.
Sur celle-ci, retenue.
J'approuvais. Captivé.
Elle livrait.
Un fauteuil, une indienne matelassée.
Des lits de camp. Un lot militaire.
Pas de jaloux : chacun le sien.
Tous logés à la même enseigne.
Fer vieilli, toile kaki, surmatelas brodés.
Parfois, je me remémorais Victoria à Londres.

Cette même forme de virtuosité.
Amélie s'effaçait.
Une photo d'elle au WBB.
Unique rémanence.
Victoria m'avait mis à mal.
Amélie m'avait pansé.
Marjorie me complétait.
Nous nous bousculions.
Sans savoir si nos îlots allaient voir le jour.
Et Adémar m'éperonnait.
Calembours, défis, rébus, suggestions.

Entre euphorie et désespérance.
Ne plus compter mes nuits, mes jours.
Craindre qu'il attrape cette saloperie.
Port d'un masque ?
Va te faire foutre.

La 67 et la 77 sont sorties de l'atelier. Toitures finalisées. Zinc embossé pour la cabane des fjords, deux panneaux à rainures tortillonnées que je parvenais à clipser en un rien de temps, récupérées sur un voilier andalou – Georges ne cessait de m'étonner. Toit à quatre pans et clocheton pour la cabane polonaise, plus compliqué à démancher. Voyant que j'avais repris goût à l'épuisement, Adémar était revenu à la charge : « Quand tu auras terminé la cabane de secours, il faudrait penser à l'espace d'accueil. Pour les réunions. Et cette cabane-là, c'est sur ma cagnotte perso. *Capito ?* » C'était toujours ainsi : illumination soudaine. Il retournait céramiquer. Ou entretenir sa forêt. Ou ramasser ses courges. En fait, je ne savais toujours pas ni comment il fonctionnait ni où il vivait. Mais j'avais compris avec son *Capito*, que cette cabane-là, il la voulait non démontable et qu'elle deviendrait la sienne hors saison. « Tchanquée, GD. » Devant mon air imbécile pour le faire bisquer, il s'était frotté le bonnet et avait balancé : « Le bassin d'Arcachon. Il faut tout te dire, le montagnard ! Sur pilotis. Avec un petit balcon tout autour. Pour contempler le délitement général. »

Patron, c'est comme si c'était fait !

.32.

Nos traversées, les miennes, celles de Georges le dénicheur, de Marjorie l'embellisseuse, je les ai mises en ligne, gagnant des abonnés à pleins bras. Je dévoilais, entre intuitions et incohérences, l'esprit de chacun de nos refuges. Après les tee-shirts, on me réclamait des sacs, des mugs à l'effigie de nos délires. J'avais conscience que je créais du désir, de l'évasion, dans cette période de trouble, de montée des adrénalines incertaines, des comportements irrationnels. Mais, égoïstement, je me protégeais du contexte : je m'étais fabriqué un sas où je me reconstruisais et j'oubliais que des gens souffraient. Et je me justifiais en me répétant qu'il nous serait donné bientôt de soulager une infime part de leur désarroi.

Puis le 17 mars est arrivé. Un 17. Mon signe. Aube de journée radieuse, cercle rouge feu à l'horizon crevant le ventre de la mer, scintillements sur un saphir à perte de vue langoureux et tranquille. Le seul mot qui me soit venu à l'esprit, c'est celui de rideau : le mot d'Erwan.

Rideau.
Sur une devanture.

Rideau.
Sur nos vies.
CONFINEMENT.
Deux sirènes au fond d'un jardin.
Et l'océan.
Défiant nos enfermements.
Nos existences qui s'enrayaient.
Qu'est-ce qui se délite en vous ?
Intuition qui rejoignait la réalité.

Le lendemain, c'est à l'endroit où je l'avais rencontré un an auparavant qu'Adémar m'a rejoint et m'a tendu notre 6.33 si précieux, rituel à chérir. Quel parcours… Nos marées basses de mutisme, nos déferlantes de bons mots, cette complicité efficace, qui m'avait repositionné droit sur une route parsemée d'embûches que je ne voulais plus quitter. J'ai eu envie de l'étreindre, de lâcher nos pudeurs. Il m'a devancé.

Je suis content que tu sois là. J'ai le droit de me rendre sur mon lieu de travail. Avec leur autorisation à la con. La voilà la première marche pour s'exercer à agacer la maréchaussée. Alors, plus que jamais, on va se marrer ! Parce que si on ne se marre pas maintenant, ce n'est pas en réa qu'on va le faire !

Se marrer ? Sur cette litanie de bizarreries à laquelle on nous enjoignait de nous conformer, derrière des périphrases creuses et des amendes salées pour refus d'obtempérer. Elles étaient apparues en quelques secondes, ces injonctions, ces terreurs, et, martelées en boucle, elles rampaient, nous interdisant de penser. Qu'on avait laissé le système hospitalier se dégrader depuis deux décennies. Et qu'on était en train de maquiller cet abandon en créant une légende de toute pièce : les blouses blanches, ces héros ! De bien fragiles remparts, les blouses blanches, devant l'implacable aggravation.

Distanciation sociale.
Geste-barrière.
Masque.
Le mal exhibait à présent un nom : covid.
Plus simple à retenir.
Et il nous faudrait bientôt applaudir
à vingt heures pour acclamer la folie des hommes.

J'ai appelé Marjorie. Elle a ri à l'autre bout du fil. Il était si tôt.

Tu ne crois pas que tu devrais prendre des nouvelles de tes proches ?

Elle avait raison. Je n'avais pas joint ma mère depuis le premier de l'an.

Quoi qu'il arrive, tes cabanes verront le jour. Rien ne dit que tu ne pourras pas ouvrir en juin. Pour ma boutique, c'est rapé, mais baisser les bras ne servirait à rien. Quant à tes sept invités, on est presque au bout. Ne reste que la cabane de secours...

Elle me balisait la route. Empêcher que nos quotidiens s'effondrent. Nous maintenir au-dessus du niveau de la mer.

...et l'espace d'accueil.

Comment était-elle au courant ? Adémar et Marjorie se croisaient mais échangeaient peu. Il ne m'avait fait aucune remarque à son propos. Je le soupçonnais cependant de s'intéresser à ses recherches, à le voir fureter dans le hangar quelques minutes après qu'elle y avait disposé ses antiquités et nous avait quittés.

Adémar t'en a parlé ?

À mots couverts. Ses yeux parlent pour lui! Il veut que les gens se sentent bien. C'est un sentimental.

Tu crois?

J'en suis certaine. Cet homme a souffert. Et grandement.

Comment tu sais ça?

Il y aura toujours deux manières d'évacuer la souffrance. Soit on ne peut s'empêcher d'en parler tout le temps, on s'enveloppe de mots pour éviter qu'elle revienne nous abîmer. Soit on se tait et le silence devient exorcisme. Pour ne pas importuner les autres. Ou les décourager. Adémar descend de ce sommet-là.

Elle a laissé un blanc. J'entrevoyais Adémar en dégringoleur. Ses petites foulées en zigzag le long de la pente, ses saillies ajustées, sa peine dans le sac à dos.

Assez philosophé. Pour toi, ce confinement ne change rien.

On va s'organiser avec la visio! Mais tu vas me manquer. *Vous* allez me manquer!

Adémar voyait juste. Notre seul amer, pour ne pas tourner barjo avec ce nouveau mode de vie par écran interposé, c'était bien la déconnade! Et couper les infos.

Avant de raccrocher, Marjorie m'a lancé:

Mets en route le recrutement. Au moins pour la semaine d'ouverture en juin. Je peux t'aider. On va s'adapter. Tout le monde va s'adapter.

J'ai appelé ma mère. Mon père, à la retraite depuis peu, était contrarié de ne pouvoir grimper ne serait-ce qu'une demi-colline, mais elle possédait une arme redoutable pour supporter sa mauvaise humeur: ses carnets dans lesquels elle griffonnait des contes. Que personne n'avait jamais lus, mais dont elle s'inspirait pour nous endormir, enfants. Et là, en ce jour de mort imminente, j'éprouvai un désir irrépressible de les lire. Mes cabanes de Robinson provenaient probablement de ce merveilleux qu'elle avait déposé en nous, auquel j'avais été si sensible. Alors, j'osai lui souffler : « Poste-m'en un. »

Fallait-il le covid pour me rendre audacieux ?

.33.

J'ai relu les trois questions d'Adémar. Sélectionner d'authentiques déliteurs. Drôle d'approche. Pour une semaine qui serait peut-être la seule : nous nous refusions à ouvrir plus avant le planning de réservation. Dans ce monde confiné, je me persuadais qu'il fallait poser des actes iconoclastes à la Adémar, puis hurler « Advienne que pourra ! » Marjorie avait une jolie phrase pour ça : « Nous obtenons tout à la hauteur de notre espérance. » Et je n'avais pas envie de ne pas la croire. Des semaines que les cours d'école étaient silencieuses, que les brins d'herbe poussaient sur des chaussées qu'aucun véhicule n'empruntait plus, que nous nous évitions dans la rue, que faire des courses se transformait en un marathon potentiellement contaminant, que posséder un chien ou des mollets à bétonner était le sésame pour dépasser l'heure de sortie impartie, que les flics rôdaient avec leur carnet de contredanses, que les maisons de retraite n'avaient jamais aussi bien porté leur surnom de mouroirs, qu'aucune famille n'était autorisée à y pénétrer.

Que l'on s'étouffait, seul, à l'hôpital.

Housse plastique.
Rideau.

On n'enterrait plus.
On n'embrassait plus les vivants.
On n'embrassait plus les morts.
Même les curés avaient la trouille.
Qui, comme les employés des pompes funèbres,
se passaient les mains au gel hydroalcoolique
avant de bénir les cercueils.
Et ne tendaient plus le goupillon.
Catimini.

Et Adémar et moi,
prêts à « nous rire » de cette situation.
Avec trois questions.

Je les ai sondées.
Puis intégrées
à notre proposition de séjour contemplatif.
Une introduction simple.
Un descriptif de l'offre.
Les photos.
Elles parlaient d'elles-mêmes.
La baie minuscule.
Les rochers à marée basse.
Et ce bleu qui débordait.
Les tarifs.
Les conditions.
Pas de portable ! En gras !
Un mail vous sera envoyé
si votre candidature est retenue...
Les gens allaient penser à une tombola.

Tout était tombola dans ce monde-covid.
À la dernière minute, j'ai ajouté une question,
une quatrième : la profession du contemplatif.
Vous demandait-on votre profession
lorsque vous réserviez au Club Med ?
Impulsion de trouille.
Je balançais entre deux zones :
Accueillir sans rien savoir.
Accueillir en sachant au mieux.
J'ai cliqué sur deux sites.
ephemerescabanesdemer.
Et celui qu'Adémar affectionnait,
fairedenimportequoiquelquechose.
Il m'a semblé que ces deux titres se répondaient.

Il a passé une tête dans la cuisine, nous a servi deux verres de cidre.

La terre a cessé de se déliter pendant le confinement. Les coups de boutoir ont repris. Bon signe. Nous allons être libérés.

J'étais sûr qu'il disait vrai. Et ça m'a soulagé.

Baptiste et Erwan m'attendaient. Les livraisons étaient dans les temps : un miracle ! Nous débutions l'implantation de l'espace d'accueil : sa cabane, son refuge, ses pilotis. Épieux quatre mètres sous terre. Excavatrice convoquée en douce pour cause de pandémie. En douce ! Débrouillardise. Nos bras requis et les bonnes volontés.

L'architecture s'extrait toujours d'un substrat.

Et je vibrais d'une joie surnaturelle.

.34.

Je n'ai pas voulu interroger ce que ces deux clics avaient produit. Pendant des jours. Je n'ai pas pu. Je me suis enfermé à la Chamblaie sur le chantier. Construire sur site m'insufflait une nouvelle vigueur. Ressort qui me faisait replonger dans les tensions d'autrefois. Mais ici j'étais mon propre maître. Et cette responsabilité vis-à-vis d'Adémar me stimulait : je lui devais tant.

La baie était toujours aussi pure. Équilibre parfait de ses proportions. Je la découvrais chaque jour avec des tonalités et des galbes neufs. Pour y accéder, nous avions ouvert un raccourci, afin d'organiser le passage des matériaux sans nuire au parc ni le défigurer. Défi supplémentaire. Et c'est du côté des fougères arborescentes que nous pique-niquions avec Baptiste, Erwan, et les gars venus en renfort, sans qui cette édification n'aurait pu se faire. Désœuvrés par l'arrêt de leurs engagements, tous avaient répondu présent. Ils ne se préoccupaient pas du pourquoi de l'affaire : Adémar avait besoin d'un coup de main, ils le donnaient, quitte à s'attirer des ennuis. Pour eux, le jeu en valait largement la chandelle : découvrir ce domaine inaccessible dont on murmurait la légende dans les familles depuis des générations. Je savais à présent que je pourrais compter sur cette équipe au moment d'établir le campement.

Trois semaines de boulot minimum. Le temps jouait contre moi. Mais là, je savourais chaque minute de cette première étape.

Plus d'une fois nous avons plongé dans la vague après les efforts qu'exigeait le montage de la plateforme, des façades, l'installation des ouvertures ou de l'escalier. Heureux de nous enfoncer la tête sous l'eau, de nous régénérer. Personne ne mentionnait le péril. L'Ouest n'était pas épargné, mais tous, nous pensions que la meilleure manière de vivre avec était encore de l'ignorer. Plus d'une fois nous nous sommes assis pour une pause réparatrice à l'ombre des grands arbres, tant ce printemps nous faisait grand beau, brise légère, ciel dégagé, clapotis à la dormeuse. Comme si l'océan attendait lui aussi le grand réveil. Personne ne consultait les nouvelles, devenues trop clivantes. Maintenir le pangolin à distance. Parfois, l'un lançait qu'un collègue, fiévreux, l'avait attrapé et avait dû s'arrêter. Le temps que ça passe. Tout le monde se raccrochait à ce mantra : « Le temps que ça passe. »

Plus que jamais, j'édifiais avec cette idée qu'il fallait pouvoir démonter si besoin. À la différence des cabanes arcachonnaises, nous ne bâtissions pas avec des planches de pin, mais avec des traverses de bois nobles, ceux de la Chamblaie, en réserve depuis un ou deux siècles. Où Adémar les entassait-il ? Et comment avait-il réussi en plein confinement à faire bouger un camion de livraison ? Il avait ses secrets, comme moi avec mon excavatrice. Tulipier, chêne, mais surtout hêtre. Blanchâtre à reflets rosés, son veinage irrégulier traçait des courbes en demi-ponts, réfractant la lumière plus ambrée. Il n'avait consulté ni mes dessins ni mes plans. Confiance aveugle. « Tu as la baraka, et tu penses sincèrement que tu pourrais louper la mienne ? » Lorsque j'examinais notre ouvrage, j'y retrouvais une intemporalité identique à celle que les lueurs de son four allumaient sur les murs de sa grande salle. Lieu de vie déjà chargé de générosité. Baptiste, Erwan et les potes de ce dernier avaient sculpté les garde-corps sur mes indications avec un motif à la bretonne, triskel et ribambelle de feuillages. Le résultat, après être passé à l'huile de lin comme la totalité du bardage, se fondait avec majesté dans la carte postale. Un prolongement du parc.

Se tenir sur la coursive était une prime à l'existence : recevoir le vent de plein fouet, le sentir courir sur la peau, admirer les épousailles du ciel et de la mer en amarante, or, ardoise, ivoire, bronze, cette polychromie incessante. Plus rien ne pouvait s'obscurcir en vous lorsque vous étiez perchés à six mètres du sol.

J'étais au sommet.
Osmose.
Gratitude.

Le soir où nous avons terminé, j'ai appelé Marjorie. Je lui ai confié mon appréhension de sélectionner les déliteurs, ce job d'accueil pour lequel je me sentais en roue libre, la peur de l'échec : qu'il n'y ait personne de l'autre côté de l'écran. Elle m'a interrompu : « Appuie-toi sur la joie d'avoir abouti. La joie. Elle est première, toute petite fille de la confiance. Amène Adémar à la Chamblaie. Passe-lui les rênes. C'est son nid, son moment à lui. Lorsqu'il en aura pris possession, tout va s'enclencher. »

J'aurais voulu la rejoindre, retrouver sa fossette au bas du menton, contempler ses rondeurs dans un rayon de lune crépusculaire, m'approprier le galbe de son avant-bras que je n'avais aperçu qu'à

Rosporden, manche remontée, peau nacrée entre lait et cacao, embrasser cette base du coude, remonter jusqu'à ses lèvres, me perdre, mon corps en elle, sa sérénité en moi.

.35.

Adémar a grimpé l'escalier d'un pas allègre.
Comme un gamin.
Qui attendait cela depuis une éternité.
Un rêve qu'il n'aurait pas songé à rendre palpable.
Il n'est pas entré à l'intérieur.
Verrière à 360.
La forêt a dicté l'implantation du nid.
Sa mise en sécurité.
De sa poche, il a sorti un papier jauni.
Un dessin griffonné.
Une cabane sur pilotis.
Celle de l'arrière-grand-père.
Gorge qui se serre.
Les rêves traversent le temps.
Il a posé ses mains sur le garde-corps,
l'a caressé un long moment,
ses feuilles de bois.
Le vent chahutait.
Nos deux bonnets de cuir.
Mer en rouleaux.
Mouettes en piqué.

Brassée d'odeurs,
varech rouge
qui flirtait avec la groseille blanche.

Mon frère est décédé au Canada du pangolin. Mardi dernier.

Je ne l'ai pas revu depuis quinze ans, sa dernière visite en France. Sa voix, placide. Pour tenter de relier chacun de ses mots à une réalité.

Je suis désolé, Adémar. Sincèrement désolé.

Il aurait aimé venir prier ici. À cette hauteur. Il était si solitaire lorsque nous étions enfants. Amoureux des arbres. Il parlait aux oiseaux. Et je le respectais pour ça. Après, il s'est mis à parler au firmament. Une autre paire de manches. Moi, je ne prie pas. Je rends grâce mais je ne sais pas à qui… Pour cet endroit. Pour toi. Pour cette cabane. Ce sera notre Canadienne. La sienne et la mienne. Les trois frères.

Heureux que tu la baptises !

Je ne me leurre pas. Les vraies emmerdes commencent. Il va falloir obtenir une autorisation. Dans ce fichu dédale administratif.

Ou pas. De deux choses l'une ! Soit tu y parviens et tu couleras des jours heureux. Soit tu n'y parviens pas et… votre Canadienne est démontable. Bien sûr, plus compliqué que pour les autres. Et pas vraiment conçue pour ça. Mais si tu avais à changer d'avis…

Je te reconnais bien là. Mais elle y restera, sur ses pilotis ! Jusqu'à ce que la terre se délite ! C'est moi qui te le dis. Avance sur le recrutement. Et ne sélectionne que des profils bleus et verts. Sur le cercle chromatique, ce sont les seules couleurs valables. Les autres sont du contrepoint.

Tu as une drôle de conception des couleurs !
Ce sont les couleurs d'ici. T'as ton autorisation de sortie ? On va se faire une virée. Pour fêter ça. J'ai garé Alfred à couvert derrière la hêtraie. Inutile de faire rappliquer la flicaille.
M'étonnerait qu'elle s'intéresse à nous. Elle a trop à faire en centre-ville.

Pas l'ombre d'un gendarme.
On a roulé
en bordure de mer
en lisière de terre
Journée pleine.
Fruits de mer à la criée.
Quasi vide.
On a récupéré crevettes, bulots, mayo.
On a arrimé Alfred
au bord d'une pâture à pâquerettes.
Tartine de beurre salé.
Andouille en tranches larges.
Blanc sec.
Je me suis revu chez Lebernin.
Je me suis revu découvrant la Chamblaie.
Un an.
On a trinqué
à notre liberté entravée.
Nous étions si nombreux
à ne plus supporter l'exiguïté.

Adémar m'a laissé au Four.
Sur le coup de vingt-trois heures.

Je me suis connecté tour à tour sur les deux sites.
Et j'ai additionné.
1 467 candidatures.
Je n'en revenais pas.
4 401 réponses à décrypter.

.36.

Sélectionner nos hôtes uniquement parmi les bleus et les verts, Adémar en avait de bonnes ! Mais Marjorie a approuvé : « Moins de boulot. Et puis, il faut bien trouver des critères. On s'y met ? » Il y a douze nuances sur le cercle chromatique, ce qui au bas mot aurait dû induire un peu plus d'une centaine de profils par couleur. Mais ce n'était pas ainsi que les candidats fonctionnaient : ils adoraient, dans l'ordre, le bleu… puis le vert ! Au bout du débroussaillage, 453 bleus et 291 verts s'étaient échoués sur notre palette. Elle prit en charge les bleus. Je m'attaquai aux verts. La répartition des tâches était déséquilibrée, j'en conviens, mais j'avais une robinsonnade à faire émerger tandis que sa boutique prenait la poussière du temps qui passe et file trop vite ce qui, pour une vendeuse de souvenirs fragiles, lui seyait à ravir. Je lui suggérai, façon de plaisanter, que nous écartions d'office les nuances banales et que nous nous concentrions sur des bleus extravagants et verts rutilants. « Va pour le petit grain de passion qui agite le cœur et qui s'effrite avec les années ou l'accident de parcours ! C'est pour cela que tu les invites, non ? » D'un commun accord, nous avions décidé de braver l'interdiction de sortie et de nous retrouver à la Chamblaie quand nos conclusions seraient tirées et nos fiches prêtes.

Le monde s'était scindé en deux camps : ceux, épuisés, qui bossaient comme des ânes pour permettre aux autres de survivre, et ceux assignés à résidence, tout aussi épuisés, qui attendaient de sortir du néant : chômage partiel, télétravail, distanciel, reprise limitée des visites. Ré-animation ? Au milieu, il fallait louvoyer. J'engrangeais les journées sans pause pour boucler les structures et le plan d'implantation. Je campais depuis quelques jours dans la Canadienne dont Marjorie devait superviser l'aménagement. Était-ce son influence ? J'avais accolé au nombre de chaque refuge un surnom. Celui qu'elle me soufflait à l'oreille dans ses conjectures décoratives ? Comme une bascule vers un univers que je n'avais jamais côtoyé : celui des mots. Tout me devenait complémentarité : nombres et phrases, bâti et interprétation. Symbole du nouvel homme que la mer me faisait devenir : G pour graphie, D pour définition !

À deux cents mètres, la 57, ma Tonkinoise, était la première à fouler le sable avec ses mandragores. La restauration avait magnifié son rouge haricot et ses bonsaïs semblaient émerger des rhododendrons qui fleurissaient en une pluie orange sanguine. Flamboyant et cinétique. Je n'implantais pas par ordre numérique mais en fonction de la configuration du terrain, de la structure de chaque îlot, et de l'aspect chromatique que je désirais obtenir. Au plus près de la forêt-jardin pousseraient les cabanes colorées. Après la Tonkinoise, nous fixerions la 67, la Norvégienne, rouge franc, fenêtres à croisées dix-huitième en terracotta, faîtage au blanc de céruse, inspiration fjords et lochs. Puis viendrait la 77, la Polonaise, dont les teintes primaires pétaient de vibrations, débauchant les marbrures du ciel dans une gigue de renoncules et de cœurs enlacés. Trio folklorique ! Calcul des perspectives. Je les voulais à l'abri du sentier côtier pour éviter d'attirer l'œil et préserver l'intimité de nos déliteurs. À l'avant se logeraient les plus neutres. La 27, la Bretonne, murs gris fonte et toiture ardoise : trompe-l'œil pour un effet granit et lauze. Lorsque je la détaillais, j'avais l'impression d'être à l'estive, poumons en grande focale, 1 500 mètres d'altitude. À sa suite, mais à bonne distance – j'exploitais au maximum les cinq hectares avec l'idée d'encourager la flânerie –, s'insérerait la mienne, pas d'autre patronyme que son 17, au plus près du rivage, au bleu alvéole, quasi vide, hamac et tabouret-rondin. Puis, la 47, notre Pot de Yaourt, et la 37, la Marseillaise, avec ses bandes bleu azur et vert indien, hymne à une autre forme de dolce vita. Enfin, un peu à l'écart, enclavée sous une des pointes, la 87, la Cirque-Ulaire. La plus originale : coffre ovoïde sur roues, châssis-toit d'un seul tenant, mi-châtaignier jaune fauve, mi-fer forgé gratté. Georges l'avait repérée dans une casse, remorque d'un cirque ambulant du début du vingtième. Marjorie lui avait rendu sa splendeur de saltimbanque avec dentelle aux lucarnes, banquette acajou et bibliothèque triangulaire, super-pop, bleue-rouge-verte. Détonnant ! Mais avec son œil avisé de décoratrice, tout fonctionnait. Et cette dernière était la seule à posséder cette particularité de n'être pas démontable mais tractable.

Il resterait à planter les ganivelles en bambou pour maintenir le promontoire – la dune était un espace fragile qu'il fallait protéger – délimitant ainsi les espaces individuels, et les terrasses en teck avec leurs baladeuses extérieures à l'embonpoint translucide. Ultime finition : une série de mandalas autour des cabanes tracée dans le sable au râteau : signalétique des lieux, unissant les refuges. J'y tenais. Quand bien même il me faudrait redessiner à chaque aube les sillons inventifs et précaires : c'était mon hommage aux Oval Gardens, cette conception du voisinage heureux.

Marjorie est arrivée, camionnette pleine. Elle s'est extasiée devant mon « tchanquage » ; elle a monté les marches, parcouru le balcon. « À couper le souffle ! Amniotique ! » Puis son ballet a débuté. Sur le parquet brut, entre horizon et infini, une table basse hexagonale noyer-céramique, un vase Picasso-Vallauris, cadeau pour Adémar, un radassier en rotin, quatre poufs en soie, deux crapauds Napoléon III, un large bureau-tréteaux, et « pour achever l'illusion d'être dans un paradis non artificiel », une bibliothèque à fines colonnades en marqueterie année quarante. Où puisait-elle cette aisance à marier les styles ? Elle n'ouvrait la bouche que pour offrir le son des harmonies qu'elle agençait : corail-vert sauge, soleil en tournesol, amande-agave-calisson. Peu à peu, l'espace ne flottait plus. Il s'ancrait dans cette gourmandise, tintait le la d'une vive gaieté. Elle m'éblouissait, humble et précise. Satisfaite du résultat, elle a fouillé dans sa sacoche, en a sorti un sachet de croissants, s'est laissée tomber sur un des poufs et a mordu dans une pointe. « Ça le fait, non ? »

Sur la coursive, nous avons bu son thé russe extra-fort, brisures de pamplemousse et pétales de bleuets, à même le thermos, dans la brise iodée et les teintes céladon d'un matin de mai. Ivres de liberté.

.37.

Une fois délaissées les fiches incomplètes, incompréhensibles, trop spirituelles ou trop basiques, Marjorie détenait une trentaine de bleus.

Je te les récite ! Poétique en diable ! Ensuite, à mon avis, on vérifie que leur objet fétiche n'a rien d'extravagant, genre une grenade non dégoupillée. Quant à leur définition du délitement, on la leur laisse. On ne peut pas statuer là-dessus, non ?

L'énoncé des délitements m'avait souvent ému à la lecture de mes amoureux du vert. Mais je n'étais pas assez fin psychologue et, peu enclin à la pratique sociale, je reconnaissais volontiers pouvoir me tromper sur la profondeur d'une souffrance. Les miennes, je n'aurais jamais réussi à les sonder si la vie ne m'avait pas mandaté un Adémar… Je me rangeai à son point de vue.

Bleu de Poméranie.
Bleu des Atalantes.
Bleu Garance.
Bleu à Encoches.
Bleu Parme-Zan.
Elle souligna le jeu de mots.
Bleu Anduze.

Bleu de Juillet.

Bleu Royal de Tertre.

Bleu…

Je l'interrompis.

Tu as dit Bleu Royal de Tertre?

Victoria venait de réapparaître en chair et en os à travers ce bleu imaginaire. Décontenancé, je tentai de chasser l'hologramme.

Tu connais? Incroyable! Quant à comprendre à quoi ça ressemble!

Je ne pus retenir mes mots:

Deux atomes de brouillard londonien gris crassé, un éclat de bleu lac sur les dômes blancs du Sacré-Cœur de Montmartre, un peu du rouge des stores des cafés, place du Tertre, et un pourcentage d'or, celui de la fleur de lys, celle des armoiries.

Elle me dévisagea, médusée. Je me repris.

L'impro t'a plu? Quelle est la profession de la personne?

Elle plongea dans ses notes. Sueurs froides. Garder l'infime sourire du blagueur.

Cantatrice! Un bleu royal, c'est dans le ton! Quelques phrasés de Lully pour sa majesté!

Nerfs à vif. N'importe qui peut avoir inventé un jeu de mots à partir d'une couleur. Il y a bien des sosies sur la planète, alors une correspondance de pensées, c'est l'enfance de l'art!

Et qu'est-ce qui se délite en elle?

La poussée de son souffle sous ses cordes vocales. Pour te la faire courte, sa voix. Pour une cantatrice, la cata!

On sélectionne.

Vu comme cette couleur t'inspire, on ne peut pas faire autrement! Je te donne son objet favori?

Pas la peine! Je signe.

À la fin de la journée, nous avions nos sept prénoms. Enfin, huit ! Des jumelles inséparables s'étaient glissées dans notre choix : étudiantes, prêtes à partager leur lit de camp. Elles avaient ajouté une lettre de motivation, chacune la leur, mais structure identique à la virgule près, miroir en synonymes pour l'une et l'autre : qui avait copié sur qui ? Vu leur sincérité et leur motif de délitement, ne pas les inscrire ensemble, c'était risquer un double suicide.

Quatre verts.
Quatre bleus.
Cinq femmes.
Trois hommes.
Idriss, Olya, Henriette, Aika, Candice.
Karl, André, Nathanaël.

Marjorie aimait assez l'idée de cette palette égalitaire et que les femmes soient majoritaires. Et à part les étudiantes, nous n'avions aucune idée de l'âge des autres participants. Plus qu'à croiser les doigts pour qu'ils ne se rétractent pas, et que le pangolin leur laisse la santé sauve. Les mails de confirmation étaient prêts : à l'instant où nous avons appuyé sur « envoyer », cette impression de cœur vide, née dans ma nuit de Noël solitaire, s'est rappelée à moi.

Mais là, il avalait des astéroïdes.
Marjorie s'est penchée vers moi.
Victoria s'est invitée en surimpression.
Cauchemar.
Des mois d'attente,
de pudeur, d'avancées à reculons.

Une nuit électrique.
La claque.
Amélie m'avait permis de mettre la sourdine
à ces souvenirs fantomatiques.
J'ai serré Marjorie aux épaules dans un geste gauche.

La nuit tardait à s'inviter.
La mer s'était teintée d'argent.
La forêt de paresse.

.38.

La nouvelle est tombée mi-juin : les lieux publics étaient autorisés à rouvrir ; nos sélectionnés pouvaient confirmer leur venue : ils s'en sont empressés. Pour moi, l'excitation se mêlait à l'épuisement psychique. Les angoisses de boucler à temps et les injonctions et revirements du pouvoir, qui jouaient quotidiennement avec nos nerfs, m'avaient sournoisement miné, même si j'avais tenté de ne pas y prêter attention. Seul Adémar semblait avoir négocié la période sans trop de dommages, grâce à son fluide avec les plantes qu'il cultivait, qu'il entretenait ou qu'il imprimait sur son émail. Cependant, son silence s'était fait plus intense, laissant transparaître un soupçon d'affectation.

Pour fêter cette première victoire – réservation complète –, Marjorie avait suggéré un dîner aux chandelles à la Canadienne, la veille de l'ouverture. Adémar avait acquiescé : « Trio persévérant en droit de se congratuler ! »

Nous avons embrasé des votives le long de la coursive. Le jour s'allongeait, produisant sur les flots des ombres filandreuses et des nuages irrévérencieux. Je me perdais dans cet horizon en perpétuelle ébauche, relâchais la pression : la mer éphémère m'avait entièrement adopté. Son fredonnement me berçait, cette obsession à nous conter les origines du monde, à nous inciter à l'écouter se refléter en nous pour y déposer LA quiétude. Bonnet d'aviateur sur le crâne, Adémar guidait Marjorie dans son bois. Elle lui ferait l'honneur de nos cabanes. Les loupiotes des terrasses étaient allumées. Féerique. L'eau coulait dans les bassines en fer-blanc qui servaient d'évier et au pied des douches à l'italienne. En mince filet. Dernier réglage.

Pas le grand luxe.
La nature entière.
Dans le creux de la main.
Comme nous la voulions.
Pour nous. Pour eux.
Panier d'accueil.
Carnet, crayon, pâtes de fruits.

Je les laissais arpenter.
Je n'avais pas la tête à exprimer.
Juste à ressentir
l'aboutissement.

Une exclamation perçait de temps à autre.

Ils ont fini par revenir avec du champagne, des tartinades, poissons fumés, crevettes, un foie gras. Il m'a glissé, heureux :

Faire de n'importe quoi quelque chose !

Ton paysage, ce n'était pas n'importe quoi !

Mon paysage, non ! Tes idées, si !

Mon portable a bipé.

Je me suis éloigné.

Au bout du fil Assan pleurait.
Azmia s'en était allée au ciel des mères.

Azmia.
Grâce à elle, j'avais rencontré Adémar.
Étrange, où les fils de la vie nous entricotaient.
Son tajine aux abricots.
Une nuit de déroute.
Un site internet.
Larmes au safran.
Et cette interjection qu'ils prononçaient si souvent.
« Fiiils ».
Le « i » de Vie.

Assan, tu viens quand tu veux.

Le pangolin n'a pas le dernier mot.
Il a mille variants.
Nous avons mille envies.
Mille réponses. Mille potentialités.
Demain, nos hôtes seront là.
Arrivée à la gare de Quimper.
Excepté Candice, la soprano.
Elle trajette avec sa voiture.
Ils auront leur test PCR négatif.
Mais tous ont menti.
Il est impossible de prendre le train.
Sauf pour raisons professionnelles.
Et des trains, il y en a peu ou pas.
Pour nous rejoindre, il faut braver l'interdit.
Dans le monde d'après.
Sur notre presqu'île,
les mensonges seront bannis au prochain matin.
Ils seront face à eux-mêmes.

C'est moins ce monde
que l'élément qui les enveloppe
que nous reproduisons.
Plages. Les pousser sur nature
aussi loin que possible.

Eugène Boudin

.39.

Nous les attendons à l'extérieur de la gare. Pas question de brandir une pancarte. Avec la pandémie, l'autochtone est devenu méfiant. J'ai indiqué par mail que je porterai mon tee-shirt bouteille de Coca. Adémar m'a bien suggéré notre bonnet d'aviateur, mais je l'en ai dissuadé afin de ne pas éveiller la curiosité des gendarmes qui patrouillent autour des lieux de rassemblement potentiels. Comme je l'ai dissuadé de conduire sa deudeuche-marinière. Au-delà d'attirer les regards, il aurait fallu faire plusieurs allers-retours. Il est arrivé au volant d'une CX marron.

Tu collectionnes les voitures des années soixante-dix ?

Elles étaient à mon père. Il refusait de les vendre quand il en changeait. À l'époque, un médecin, ça avalait du kilomètre.

Toutes des Citroën ?

Oui ! La marque aux chevrons. Il y voyait deux sapins !

Et où tu gares tous ces bolides ?

Y en a trois en plus de la tienne et de celle-ci ! Un copain garagiste me les garde au chaud. Un passionné de voitures anciennes, ça va de soi. Sinon, elles ne rouleraient plus.

Je suis heureux de cette confidence. Au-delà de cette mémoire paternelle qu'Adémar entretient, il a des potes qui me sont inconnus. Il se livre avec parcimonie, quelques touches de loin en loin quand je l'interroge. Lorsqu'il quitte le Four le soir, je ne sais ni où il va ni qui il rencontre, et cette part de nébulosité me plaît. Ombre qui peut s'évanouir et à laquelle je ne dois pas trop m'agripper. Devrais-je un jour faire des adieux ? M'en aller bâtir ailleurs ?

Peut-être parce qu'elle les domine de sa stature longiligne, peut-être parce qu'elle est ravissante, une jeune femme aux yeux bridés, au regard mélancolique, se détache des voyageurs, veste blanche, short assorti, contraste sur sa peau ambrée, jambes fuselées, sandales hautes à lanières dorées sur une cheville fine. Bouche rose lilas – elle a ôté son masque pour respirer l'air frais, le temps que j'aperçoive ses lèvres, son nez aquilin, ses pommettes marquées. Sa chevelure de jais dessine une cape qui glisse sur ses épaulettes immaculées. Apparition en un noir et blanc à la manière de ces photographes de mode qui figent l'excellence de la beauté. Sans hésitation, elle chaloupe vers nous, s'incline, me tend la main, se reprend. Vraisemblablement Aika Oguchi. Dans la nuit, j'ai appris leurs noms. Je suis resté éveillé dans mon hamac, après le départ d'Adémar et Marjorie, à relire leur « pedigree » : tous n'ont pas souhaité indiquer leur profession. Seuls la cantatrice, un cuisinier étoilé et un marionnettiste se sont signalés à la question subsidiaire. Les jumelles optent pour ma DS. Vingt-deux, vingt-trois ans ? Toutes deux avec des cheveux blond platine frisottés très courts, des yeux clairs derrière des lunettes rondes d'intello, bouille blanche lavée à la craie, sourcils presque invisibles, une ride d'expression identique sur leur front dégagé. Impossible de discerner qui est qui, si ce n'est par leur tenue, l'une en bleu parme, l'autre en vert sourd, en phase avec leur couleur favorite.

La personne que je pense être Aika et un homme de petite taille montent avec moi. Lui a les yeux cernés, un regard scrutateur, air de djinn adapté à la toile bretonne, une barbichette entre deux gris dont la pointe s'échappe du masque : il tire dessus sans arrêt. Sa valise ne décolle pas de sa gabardine.

Bonjour. Karl Pebst.
À ce nom, les jumelles écarquillent les yeux en le dévisageant.
Bonjour ! GD. Bienvenue à tous.
Idriss et Olya.
Elles parlent de concert.
Aika murmure son prénom : léger tintement de sa voix.

En me retournant, je discerne l'allure plutôt décontractée du reste de la troupe – dont un stentor à la bedaine cintrée dans un cardigan rouge pétard qui sonne du clairon avec un accent du Sud. Et je songe qu'il va me falloir des trésors de délicatesse pour apparier sans heurt ces inconnus.

Gel hydroalcoolique en guise de poignée de main.
Dans l'habitacle, personne ne parle.
J'essaie de détendre l'atmosphère.
Vous avez fait bon voyage ?
Dodelinements en guise de réponse.

Arrivés à la Chamblaie, ceux qui descendent de la CX se sont visiblement déridés. J'ai du chemin à parcourir pour charmer un auditoire mais seulement les vingt prochaines minutes pour m'exercer… J'empoigne le sac d'Aika. Elle me remercie en anglais. Cela explique sans doute son silence. Ses réponses et son inscription étaient pourtant rédigées en français. Les jumelles déclinent mon aide. Tout le long du trajet, elles n'ont pas quitté Karl Pebst des yeux. Ce dernier avance avec sa valise à roulettes et ses Church inusables qui frisent le cirage parfait. Un maniaque ? Je lui explique qu'il ne pourra pas la rouler dans la forêt-jardin. Il tombe alors la gabardine, chemise blanche et col V anthracite, et s'empare de son bagage. À cette seconde, il me devient sympathique, tant son classicisme détonne. Je m'amuse à l'idée de lui avoir attribué une cabane bois clair et sobriété. Vu comme les jumelles le zyeutent, si cet homme est célèbre, la Norvégienne à l'abri des regards sera impeccable.

Inutile de garder vos masques, mais respectez la distance. Vous les remettrez à l'intérieur.

Les jumelles, soulagées, s'exécutent. Aika suit. Pas Karl. Je tomberais bien la bavette, moi, j'ai un mal fou à m'y habituer depuis le lancement de cette mode en bleu chirurgical. Mais je n'en ai pas le droit. J'applique scrupuleusement les règles. Leur santé m'est précieuse : ils sont mon sésame pour une renaissance dans le monde d'après.

Nous empruntons le raccourci. Mésanges qui piaffent, mouettes qui craillent, les regards s'élèvent dans ce paradis. Je glisse quelques explications. Les odeurs de verdure se sont intensifiées avec l'averse de la nuit. Cette force olfactive me surprend toujours : en elle, je puise mon énergie, tout autant que dans l'amplitude des courants marins ou célestes. Le sable lourd a été facile à taguer ce matin. Avec Erwan, nous nous sommes délectés à inventer des circonvolutions psychédéliques. Le grondement de l'océan se rapproche. Premiers sourires pour Idriss et Olya. Elles applaudissent avec un « yeeesss » majestueux, lorsque le bleu profond s'incruste au débord du cadre.

Dans cette goutte de temps, je mesure soudain ma chance de ne pas regretter la ville : avec Amélie, Paris est devenu souvenir. Je tente de me réapproprier cet art de la conversation qui rime avec pudeur : ne dévoiler à son interlocuteur que ce qui le tient lui en éveil ou l'invite à relancer. Marée haute en pleine chevauche. Le vent s'est levé. Pas sûr que nos tracés aient résisté ! La Canadienne apparaît, prête à accueillir formalités et réunions ; sur la coursive, huit transats bigarrés, reflet de chaque cabane.

Marjorie n'en finira pas de m'épater.

.40.

Le 11.44 est accepté par Karl, Aika et Henriette. Cette dernière affiche une belle quarantaine, peau métissée, cheveux tirés dans une tresse perlée de quelques fils d'argent, billes noires allongées qui équilibrent la rondeur de son nez, regard las que la vision de la mer pare d'un voile de nostalgie. Elle soupire plus qu'elle ne respire. Les deux autres hommes ont opté pour la bière artisanale, les jumelles pour le cidre bio. Tous sont emballés par les cabanes, impatients de connaître la leur. L'idée de cette retraite emporte les suffrages. Nous avons vu juste, et l'Histoire avec un grand H s'est chargée de nous donner un coup de pouce… Soudain, un klaxon lointain et prolongé nous fige.

Merde ! La cantatrice ! Elle va ameuter tout le quartier !

La remarque d'Adémar me fait sourire. Il n'y a pas âme qui vive aux alentours de la Chamblaie et, sur les plages, peu de locaux et pas un touriste. Pourtant, le gouvernement a desserré l'étau début juin. Mais personne n'est dupe : ce qu'il a donné d'une main, il l'a repris de l'autre. Et les querelles incessantes d'experts ne font que désarçonner la population qui n'est plus certaine que d'une chose : où qu'elle aille, on accolera à son déplacement l'étiquette « contamination ». Alors, elle se terre. Le klaxon repart de plus belle.

Ah, la vache ! Pour quelqu'un qu'a plus de voix, elle en donne. J'y vais.

Tu as dit « pas de portable », Adémar. Elle n'a pas d'autre moyen pour se signaler !

Je me tourne vers nos hôtes.

Je vous rappelle que durant votre séjour vous devrez laisser vos téléphones se reposer eux aussi. Une boîte est à votre disposition sur le bureau.

Comme en colo ! lance le stentor coquelicot, qui y balance aussitôt son Samsung.

Avec l'appel du réveil en moins. Vous avez tous opté pour la pension complète. Les paniers-repas des déjeuners et dîners sont à récupérer ici. Malheureusement, vous ne pourrez pas les déguster ensemble.

C'est ce qu'on verra ! tonne le stentor. Des mois que nos établissements sont fermés. Qui va venir nous contrôler ici ? Un peu de convivialité ne nous fera pas de mal !

Je comprends que j'ai affaire au cuisinier, Nathanaël Ricsin, étoilé au Michelin, ainsi qu'il l'a souligné dans le questionnaire. Belle stature, belle gouaille. Une forme d'autorité se dégage de sa face carrée : oui, il a l'habitude de se faire obéir tout en caressant dans le sens du poil.

Aucun problème si vous maintenez les gestes de distanciation. Je vais vous remettre vos clés.

Je vérifie les inscriptions. À l'instant où André Reboul s'avance, mon portable sonne.

Dans la boîte, le portable !

Accent chantant du cuistot qui me taquine. Adémar au bout du fil, voix passablement énervée.

Hans Wegner, ça te dit quelque chose ?

Mmhhh, tu veux que je regarde si j'ai une inscription à ce nom ?

Ça ne risque pas ! Il a passé l'arme à gauche en 2000. Pour un enragé d'architecture GD, tu te poses là ! Hans Wegner, une sommité mondiale ! Celui qui a inventé le design scandinave ! On pourrait même dire sans se tromper, LE design !

Et donc ?

Donc ? Ben, on a sa Mama Bear sur les bras ! L'objet de sa seigneurie soprano ! Et je viens de me prendre un cours magistral en supplément.

(Merde ! La fiche de la cantatrice ! La seule sur laquelle j'ai refusé de me pencher à cause de son Bleu Royal de Tertre.)

C'est quoi ? Un ours en peluche ?

Un ours en peluche, la Mama Bear ? C'est son fauteuil iconique, à monsieur Wegner. Et elle nous l'a transporté dans sa version d'origine ! 1954. Tout cuir ! Un prototype ! Rarissime ! Qui vaut au moins deux bras. Et le repose-pied qui va avec, tu penses bien ! Je fais comment pour lui faire traverser le parc ? Parce que la Callas avec ses talons hauts, elle n'est pas partie pour me filer un coup de main, et il est hors de question que son break pénètre sur la propriété. De deux choses l'une, soit tu m'envoies le stentor et son acolyte qui ont l'air un peu plus musclé que le gringalet aux mocassins cirés, soit je campe sur le fauteuil ! La bête a l'air confortable. Avec des oreilles bien larges. Et elle est tellement haute que quand tu as posé tes fesses dedans, plus personne ne peut savoir où tu es !

Je me retiens de rire et poursuis à voix basse :

J'espère qu'elle ne t'entend pas.

Non, elle s'est bouclée dans sa Rolls, le temps qu'on trouve une solution.

Et qui a eu l'idée de challenger nos hôtes sur leur objet préféré ? Tu as raison ! On se la vire à la prochaine fournée, cette question ! Je pensais que ça les aiderait à s'exprimer. Quand j'étais kiné, je ne te dis pas le nombre de fois où les patients évoquaient leur problème par le biais détourné des objets.

Là, j'ai du mal à te suivre. Tu m'as dit que tu voulais qu'ils se taisent et qu'ils contemplent.

D'accord. Mais qu'ils l'ouvrent lors de deux réunions. Qu'est-ce qu'on fait ?

Laisse le fauteuil à couvert. Rapplique avec la cantatrice. On se débrouillera avec Erwan.

Je raccroche, me penche vers mon dernier inscrit. Mais cette histoire d'objet m'a perturbé. Me revient à la mémoire, celui du cuisinier : un tranchoir. Je préfère en avoir le cœur net : pas envie d'écrire en direct un Agatha Christie. Je plante André Reboul en bafouillant un « Je reviens. »

Sur la coursive, Nathanaël Ricsin prend le frais.

Monsieur Ricsin, je peux vous parler une minute ?

Bien sûr. Appelez-moi, Nathanaël. C'est la colo, non ?

Si vous voulez. Nathanaël, vous pouvez m'en dire plus sur votre tranchoir ?

Un tranchoir, le pitchoun, c'est la tranche de pain sur laquelle on dégustait sa pitance au Moyen Âge. Autrement dit, une assiette ! On n'a rien trouvé de mieux depuis pour récupérer la sauce d'un civet et se caler l'estomac avant le dessert.

Eh, ça en espante plus d'un ! Mon tranchoir, on pourrait le faire rentrer sans problème dans ta boîte à portables !

Ah, OK !

Nathanaël me tape sur l'épaule.

En parlant de pain, c'est l'heure : je vais me « refuger » et déguster en terrasse le panier du jour !

Vous nous donnerez votre avis.

Je n'y manquerai pas. Mais vous attendez pas à une critique gastro, je suis censé être en marinade.

Euh ?

(Il va falloir que j'apprenne à décoder son langage.)

Les vacances, le ptiot ! La marinade. La marina. Baie des Anges.

Devant mon air dubitatif, il rigole et largue un « Laisse tomber ! »

Nathanaël me plaît.

Je retrouve mon dernier hôte qui fait les cent pas en parcourant *Mort sur le Nil*. Un signe ? Marjorie a disposé dans la bibliothèque quelques classiques : *Le Blé en herbe*, *Martin Eden*, *La Promesse de l'aube*… L'homme a la trentaine patiente. À ma hauteur, donc un mètre quatre-vingt-cinq. Sac de marin. Polo bleu ciel. Athlétique. Tignasse claire, mèche qui lui tombe dans l'œil, qu'il tente de relever sans succès, regard franc. Je ne refuse pas sa poignée de main. Le check du coude n'est pas notre truc. Nous plaisantons sur cette nouvelle passade des hommes politiques. Le courant passe immédiatement.

André Reboul ?

Non, moi, c'est Guy.

C'est André que j'attendais. Votre frère ?

Non, André était mon père. Il est décédé… Son cancer n'a pas résisté à cette saleté.

Oh, je suis désolé. Je me faisais une joie de discuter avec lui

de son métier.
Ah. Il vous a dit qu'il était un guignolesque ? Un vrai de vrai ? Un accro de l'emmanchage ! Pour lui, la marionnette n'avait pas de fils. Et elle vivait sur la colline de la Croix-Rousse. Un cliché. Mais cent pour cent authentique !
Non, pas en ces termes-là. Il a juste accepté de répondre à une question lors de l'inscription. Mais la chaleur que vous mettez à parler de son métier prouve que j'ai définitivement loupé un grand monsieur. Il… Il a souhaité vous faire bénéficier de son séjour ?
C'est-à-dire… J'ai trouvé sa réservation. Et ses billets de train. Alors je me suis dit que je pourrais faire le voyage pour lui. Enfin, lui raconter. La mer, les cabanes. Ça lui aurait donné des idées pour un nouveau spectacle. Pour être honnête, rien ne se délite en moi, sinon sa présence. Et sa faconde sur scène !
Je comprends.
Je suis routier. La profession a une importance pour vous ?
Aucune ! C'était un moyen comme un autre de connaître un peu nos hôtes. Ou plutôt de me rassurer ! Parce qu'un métier n'a jamais défini personne. C'est ma première ouverture dans le domaine de la chambre d'hôtes. Je me rode. En revanche, pour Adémar, l'homme qui vous a conduit jusqu'ici, je crois qu'il est important qu'il connaisse votre couleur. Et si elle pouvait se situer entre le bleu et le vert, je pourrais sans problème confirmer votre présence parmi nous. Comme vous le constatez, nous avons quelques lubies ! Rassurez-vous, elles ne sont pas bien méchantes.
Je vais opter pour la couleur de mon père. Il a dû choisir le vert cresson.
Exact !

Il adorait le cresson. Sous toutes ses formes. Soupe, salade, glace !

Glace au cresson ? On en parlera avec Nathanaël, il est cuisinier.

Henriette s'est rapprochée :

Vraiment, nous sommes tous bleu ou vert ?

Mieux que ça ! Vous êtes tous des bleus ou verts étonnants, parfois introuvables dans la réalité. Ce qui fait de chacun de vous un hôte exceptionnel ! (Je n'en reviens pas de ma tirade !)

Guy, vous avez votre test PCR ? Super ! Vous êtes à la 57.

.41.

La Mama Bear a pris ses quartiers d'été. Nous n'avons pas pu la faire entrer à l'intérieur du Pot de Yaourt. Sa porte est trop étroite. Candice Yoritch ne s'en est pas montrée plus que cela ennuyée. Elle possède effectivement une voix faible, sur laquelle elle ne force pas. Et une étole beige et ocre autour du cou, qui fait ressortir son teint bronzé et ses cheveux châtains coupés en un carré flou. Tout en elle semble frêle. Nez à peine pointu, bouche étroite, poitrine plate : comment peut-elle placer sa respiration et s'élancer au sommet des trilles de *La Flûte enchantée* ? Elle a suggéré que nous déposions son fauteuil sur la dune par cette simple remarque : « Elle a toujours rêvé d'avoir les pieds dans le sable. » Et je me suis fait la réflexion qu'une fois assise, elle allait y être engloutie, tant elle est maigre.

Et s'il pleut ? me suis-je inquiété.

Vous n'avez pas un parasol ?

(Bien sûr, les parasols... Je n'y ai pas pensé, avec les canisses qui protègent les terrasses et le vent fort qui parfois s'engouffre sur le remblai.)

Erwan est venu à mon secours.

T'inquiète ! Je rapporterai une bâche de voile. Il y en a dans le hangar. Là-dessous, le fauteuil craindra rien. Il faudra juste être deux pour la déplier ou la replier. Ça pèse son poids. Candice Yoritch n'a pas tiqué. Candice Yoritch est ailleurs. Plongée dans la mélodie des embruns qui découvre peu à peu la longe d'algues et de coquillages. Le ciel s'est éclairci. Candice Yoritch semble flotter dans les traînées blanchâtres qui s'ombrent à gauche sur la rade de Penmarc'h et hachent les rayons du soleil. Elle a seulement murmuré :

Je me débrouillerai. Je suis plus forte que j'en ai l'air.

Je suis remonté sur la coursive de la Canadienne. Ma mission d'architecte s'arrête là. À compter de cette heure, je suis livreur de paniers-repas, dessinateur au râteau, fignoleur de bien-être. Je leur ai remis leur clé. Ils ont poussé la porte de leurs ténèbres.

Au repos. Dans le vent qui tousse. Je ferme les yeux.
Comme la première fois.
Je les rouvre. Le même choc.
Je défie l'horizon.
Huit repères.
Ma mer est une inépuisable source.
Elle ne me renvoie que de l'altitude.
Celle où, seul, je voudrais m'époumoner,
mais où je me retiens
de peur de déclencher une avalanche.

47
Le Pot de Yaourt
Candice Yoritch

1/ Bleu Royal de Tertre
2/ Mon grain de voix
3/ Ma Mama Bear, fauteuil de Hans J. Wegner, prototype 1954.
4/ Cantatrice

Je vais m'asseoir dans ce fauteuil que tu m'as offert pour nos trois ans de mariage et dans lequel je ne me suis pas si souvent assise. La maman ourse. J'aimais ce nom et la légende que tu avais construite autour. Moi et nos petits. Pour l'histoire du soir dans le grand fauteuil. Protégeant. De ma voix chaude, de ma fourrure. Des contes d'ours, de pot de miel. D'enfants perdus dans la forêt. Tu prenais ton avion, New York, tu filais. Tu as fini par me quitter.

Je vais m'asseoir dans ce fauteuil. Et étouffer la mer. Oublier que je ne pourrai plus mélodier. Puiser l'espérance que le maestro Vasseur m'a ôtée. Honnête, il l'a toujours été. Magda me l'a affirmé dès notre première rencontre : « Il t'accompagnera pour de grandes choses. Mais quand viendra l'instant, il saura te le dire et il faudra l'accepter. » Vasseur a eu cette simple phrase : « Tu sais. » Oui, je connaissais dès le début la date, le lieu et l'heure, où je laisserai s'effacer Mozart, Puccini, Mondonville, Lully, Charpentier, le Covent Garden, La Scala, ma Bastille, Gardiner, Harnoncourt. Sans penser qu'à ce même instant, c'est ma fille, notre fille, qui s'effacerait.

Les applaudissements ne me manquent pas. Toi et toi seul me manques. Depuis vingt ans. Tu me rattrapes. Dans ce désert. Et elle, notre petite, notre étoile. La musique me transcendait, unique imprégnation possible pour laisser jaillir mes émotions profondes et maîtriser, et la vocalità et le texte. La dire, ça n'est pas l'interpréter, c'est l'accueillir, se laisser ensorceler, et captiver à son tour. La dire, c'est vivre. L'écouter sans placer l'amplitude, la richesse harmonique, la clarté d'attaque, c'est sombrer.

Je vais m'asseoir dans ce fauteuil. Et m'abandonner aux idées noires. Pas de trémolo, pas de tempo. Dans la vase, mon cafard s'enlisera. De la vase ici ? C'est si net. Ma cabine blanche est colorée de vos fantômes.

Je vais m'asseoir dans ton fauteuil. Et me demander pourquoi j'ai accepté. Qu'as-tu offert à notre enfant, si ce n'est la farce de l'argent facile ? Trop facile.

Je vais m'asseoir dans ton fauteuil. Tendre cette lettre. Et tout sera fini.

57
La Tonkinoise
André Reboul (+)
Son fils Guy Reboul

1/ Vert Cresson
2/ Ma faconde
3/ Une boule de peuplier
4/ Marionnettiste / Créateur et raconteur d'histoires

1/ Vert Cresson
2/ La faconde de mon père
3 / Mon Guignol d'enfant
4/ Routier

À l'accueil, j'ai répondu à leur questionnaire. Je n'ai pas rechigné à leur dire mon métier. Il n'est pas aussi noble que le tien, mais j'aime la liberté qu'il me procure. Si je n'avais pas confirmé « vert cresson », j'aurais peut-être dû rebrousser chemin.

Ma couleur est le jaune, tu le sais. Celui qui me réveille quand il cligne dans le rétroviseur. En plein dans le mille. J'ai vu tous les levers de soleil de l'Europe derrière un pare-brise. Et peu importe que le ciel soit sale comme une serpillière ou dégagé comme une vitre propre, le jaune finit toujours par apparaître. Et le plafonnier du monde est allumé ! Et personne n'en commande l'interrupteur ! J'enclenche la quatrième. Le moteur râle un peu. Je me range à droite et je défie les paysages. Je leur rentre dedans. Ils ne défilent jamais. Ponts, plaines, ports, villages. L'asphalte. Je roule. J'observe les couleurs du monde avec ton vert cresson. Et le noir du bonnet de mon Guignol qui se balance au rétro. J'entends ta voix qui raconte : elle piège les gosses ! Le bâton du gendarme qui fait boum sur le rebord. Le rire aigrelet de Gnafron. Le bêlement de l'agneau. Le feulement du loup. La Mère Michel qui se lamente. Fenotte qui crachote et postillonne. Tu parles peu en dehors du spectacle. Tu parles avec des gestes.

J'ai décroché mon Guignol. Je l'ai apporté avec moi. Celui que tu m'as fabriqué. Tu y as travaillé dans l'atelier en cachette. Il est plus petit que les marionnettes de scène, mais à gaine comme les autres. Une gaine à ma taille ! Tu me le tends ce soir d'avril. Bientôt la fin du CP. Ça sent le saindoux dans la cour. Drine fait encore griller des saucisses sur son balcon. Tu maugrées qu'il va finir par foutre le feu à la baraque. Mais quand il nous en propose dans la soirée avec de la sauce tomate et des patates rissolées, tu ne dis pas non.

On crevait souvent de faim, toi et moi. Tu t'arrêtes devant la porte avec cette question : « Guy, que lis-tu sur le fronton ? » Je déchiffre le mot-tuteur en majuscules : « MA-RIO-NNET-TES. Mai-son Re-boul. » Je ne bute pas. De ta sacoche émerge un bonnet noir en lampion, à la Napoléon, tu aimes à le souligner. Mon Guignol ne porte pas la veste de bourgeois en gros coton usé, pas plus le gilet en soie des canuts. Mais il a sa natte et son catogan. Et son sourire d'éternel bienheureux. Mon Guignol porte une salopette en jean, une chemisette à carreaux, et un cartable en cuir sur le dos avec un planisphère miniature dedans. Le planisphère miniature me plaît presque plus que le Guignol. Il m'intrigue, alors tu m'expliques : la géographie, et le nom des villes et les montagnes et les fleuves et les peuples. Longtemps, j'écoute. Comme si c'était Guignol en salopette qui me parlait. J'y enfile ma main. Miracle... Et le goût des saucisses un peu noircies, rudement bonnes, et leur graisse que je sauce avec la tomate, chaude dans mon ventre. Ma main d'adulte n'y entre plus. Tu savais que je partirais, que je ne resterais pas à gravir les marches de la butte, à filer dans les traboules, à entendre brailler tes « tipignons » comme tu les appelais. Tes enfants ! Ils sont tous tes petits. Et je suis fils dans cette marée de cris : « Guignol ! Guignol ! ». Tu m'as créé trop de rêves pour que je les laisse s'évanouir.

Dans mon sac de route, il y a ta boule. Est-ce que notre nom vient de là ? Reboul ? Je ne te l'ai jamais demandé. Pour tout te dire, c'est maintenant que je fais le rapprochement. Tu l'aurais caressée devant ce bleu gigantesque qui contient tous les voyages. Ta dernière. Tu l'avais déjà percée d'un trou pour le joint de l'emmanchure. Magnifiquement tournée, comme à ton habitude.

Un frémissement au niveau des yeux.
C'est tout ce que tu m'as laissé.

Qu'est-ce que je dois sculpter ? Des yeux de femme ?
Renard ? Bandit ? Maraîchère ? Routier ?
Qu'avais-tu en tête ?

Dans la mienne, ça se bouscule. Et je chiale.
Comme un tipignon.

87

La Cirque-Ulaire

Henriette Tomé

1/ Vert Patte de Poule
2/ Mes encres
3/ Le mortier de la Tisaneuse
4/ Profession non renseignée

Il y a dans le parc que nous avons traversé des spécimens botaniques rares et d'une fabuleuse beauté. J'ai reconnu l'odeur de la fougère arborescente. Il avait plu. Les odeurs ne trompent pas. Et dire que je ne me suis inscrite à cette aventure que pour évacuer mes angoisses. Ne pas savoir quand je serai autorisée à rentrer à Nouméa, à retrouver mes recherches. Pas une seule seconde je n'aurais imaginé être rattrapée par ma passion en mettant les pieds dans une cabane, qui plus est de plage ! C'est un signe. Lire les signes. Y croire. Pénétrer cet écosystème. Comparer avec notre île sur laquelle je planche depuis plus de vingt ans... Il me faudrait des mois. Et la balade y semble interdite. Qui a pu planter un tel écrin entre deux amas de rochers ? Les hommes sont avisés. Ou fous. Séduits par la magnificence de la nature ou provoquant sa destruction par des comportements illogiques. Ci-gît le roi des bleus dont les fonds se couvrent de déchets toxiques, et moi, minuscule chercheuse qu'on empêche de travailler.

Je dérive et fredonne.

Reprendre ici l'écriture de mon livre sur les encres végétales ? Ces plantes qui nous permettent de peindre. Les peuples. Les traces créatives de tant de peuples. Les gestes ancestraux. Pas besoin de chimie pour la couleur. La pureté de la feuille ou de la cosse suffit. S'ils savaient !

Oh, ma *Qaaqa* chérie, depuis l'interruption de mes cours au Jardin des Plantes, depuis cette impossibilité de retour, je me sens en transplantation. Greffe qui ne prend pas. Espèce endémique qu'on essaierait par tous les moyens de faire pousser ailleurs et qui réclame après son humus primaire. C'est à toi que je pense dans cette quintessence bretonne. À toi qui m'as suggéré de retourner à la mer promise pour calmer mes impatiences. Tu me manques. Ne t'avise pas de mourir de cette saleté. Tu vois, je t'ai obéi. Je suis devant les rouleaux. Au pied d'une roulotte magique, dont les quatre roues pourraient me conduire sur des sentiers inexplorés avec nos génies bleus aux chevelures grises. Si je dois passer des heures à délaisser mes plantes, tu le sais bien, je vais finir par me contempler ! *Niaouli* * que je suis ! Engravement en ma propre sève dès que mes racines fouillent le sable de la baie des Citrons.

Il se peut qu'ici, je pleure non seulement sur mes racines, mais aussi sur les plumeaux de fleurs blanches qui apparaissent dans mes tresses.

Ou sur ce que les hommes ne veulent pas entendre. Le cri de la Terre qui a mal.

---

* Petite plante exotique de Nouvelle-Calédonie.

37

La Marseillaise

Aika Oguchi

1/ Vert Instinct
2/ Mes craquelures
3 / Une paire de jumelles de théâtre
4/ Profession à déterminer

Quelle délicate idée de m'avoir attribué une cabane méditerranéenne... J'ai si souvent imaginé le frisson du soleil sur ma peau ces dernières années.
Dans mes nuits obscures. Paris. Milan. Londres. Aéroports. New York. Jet-lags. Je suis fatiguée, Daisuke. Chaque printemps, je me liquéfie, une fleur de cerisier qui se balance mollement sur sa branche et se dévêt peu à peu de sa blancheur. Je devrais te parler d'ici, de la fleur d'amandier, de la terre de maman où je tente de m'implanter. Mais je suis lasse de creuser.
Et il faut continuer. Donner ce que je ne suis pas.
Ce printemps est maudit... Enfin, pas complètement.
Les défilés sont tous annulés ou reportés.
Mais je ne peux pas te retrouver à Kobe pour pique-niquer sous les sakuras, fêter tes vingt ans, mon frère, saluer nos parents dans la maison

de papier du jardin de Wakayama. T'embrasser est un geste si peu familier. En Europe, tout le monde s'embrasse en se connaissant si peu.

Tu sais, il m'arrive parfois des choses étranges : je deviens papillon. Si légère... Ou baleine. Énorme. Je ne parviens plus à déplacer mon corps, à respirer. Tout n'est que farce... Vois, je pose mes paumes sur mes genoux. Je les recouvre. La cicatrice que personne ne voit, ta pédale dans mon ménisque. Je verse du sable sur mes plaintes, sur mes plaies. Il coule comme de l'or.

Dans ma cabane, il n'y a pas de miroir. Délivrance ! Dans ma cabane, il y a des courants d'air et un plaid dans lequel je voudrais m'envelopper, nue. Ne plus bouger. Enterrer les mains qui m'habillent, me déshabillent, me ceinturent, bousculent, piquent, fardent, silhouettent, claquent des doigts, claquent des talons, entament cette danse de la séduction, où le vêtement ne dit rien ou si peu. Nous dénudent chacune savamment. Un peu plus. Un peu plus loin... Nous sommes des corps morts. Consentants. Transparents. Les jouets de pervers, aux fins de sublimer des femmes bouffies de dollars, de botox. Elles aussi sont des baleines, mais expulser leur jet à la surface, elles y parviennent : leur mépris. Expirer. Daisuke. Expirer. Je ne défile que sur le fil des brodeuses, petites mains qui créent la perfection. Leur minutie millénaire

illumine mon métier. Leur patience sur l'étamine,
perles et aiguilles, dans ce mouvement identique
à celui des vagues, dessus, dessous, dessus, dessous.
Les brodeuses sont femmes somptueuses.
Et je grimpe aux échelles. Et je t'écris des poèmes.

Je ne veux que le vent.
Et ton œil d'enfant.
Éloigner le tsunami qui
Me fait entrer dans une boîte
toujours plus exiguë.
Et moi je hurle
en silence
que la baleine est trop grosse
que ses nageoires dépassent
que sa gueule béante va recracher la vague
et ils appuient sur le couvercle.
Appuient.
Et scotchent.
Écume-amertume, tue-moi,
ou calligraphie la poésie inscrite sur mon corps.
Où est notre enfance, Daisuke ?
Notre brise dans laquelle je te faisais pédaler ?
Cauchemars de sang.

27

La Bretonne

Nathanaël Ricsin

1/ Bleu homard
2/ Ma pointe de sel
3/ Mon tranchoir
4/ Cuisinier. Deux étoiles au Michelin

Philippine m'a foutu dehors. Elle ne supportait plus que je ne supporte plus de voir la brigade se tourner les pouces. Ils n'ont plus de boulot et nous allons béréziner avec eux ! Les emprunts pour le restaurant de Cassis continuent à me vider les poches. Et personne à table. Quant à celui de Londres, dans quel pétrin me suis-je fourré ? Interdit d'y poser l'orteil. Et là-bas, ça ne tourne pas mieux ! Ils ont osé nous enfermer dans nos cages à poules ! Et ils se foutent magistralement des conséquences ! La goberge ne cesse de me susurrer que j'ai vu trop grand. Et Philippine qui me prend par surprise !

J'ai trouvé l'endroit qu'il te faut sur internet : une plage. En Bretagne. Des cabanes en bord de mer ! Y a un questionnaire à remplir.

Si t'es accepté, tu auras une semaine pour
te reposer et contempler.

Je n'ai rien compris à ce qu'elle essayait de m'expliquer. Je ne voulais pas quitter le navire.

J'ai pas envie de contempler quoi que ce soit !
Arrête un peu de bougonner. Si ça marche,
tu seras comme un coq en pâte. En pension
complète.
Y en a qu'ont le droit de cuisiner
pour les autres ?
Faut croire qu'ils le prennent !
Et toi, tu ne viens pas ?
Non, c'est voyage en solitaire obligatoire.
De l'air ! Ce n'est pas en enfermant ton art dans
des boîtes en carton avec des couverts en bambou
que tu vas aller mieux. Quand tu reviendras,
tu tiendras un nouveau concept. Regarde,
ton homard bleu ! Personne n'aurait parié
un kopeck sur vos délires d'émulsion,
avec Soraya ! Au moins que cet arrêt forcé
serve à quelque chose ! Elle me secondera.
S'ils décidaient la réouverture.

J'ai rempli son questionnaire et j'ai écrit n'importe quoi puisque c'était le nom du site. Et à ne pas croire, ils m'ont sélectionné ! Aux anges, ma Philippine ! Et me voilà en train de débarder mon sac sur un banc de sable,

avec une diva fada de son doudou-fauteuil,
une bande de tocadas de la contemplation
et ce GD, qui nous confisque nos portables
avant de me harponner sur mon tranchoir.
S'il croit que je l'ai pas vu venir ! Jamais
je me balade sans mes couteaux, jamais !
Un chef, ça tranche ! Ça émince, ça émonde,
ça pare, ça rissole, ça braise, ça blanchit,
ça poêle, ça enfourne ! Et ça dresse !

Contempler ? Ce sont mes assiettes que je veux
contempler ! Rien que d'y penser, j'en tourne
de l'œil. Je deviens radasse à ne plus faire
mon marché, serrer les paluches, soupeser,
composer le menu, mettre la brigade au garde-
à-vous, escagasser ma Soraya ! Sacrée seconde !
Quel mérite quand on sait ton parcours !
Faut que je me batte pour toi, pour vous tous !
Mais si ce virus continue à nous décimer le pays
et les touristes, comment éponger les dettes ?
Avec un concept ?

Va faire un tour. Sinon, comme le chanteraient
tes potes gardians, tu vas continuer à « cabaner** ».
C'est le cas de le dire !

** Perdre la tête en provençal.

77

La Polonaise

Idriss et Olya Belfond

Idriss

1/ Vert de Terre-Vert Missel

2/ Notre inséparabilité

3 / Une plume incolore

4/ Sorbonne Lettres Classiques M2 / Blogueuse littéraire

Olya

1/ Bleu Parme-Zan

2/ Notre complémentarité

3/ Une plume arc-en-ciel

4/ Sorbonne Lettres Modernes M2 / Blogueuse littéraire

Nous nous sommes mises d'accord. Rien d'original, Olya et moi, on est rarement dans le conflit.
On ne parlera pas. Cette vie de recluses devant un écran nous a achevées. On a tenu en partageant nos manques. On est HS. On s'est dit qu'on allait écrire. Loin des chroniques du blog. Nos impressions.
On vient de retrouver un peu de liberté et

le sentiment d'étouffer m'étouffe encore.
Je me sens à l'étroit. À l'étroit avec Olya.
Pour la première fois... On se connaît trop.
Se séparer ? Je ne sais pas comment lui
en parler. Et je me doute qu'elle s'en doute.

Elle au Nord, moi au Sud ? Être moi,
sans ce vice-versa permanent, cet écho,
ce miroir. Si ça m'a longtemps protégée,
ça ne fonctionne plus.

Olya s'ennuie à la fac. Moi, c'est le contraire !
J'aime l'odeur des bibliothèques, du papier,
du silence, des dialogues dans ma tête, des
répliques, des coulisses. J'ai mille envies. Marcher
sur les pas de Dante, unir Rimbaud et Andrée
Chedid, marier La Fayette et Gide, Aristote
et Ronsard, et Pessoa. Contempler la mer... Olya
se noiera dans le ciel... La dessiner, la mer,
et le ciel, sur le Boul'Mich' à la craie bleue.
Elle s'effacera aussitôt !

Être un homme ou une muse ou un animal,
c'est ça ! Rapetisser comme dans un conte. Rikiki,
Idriss ! Retourner au point de départ. Récrire
l'enfance. Sans double ? Une souris qui observerait
la folie des hommes depuis son trou. Trouver
un sens. Cette terre va se crasher, non ?
Une ceinture de sécurité, mon Vert-Missel ?

Vert-de-Terre, mon envie de trou à rats. Ou Gris Souris. Non merci. Il me faut du vert. Si j'avais écrit gris sur le questionnaire, je ne serais pas là à me pâmer devant l'immense Karl Pebst ! J'ai halluciné quand je l'ai vu monter dans la voiture ! Le metteur en scène du *Léocadia* d'anthologie à la Colline ! Du *Phèdre* à l'Athénée ! Et de MON *Antigone* au Français ! Mémorable rouge sang ! Mon premier choc au théâtre. Et il foule le sable à cent mètres...

Que penserait ce génie de ma prise de tête bicéphale ? Après tout, il est aussi prof en prépa, il doit avoir l'habitude de discuter avec des étudiants. Je flippe de l'aborder. « Ne laisse pas passer ta chance », me dirait ma pote Julie.

...

On a toujours été sur la même longueur d'onde, Idriss et moi. Encore plus avec ce confinement débile. On s'est inscrites à cette aventure – enfin elle m'y a poussée – et on s'est posé une règle : ne pas se parler. On a suffisamment partagé nos crises de panique à peiner devant nos écrans. Plutôt écrire. Mais je l'ai prévenue, je mets les chroniques du blog entre parenthèses. Si j'écris, c'est pour moi, pour démêler cette envie de tout quitter. La quitter ? Voir autre chose. Plus que me séparer d'elle. On a retrouvé un peu de liberté, mais cette impression d'étouffer m'étouffe encore. Pourtant, on ne s'est pas disputées pendant la tôle. C'est rare chez nous, la dispute. On aurait dû avoir la médaille du bon comportement, tant les voisins s'engueulaient. C'est maintenant que j'engouffre le retour de bâton.

J'ai besoin d'une séparation, et je ne sais pas comment le lui dire. Et je sais qu'elle a senti mon envie de me faire la malle. Elle m'anticipe comme je l'anticipe. Bien, le nœud du problème ! Être moi, loin de notre complicité. Au lycée, je trouvais ça original. Personne ne vivait ce que nous vivions, cette simultanéité. Aujourd'hui ça me pèse. À cause du confinement ?

Ou de la fac ? Pas mon truc, la fac. Marre de me confronter à des problématiques, des thèses, des profs – certains se croient passionnants, on va les laisser le penser. Du vivant ! De la chair ! J'en crève la dalle ! Moi à l'Ouest, Idriss à l'Est ? Je veux les quatre points cardinaux. Taguer le ciel et la mer à la bombe sur le Boul'Mich' et tout effacer. Ne pas fignoler de détails inutiles. Ne pas relire Ernaux, créer ma propre « mémoire de fille » : sans double. M'autoriser à être unique, et me foutre royalement du fameux sens de l'existence. Vivre dans la minute.

Si je pouvais retourner à la matrice du démarrage,
la crever, et grandir, grandir, grandir !
En accéléré ! Gi-gan-tesque Olya ! Bleu Parme-Zan
sur son haricot magique au-dessus des cités,
des lacs et des glaciers, des sentiers de brousse.
Vivre mille vies. Introduire mille clés dans
des portes dérobées.

Ma mayo en bleu, rose et noir doit faire de l'effet
puisqu'elle a pris. Mais je n'irai pas demander
son avis à Karl Pebst. J'ai cru qu'Idriss allait
me faire une syncope quand elle l'a vu monter
dans la voiture. Elle est cramée de son art
de la scène. Moi, c'est tout ce qui se passe
en coulisses qui m'appelle. Tout ce qui déraille,
qui speede, qui vit sans fard ni costumes.

67
La Norvégienne
Karl Pebst

1/ Bleu de Poméranie
2/ Mes personnages
3/ Affiche originale du *Roi Lear* de William Shakespeare présenté à Paris en 1783.
4/ Auteur / metteur en scène de théâtre.

Il me fallait cette séquence hors de mes boiseries parisiennes, mon club-cuir et mon verre de bourbon. Ce refuge est parfait, terre d'Islande ou d'Alaska, déconnectée. Chanceux d'avoir été sélectionné. Le rouge des parois est un décor à lui tout seul. Il me rappelle le rouge sang d'*Antigone* – il y a une éternité... À l'intérieur, du bois clair et un lit de camp. J'apprécie cette sobriété. Elle sied à l'âme qui gratte et ne parvient plus à linéariser, ordonner, démontrer. Convaincre ? Débroussaille-t-elle encore ?

J'ai cru m'asphyxier quand les théâtres et les salles de spectacles ont fermé. Notre profession d'illuminateur crève par tous les bouts. Peut-on, comme les libraires le font avec le livre, vendre du clique et collecte avec l'art de la scène ? Il est la dernière œuvre qui survivra lorsque tout aura sombré.

J'errais une heure par jour sur l'avenue de l'Opéra. Pas un chat. L'effet que ça m'a fait ! Malaise diffus de remonter l'Histoire. Pas le droit de se trouver à plus de deux kilomètres de chez soi. Pas le droit de s'installer pour quelques heures au troisième rang et guider l'acte, insuffler du sens sur les mots par la gestuelle et la tonalité. Pas le droit d'écouter l'essence de l'homme qui défie la peur, se tient debout sous les trois coups. Pas le droit. Représentations annulées. Quand reprendront-elles ? *Le Dernier Métro* me hantait, œuvre visionnaire. Cave et coulisses.

Et toi, le vent, qu'en penses-tu ?
« Peut-être mieux ainsi ! » me répond-il.
De cette pause sortira un regain d'appétit : les jeunes auteurs auront tout leur temps pour revoir leurs copies insipides, calquées sur le prêt-à-penser, les articles des journaleux de faits divers sordides sur lesquels tous déchirent la peau de l'ours ! Tournez manège ! Moi-même, de copie, je n'en commets plus. Plus rien à exposer. Tout va trop vite. La prééminence de l'émotionnel perverti par l'inculture galopante. La réécriture de tout et son contraire sans recul. Instantanéité.

Pensées obèses qui éclatent de s'être gonflées toutes seules. Trop de pression pour maintenir mon propre spectacle vivant. Je fissure mes dernières cartouches. Si je n'avais pas eu ses cours en prépa, je serais mort de faim…

Et puis, soudain, par quel imbroglio, ce regain d'intérêt ? Que je n'espérais plus. Tout Paris s'extasie sur *ton* texte ! Prodige ! Deux directeurs s'arrachent ce monologue. Et non des moindres ! Olivier a la cote. Je suis comblé de travailler avec lui. Une première. Il pressent Fabrice, mais agenda chargé jusqu'aux calendes grecques. Cinéma à l'arrêt, cela le fera-t-il réfléchir ? J'aurais voulu Claude Rich. Je suis incapable de le faire revivre. Même si le théâtre a le pouvoir de ressusciter les morts ! Olivier me demande de réfléchir à la mise en scène dès maintenant tant le texte est dans l'air du temps. Un homme et le vent. Un homme qui veut devenir le vent. Un homme qui devient le vent. Sauf que, sauf que… je ne parviens pas à serrer ce monologue entre quatre murs ! Il m'échappe. Comme son protagoniste. Conséquence de l'enfermement de ces dernières semaines ? Et toi, océan, vas-tu me proposer une clé ?

Pourtant cette pièce est excellente. Je le sais… parce que je ne l'ai pas écrite… Cela ne devrait pas me tourmenter autant. Des textes qui n'étaient pas miens, j'en ai mis en scène un certain nombre,

ça fait partie du métier. Sauf que, sauf que.
La supercherie me fend le cœur.
Elle m'empoisonne.

Aucune idée valable ne me fait palpiter, Rachel. Pour servir d'écrin à tes stances fortes, rythmées, tempi parfaits, indolence, crachat, patience, foudre, désespérance, rebond... Rachel, venue à mon secours. C'est toi qui devrais être sous les feux de la rampe. Et tu refuses. Toi qui t'es jetée sur le papier tandis que mon inspiration prenait la flotte. Gilet de sauvetage. Tu m'as observé, m'as-tu dit, au long de ces vingt ans, fluide et fuyant, silencieux et trompeur. Tu as raison. Avec ce monologue, je trompe encore, et pas que toi. Je me trompe moi-même. Je devrais écrire sur la force organique des femmes et leur humilité. Elles ont servi toute ma carrière, ces Iphigénie si douées. Au théâtre, elles ont leur place, et dans la vraie vie, où sont-elles ? Rachel, où es-tu ? Je devrais m'effacer derrière ton dévouement. Tu t'es sacrifiée. Les femmes sont plus combatives. Et plus indomptables. C'est leur supériorité indéniable, cette constance à l'effort, ce long terme immuablement envisagé.

Tu me sauves encore la vie. Que d'aucuns ne le sachent pas me noue la gorge. Que d'aucuns l'apprennent et je suis mort. Ce n'est pas dans un esprit revanchard que je voudrais faire éclater la vérité. C'est dans un esprit de reconnaissance. Mais je suis trop gonflé d'orgueil d'être passé à côté de ton art.

.42.

Je suis resté à guetter depuis mon poste de vigie, à prendre, avec les jumelles d'Adémar, le pouls de cette première après-midi. Personne n'a mis le nez dehors à part Aika. Nos intuitions se révèlent gagnantes : Marjorie et moi avons conçu des intimités dans lesquelles l'esprit se régénère : le cocon des quatre murs avant la démultiplication du regard. Ils ont défait leurs bagages, se sont assis ou allongés face à eux-mêmes. À l'abri des autres. En toute tranquillité. Parfaite distance entre nos maisons. Ont-ils déjà entrepris cette descente à l'intérieur de leur intérieur ? Cette menace mondiale fait-elle surgir en eux de nouvelles hypothèses ? Les place-t-elle en face de nouvelles responsabilités ? Ne plus tout consommer : les fringues, les bidons, les gadgets, les séries, les réseaux. Les amours. L'autre. Consommer moins ? Ou mieux. Ou pas du tout. Frugalité inspirante… Sur cette coursive, je fais un parcours similaire au leur : le point sur mon année. J'ai rencontré des êtres, des interrogations, une direction, et, par elle, j'ai insufflé du sens à mes calculs : qu'ils servent l'homme. J'ai approché cette virtuosité si particulière de la main tendue, de la gratitude. Je suis arrivé à la conclusion que cette maîtrise-là révolutionne bien plus que le progrès scientifique. Intelligence désartificialisée : le prochain est encore un être à chérir, protéger, relever. Et je suis lucide. Sur le fait que je n'ai pas eu à subir d'enfermement, que je l'ai inconsciemment refusé, et que, par je ne sais quelle baraka, je suis parvenu à louvoyer entre les mailles du filet. Mon équipe avec moi. Oui, je suis heureux. Heureux et inquiet. Que la nasse ne se resserre encore autour de nos libertés de parole et d'agir. Inquiet pour elle, la somptueuse Aika. Que j'épie malgré moi.

Elle s'est assise face à la mer. Genoux repliés, paumes sur ses genoux, visage sur ses paumes. Au début, j'ai pensé à du yoga. Mais elle n'a pas bougé d'un millimètre. S'est-elle endormie ? Sans casquette, je crains pour elle l'insolation. Et cela me bouleverse de craindre pour quelqu'un. Je me fendille. Certitude que je possédais cette compassion dans le monde d'avant mais qu'elle n'a jamais été en mesure de surgir. Et cela me rend Aika plus vulnérable. Je connais le prix de ces trois mots : repli sur soi.

Je ne peux la quitter des yeux.
Point de fuite. Plus de plage. Plus d'océan.
Je ne veux pas qu'elle ait mal, que la vie la brutalise.

Elle se déplie enfin. Soulagement. Elle étire ses bras vers le ciel, se lève. Son corps est un sablier que la lumière allonge. Elle glisse une main dans sa poche. Avance. Avance. Ses pieds effleurent la lisière des vagues. Les sternes grappillent à coups de bec de la valve ; elles se chamaillent, la laissent prendre possession de leur lagune, une bande qui va se liquéfier dans un soleil de juin, lumineux et frais. Nuque en arrière, elle leur lance des miettes. Les oiseaux les attrapent au vol. Au-dessus de son visage, la blancheur de leur ventre courbe patiente dans le flux aérien. Aika jouit de leur maintien précaire. Il y en a toujours une qui se faufile devant la mouette de tête ; qui défie les expérimentées. Une frondeuse qui bouscule et happe. Aika jette au sol à présent. Ses cheveux se détachent, pennage noir sur le blanc de l'écume.

Adémar m'arrache à cette attraction : lui, qui nous a interdit le portable, passe son temps à l'utiliser depuis la livraison de la Mama Bear.

Tu as récupéré les paniers-repas ?

Non, je suis sur le point de.

Tu penses qu'ils ont apprécié ?

Aucune idée.

Ils ont fait des remarques sur leur refuge ?

C'est trop tôt. Mais puisque personne n'est dehors, soit une vague de suicidés nous attend, soit ils y sont si bien qu'ils n'ont aucunement envie d'en sortir !

Aucun ne profite de la vue ? Alors qu'ils ont été enfermés pendant des semaines !

Ils en profitent de l'intérieur.

Il raccroche. Je ne l'ai jamais vu si nerveux et cela m'attendrit. Je me replonge dans le pas de deux d'Aika. Il rappelle.

Changement de programme. On fait la réunion, non à la Canadienne, mais au Pot de Yaourt. Autour de la Mama Bear. Dehors !

Quoi ?

Ce soir, c'est météo de rêve et jour à rallonge. Ça va cracher son rose, son violet et son or, de la pépite au-dessus des flots. Quand le grand beau est annoncé, on n'a jamais vu un imbécile le refuser. Débrouille-toi pour convaincre la Callas ! J'ai prévu un dîner de star, et chaud. Mousse de gambas, filet de

sole, gratin de blettes à la Richelieu et bavarois aux clémentines confites.
Chaud ? Comment tu fais cet exploit ?
C'est mon affaire ! Erwan et Marjorie viendront donner un coup de main pour le service.
Ah, non, pas Marjorie !
C'est elle qui s'est proposée. Elle vient de m'appeler. Elle n'a aucun client à la boutique. Dans le monde d'avant, en juin, ça commençait à se remplir.
Ah... Mais ça ne fait pas un peu pléthore d'étrangers pour la petite causerie où nos hôtes sont censés se déboutonner ? Je te l'ai dit. Je ne suis pas chaud pour cette idée. Dans la vie d'avant, je t'aurais envoyé te faire foutre !
Pas question de te défiler. On va voir qui tu auras décidé à se joindre à nous. Plus on est de fous, plus on rit ! Et convaincre la diva de nous installer autour de sa conteuse, ça, c'est du costaud !

.43.

Candice Yoritch a traîné sa Mama Bear dans le sable. Elle aurait pu nous le demander au lieu de nous laisser l'installer sur sa terrasse. Oui, elle est plus forte qu'elle en a l'air. Son exploit me rend presque admiratif vu sa carrure. Cette femme est frêle et déterminée. Elle l'a positionnée de manière à ce qu'on ne puisse pas soupçonner sa présence de loin. J'appréhende le tête-à-tête ; et c'est pourtant la seule personne que j'aurais envie d'écouter ce soir : savoir où elle a pêché son Bleu Royal de Tertre. Je frappe à sa porte. Elle apparaît au second coup.

Veuillez m'excuser de vous déranger. Je viens débarrasser votre panier-déjeuner.

Entrez. Il est sur le bureau.

Elle n'en a grignoté que quelques bouchées. La toile au plafond libère des éclats d'ombre argentée sur le marbre de la table basse et sur la bergère où traîne son étole. Elle a enfilé un jogging et des chaussons de danseuse, et, étonnamment, sa taille paraît plus haute que sur ses talons. Sa gorge découverte met en valeur une poitrine ferme dont les aréoles transparaissent sous son body ; elle révèle la puissance des verticales de sa nuque, muscles tendus sur lesquels repose son art. Elle chuchote : « Vous en voulez une tasse ? » Dans l'air flotte un parfum. « Citron, thym, cannelle, gingembre. » Je décline. Elle se sert, boit une gorgée. Je me lance. Je ne la regarde pas. Je fixe son poignet qui va et vient avec agilité. Mes réflexes professionnels resurgissent, souvenir d'avoir dû défendre face à un auditoire le résultat de mes ébauches, d'avoir pris sur moi dans cet exercice contraire à ma nature. J'ai répété sur le chemin entre deux inspections de mandalas. Plus assuré qu'il y a un an, je ne mets aucun enjeu dans cette conversation. Après tout, c'est la lubie d'Adémar : c'est lui qui devrait être ici à quémander. Concis, je l'invite à considérer la réunion des hôtes prévue lors de la réservation, la météo estivale pour la soirée dont il faut savoir profiter avec un délicieux repas, la Mama Bear qui nous a séduits et permettrait de créer une engageante convivialité. Elle n'est pas obligée d'accepter. Mais elle ne discute pas mes arguments. Elle me sourit d'un sourire anémié de défaite et d'abattement. Elle n'exige qu'une condition : laisser la Mama Bear à l'endroit où elle l'a amarrée et placer le repose-pied face au fauteuil. Elle n'a pas eu le courage de le faire. Lorsque je la salue avant de me retirer, je tressaille : impression que son visage m'est familier. Mais d'où ?

Et puis, j'oublie.
J'ai sept autres personnes à convier.

.44.

Dans la douceur du soir, il y a d'abord les regards. Loin de ceux, anxieux ou vides, qui ont longtemps composé mon quotidien. Ici se croisent des clignements de timidité : Guy ; ou de complicité : les jumelles. D'ailleurs, Olya tente de mettre ce dernier à l'aise en plaisantant. Début d'entente pour Aika, Henriette et Nathanaël qui ont entamé une conversation. Karl, observateur, a opté pour une décontraction toute en élégance : panama, polo, mocassins souples. Candice, silencieuse, ne quitte pas ses verres teintés. Je n'ai pas discerné les yeux d'Adémar avant mon baptême maritime. Mon premier regard sur ce bout de terre âpre et sauvage, c'est la mer qui me l'a tendu. C'est elle qui m'a façonné, tour à tour apaisante, énergisante ou tempétueuse, à l'image de la carriole d'émotions que nous trimballons : elle les concentre toutes. Adémar le sait mieux que quiconque, et ce soir, il arbore son bonnet sans lunettes. Ses yeux scrutent, cherchent à s'ajuster avec une pointe d'hilarité : il n'est pas peu fier que tous aient accepté cette réunion. Je suis curieux de ce que la soirée nous réserve. Je ne connais toujours pas la raison pour laquelle il tient tant à ces causeries, mais je ne suis plus sans comprendre que tout homme normal ne l'est plus tout à fait dès qu'il laisse l'inopiné tisser son couplet. Il m'a appris à laisser venir. M'y suis-je habitué ?

Erwan et moi avons protégé l'espace avec des ganivelles supplémentaires sur lesquelles Marjorie a fixé des guirlandes de leds. L'intérieur de notre ovale s'est éclairé des baladeuses qui tamiseront la nuit. Elle viendra tard ; le soleil se languit, quelques ondes crémeuses sur sa traîne. Dans le prolongement du Pot de Yaourt, nous avons établi notre base arrière. Adémar a livré la totalité des repas dans deux cantines. Les nôtres y compris : hors de question de ne pas dîner avec nos hôtes. Erwan hésitait à rester jusqu'au moment où il a aperçu une des jumelles, venue à notre rencontre pour proposer un coup de main.

Adémar souhaite à tous la bienvenue. Il propose muscadet ou riesling, débouche les bouteilles qui attendaient au frais dans une glacière. A-t-il dans une autre vie organisé des pique-niques dans sa forêt-jardin ? Il verse le vin dans des verres à pied que nous tendons à chacun.

Je vous suis reconnaissant d'avoir tenté cette aventure en ces temps de pangolinite aiguë. Vous êtes des pionniers. Et des privilégiés. Très peu de gens ont foulé cette terre qui malheureusement se délite. Et les cabanes dans lesquelles vous allez toucher et le ciel et le sable ne survivront pas. C'est là l'idée géniale de GD, le maître d'œuvre. Il les a dessinées, construites, et les démontera à la fin de la saison. Un jour ici, le lendemain ailleurs, qui sait ? Ces bâtis ont tous une histoire, pour peu que vous les écoutiez, comme le clamerait celui qui nous en a fourni les matériaux parfois du bout du monde. Alors, ne vous privez pas de continuer à l'écrire… Ici, *tout* est éphémère, le temps qu'il fait et le temps qui passe. Y compris cette forêt-jardin qui défie les conditions climatiques depuis bientôt deux cents ans et se revitalise par on ne sait quel filtre. Je vous invite à ne pas trop y pénétrer. Laissons les oiseaux et les plantes vivre sans les perturber. Votre semaine ne tient donc que sur ce mot : contemplation. Et sur cet adage *Faire de n'importe quoi quelque chose*, grâce auquel tout est sorti de terre et y retournera. Merci Marjorie. Vos intérieurs, c'est son talent ! Merci Erwan. Le coup de main, c'est lui ! Bon séjour à chacun. À table !

Le gamin rougit pivoine et plonge dans son verre. Entre Adémar et moi, un nouveau clin d'œil, tout est dit.

Nathanaël prend le relais : il approuve le choix des vins, l'accord avec les mets, ausculte la couleur des robes. Karl tend son oreille œnologique. Idriss se rapproche. Je sais maintenant que c'est elle, short vert, Olya, short mauve. Les mots « sidération, inquiétude, isolement » se dissolvent dans les tchins. Les verrines de gambas avec leurs mouillettes de pain d'épeautre ouvrent le bal. Manger sur ses genoux au bord du transat ne gêne personne. Seule Candice s'est pelotonnée dans son fauteuil, pieds nus. Elle ne s'est pas changée ; elle a juste logé un sweat sur ses épaules, ce qui la rend presque accessible. Pourtant, elle ne s'insère pas dans les échanges et ne fait qu'acquiescer d'un signe de tête aux propos des uns ou des autres. Adémar s'intéresse à la profession de chacun. (Me voilà rassuré sur l'intérêt de ma question subsidiaire…) Où nous découvrons que Aika est mannequin (difficile de ne pas s'en douter), Henriette, botaniste (Adémar aux anges ! Peut-être obtiendra-t-elle *le* sésame pour pénétrer *la* zone interdite ?), Karl, auteur et metteur en scène de théâtre, Nathanaël, chef dont la spécialité est le homard, Guy, chauffeur routier, et que les jumelles poursuivent des études littéraires tout en animant un blog. La conversation dérive sur le roman préféré de chacun. Au jeu des surprises, c'est Guy qui lit le plus. Il n'embarque aucune marchandise sans sa propre cargaison de romans qu'il dévore dans sa cabine pendant les pauses obligatoires, avec une préférence pour Kessel et Tesson. Aucune timidité si ce n'est peut-être celle d'Idriss qui, contrairement à sa sœur, se tient sur la réserve. Olya recherche parfois son approbation, mais son double reste en retrait. Au gratin de blettes, Adémar se lance sur l'histoire de la Chamblaie, à l'invitation d'Henriette : l'arrière-grand-père, ses voyages, son grain de folie et sa détermination. L'heure du bavarois est un tantinet éclipsée par le spectacle. La boule de feu sombre dans l'indigo, éclaboussant la voûte de gerbes violacées, tandis qu'à l'opposé, la lune inscrit son rond parfait, presque translucide, en une myriade d'étoiles phosphorescentes. Instant synoptique où chacun grave cette somptuosité trop rare : cette intensité où corps et esprit s'unifient, où naît cette préhension exceptionnelle d'un moi profond.

Cette liberté.
D'être.
Soi.
À sa place.
La bonne.

Dans l'obscurité, la voix d'Adémar résonne soudain : il pose les couleurs de nos sélectionnés en une litanie chantante. Intuition semblable à celle de Marjorie. Il récite son poème incantatoire, rythme chaque tonalité, répète avec conviction ; et enclenche ainsi l'envie de dépister, non pas l'homme ou la femme qui se cache derrière la teinte, mais la teinte elle-même : l'imaginer, en chercher les correspondances, sa position sur la courbe de la Terre. Grâce à cette voix qui capte l'oreille, ces nuances trouvent une puissance originale, comme si elles étaient reliées entre elles et reliées à la voûte ; qu'elles étaient capables, par cette palette d'univers singuliers et complémentaires, d'étendre un manteau protecteur. Karl frissonne. Henriette savoure les yeux fermés. Aika accompagne la mélopée d'un balancement du bassin quasi imperceptible : sa longue chevelure oscille. Je me tourne vers Marjorie, interrogateur.

Il me les a demandées. Il y a un moment déjà. Je ne voyais pas pourquoi je ne lui aurais pas transmis. Et sincèrement, j'ai oublié de t'en parler. Adémar est un géant.

Un géant d'humanité.
Ou un sorcier.

Il clôt son incursion poétique en lançant tout à trac :

C'est dans cette nuit de velours que tout se joue. Quelle couleur est la vôtre ? Qu'évoque-t-elle au plus profond de vous-même ? L'avez-vous touchée du doigt avant de la coucher sur le papier ?

C'était donc cela. J'entrevois une possible réponse à mes questions sur le pourquoi de ces réunions : et si nous devenions pour lui source d'inspiration ? Des sources d'inspiration vivantes, il fallait y penser ! La contemplation, renouveau pour certains, déviation vers un territoire inconnu pour d'autres, qu'ils mettront parfois une vie à appréhender : leur propre glaise, leur propre créativité. Adémar vient de lancer les dés. Le feu d'artifice des âmes peut commencer. L'instant vulnérable est à saisir maintenant.

.45.

Candice précise d'emblée qu'elle ne s'exprimera pas : sa voix ne dominerait pas le souffle de la brise qui s'est affermi. Adémar n'en semble pas contrarié. « La liberté est un bien précieux. Et le voyage dans la couleur de l'âme, une porte qu'on souhaite entrebâiller. Ou non. » Mais moi, contrarié, je le suis. Candice ne s'exprimera pas sur le Bleu Royal de Tertre. La teinte qui a pulvérisé mon existence. Que j'ai souhaité expulser par tous les pores de ma peau. Je ravale ma déconvenue. Faire comme si, j'ai l'habitude… La main de Marjorie frôle ma paume. Caresse subtile. Qui la rend audacieuse. Me rouvre à l'ovale, aux baladeuses. Sous le voile marine, leur source lumineuse cadre sur les visages une attente indécise. Et elle ose.

> GD a une très jolie définition du Bleu Royal de Tertre. Peut-être correspond-elle à la vôtre ? C'est bien votre couleur, n'est-ce pas ?

Je pressens que cette corde lancée à l'adresse de Candice pourrait interrompre les évocations mortifères que cette nuance a enfouies en moi. Je ne suis pas assuré, piton à ficher dans la paroi sur un creux inaccessible, limite à la glissade, mais il faut que je sache ! Cette dernière ne fait pas mine de vouloir répondre. Alors, je la provoque, et cette fois-ci, je détache chaque mot.

Le Bleu Royal de Tertre est un mélange. Deux atomes de brouillard londonien gris crassé. Un éclat de bleu lac sur les dômes blancs du Sacré-Cœur de Montmartre. Quelques soupçons de rouge, celui des stores des cafés place du Tertre. Et un pourcentage d'or, celui de la fleur de lys, celle des armoiries… Il n'existe que dans le cœur des amants qui crayonnent leur propre fragmentation.

J'ai dompté le vide. L'énonciation de cette formule devant des inconnus vient de consigner ce pan de mon passé à une juste distance. Candice ôte ses lunettes de soleil qui, à cette heure, n'ont plus aucune utilité. Ce geste me surprend. Elle accroche mon regard. Puis les repositionne. Elle s'extrait alors de son fauteuil.

Et si chaque convive venait s'asseoir dans la Mama Bear – c'est le nom de ce siège – pour évoquer sa couleur ?

Proposition saugrenue qui cadre parfaitement avec cette soirée hors du monde. Au jeu des chaises musicales, elle marque un point : Adémar se régale. Est-ce ce qu'il voulait obtenir ? Quelqu'un va-t-il se hasarder à poser ses fesses sur le cuir ?

.46.

Pas sûr d'avoir en stock un discours aussi poétique mais je n'aime pas être sur le gril!

Guy se jette à l'eau.

Tout doux l'ami, on est en marinade! plaisante Nathanaël. On ne va pas se mettre la pression pour une histoire de couleur. Attrape donc une liqueur. C'est ce que font les acteurs avant de monter sur scène, pas vrai Karl?

Karl approuve. Guy boit cul sec. Il se déchausse, salue et s'enfonce pieds nus dans l'assise moelleuse.

Vert Cresson... Hum... Que vous en dire? Mon père éclaircissait son vert sombre avec une bonne cuillère de crème fraîche.

Il avait bien raison! assène Nathanaël.

Il aurait dû être ici à ma place. Il est décédé il y a peu.

Oh, toutes nos condoléances!

Je suis certaine qu'on a tous notre part d'immortalité, souffle Idriss.

Et qu'il est avec nous ce soir, ajoute Olya.

Candice ôte à nouveau ses lunettes: regard voilé, cernes marqués, ailleurs. J'ai cette impression fugace qu'elle veut dire quelque chose, mais qu'elle se ravise.

Je pense qu'il a choisi cette couleur parce que ça devait lui rappeler son enfance. Quand il bouffait les pissenlits par la racine. Pour être honnête, puisque c'est le moment où le vin commence à nous aider à l'être, le vert cresson n'est pas mon truc.

Guy cherche l'approbation d'Adémar qui lui fait signe de poursuivre.

Ma couleur, c'est le jaune. Ça a toujours été le jaune. Que je m'invente chaque matin, où que je sois en Europe. Les routiers n'ont pas le temps de musarder. On admirerait plutôt les autoroutes, les zones de fret ou les entrepôts ! Que la météo soit belle ou pas, je convoque le soleil. Son jaune bien chaud. Celui du tournesol. Du pissenlit, justement ! Mon père était marionnettiste. Avec son Guignol, il déchaînait des cris chez les gamins. De joie. Ou de trouille ! Moi je fais pousser des cœurs de marguerite sur le bitume. Et je livre du PQ !

Olya applaudit.

Je cède la place, mais j'aurais bien piqué un petit somme dans l'Ourse !

Il ramasse ses baskets. Il restera pieds nus.

Sa simplicité et cette drôle de question « Quelle est votre couleur ? » invitent à une forme de désinhibition. Adémar a permis que des impressions intimes qu'on se refuse à énoncer de peur de ne pas être compris puissent être formulées avec confiance, dans cette ode à la nuit qui progresse, aux couleurs irréalistes, à la fragilité humaine, à l'alcool de poire qui adoucit le tempo des confidences… Je songe que la manière avec laquelle ce groupe réussit à entrer en connivence est proprement miraculeuse et qu'ici se vit une forme de suspension du temps. Identique à celle générée par ce covid qui, lui, a éteint les activités du monde ? Oui, la nuit sera longue. Chacun s'empare de l'instant vulnérable.

Karl entre en scène. Il ôte aussi ses mocassins. Mais lui se place debout devant le fauteuil.

Ce que je dois exprimer, je ne peux le dire assis. La Mama Bear est mon décor pour un acte peu banal, une représentation unique, peut-être la plus importante de ma carrière. J'ai longuement hésité avant d'inscrire ces trois mots sur votre questionnaire. Néanmoins, cette teinte était pour moi l'évidence : Bleu de Poméranie.

Sa voix, une eau dormante qui s'ébroue au caillou lancé, de cercle en cercle, qui s'élargissent toujours plus loin.

Mes mots retiendront un peu de l'illusion d'avoir dû tourner la page de nombreuses fois. Bleu de Poméranie… C'est le bleu presque noir des forêts de pins sylvestres qui se succèdent avant de toucher l'Ostsee, la Baltique. Le bleu des milliers de lacs dans lesquels ces troncs se reflètent… Le bleu d'un numéro tatoué, lorsqu'on est polonais et que le piège se referme dans les années sombres du vingtième siècle. Le bleu du reniement, de l'exil, du départ, de l'abandon… Le bleu de la renaissance. Du recommencement… Le bleu des racines. Celui de mes ancêtres. Il ne cesse de m'irriguer.

Silence de pudeur.

Avant les applaudissements.

Je crois n'avoir jamais eu autant de succès, ironise-t-il.

Candice rompt soudain son mutisme :

Le théâtre a-t-il été pour vous un moyen de survivre ?

Survivre ? C'est surtout dans le quotidien. Au théâtre, je me sens pleinement vivant. Je témoigne, transcris, transmets.

J'incite à réfléchir. À aimer. À tout donner. Au suivant !

Idriss détache ses sandales. C'est maintenant ou jamais. Ses tripes se sont retournées. Si elle hésite encore, elle ne se positionnera pas devant l'auditoire. Elle veut alpaguer Karl. Elle le bousculerait presque. Ils ont échangé un seul regard, mais il a prolongé en elle la secousse. Lui s'est rassis, transcendé. Au bord de l'Ourse, ramassée sur elle-même, elle cherche ses mots.

Vert-de-terre-Vert-Missel… Deux verts que je ne peux dissocier.

Elle souligne le jeu de mots.

J'ai… j'ai souvent la sensation d'être un ver de terre. Une larve qui se déplace trop lentement pour cette vie où tout pulse à cent à l'heure, où il faut être hyperconnecté, où on ne nous laisse pas le temps de penser… Moi, j'ai besoin de temps pour comprendre… Et il y a cette sensation. De me traîner, de nous traîner sous le regard d'une autorité qui nous regarderait nous débattre avec bienveillance, alors qu'il y a le feu à la planète. Elle est de cette couleur, le Vert-Missel ! Mélange du bleu du ciel et du jaune du soleil. Une sorte de vert espérance. Sans espérance, sans chercher inlassablement du sens, je n'arriverai pas à survivre. Je veux dire… À force d'étudier tant de textes terribles sur la condition humaine, on pourrait presque avoir envie de tout faire péter ! Je préfère me persuader que je suis une montagne de chlorophylle qui va petit à petit trouver des solutions. Et se dégager de ce sentiment de cataclysme ambiant !

Le vent tout à coup balaie deux verres au bord d'un plateau. Ils se brisent dans un cling appuyé.

Je ne sais pas si vous êtes un ver de terre, Idriss, rebondit Karl, mais au mot « cataclysme », le vent vous obéit !

Elle se relève en se mordant la lèvre inférieure.

Interruption de séance ! avertit Adémar. On ramasse le verre brisé puisque c'est la soirée pieds nus dans le sable. On va mettre les timbales en sécurité et aller chercher des plaids.

Super ! se réjouit Nathanaël. Je n'ai pas autant fleurette à conter mais vous écouter, c'est de l'or dans la bourdonnette !

Que tu crois ! appuie Guy.

.47.

Ce coup de semonce du vent ne m'a pas surpris. Lorsqu'on touche au corps, on touche à l'âme. Lorsqu'on touche à l'âme, le vent s'en mêle, chasse l'avant, nettoie, réordonne. Mets tes pieds nus dans le sable : c'est comme si tu t'étais entièrement déshabillé. Nature primitive. Ta place te devient une évidence. Ce fameux pourquoi tu te bats et surtout ce que tu peux offrir. Ce lien unique que tu produis. Vertigineux. Je ne sais pas ce que tu avais dans la tête, Mathurin, il y a cent cinquante ans, mais cette intuition de toucher le ciel par tes plantations, de laisser ta trace indicible, était la bonne, parce que surpassant toute époque. Un matériel devenu immatériel. Comme une sonate de Schubert qui tient l'humanité aux aguets jusqu'à ses confins.

J'étais si paumé quand je suis revenu sur tes terres – paraît qu'elles étaient devenues miennes –, si exsangue de cette vie, des malades, des blessés, des disputes. Je ne savais même pas ce qu'hériter pouvait signifier… Regarder GD balancer son Bleu Royal de Tertre, c'est prendre conscience que sans l'autre, je ne suis rien. Pas même une poussière. Ça souffle ce soir, Mathurin ! Et c'est inattendu et j'ai envie de te hurler par-delà les grèves un gigantesque merci !

.48.

Ce n'est qu'à l'instant où Aika s'exprime que je prends conscience qu'elle parle un français impeccable. Elle précise qu'il lui arrive d'utiliser l'anglais, surtout quand elle est perturbée par les décalages horaires, mais qu'elle a à son actif bien des langages. Elle est franco-japonaise, originaire de Kobe.

Quand j'ai lu le questionnaire, je n'avais sincèrement aucune idée de la couleur qui pouvait habiller mon intimité. J'ai cette chance de vivre à Paris, à deux pas du Sacré-Cœur. Votre Bleu Royal de Tertre, GD, a résonné fort en moi. J'y ai reconnu une part de l'âme de Montmartre…

Aika s'enfonce plus profond dans la Mama Bear. Elle allonge ses jambes interminables sur le repose-pied.

Ma couleur ? Le Vert Instinct. Pas si simple à expliquer.

Plus je nous écoute, plus cette introspection me ravit, plaisante Henriette. C'est comme si nous acceptions de faire tomber nos barrières après toutes celles qu'on nous a collées.

Comme si nous n'avions plus rien à perdre ? suggère Olya. De toute façon, demain matin, la mer aura tout effacé.

Avec l'océan, il faut se méfier, soutient Guy. Pour ma part, je penserai toujours que j'ai plus à gagner qu'à perdre. La fameuse espérance de votre sœur.

Là-dessus, je suis prête à vous suivre. Et puis, je ne contrarie pas trop mon double. Neuf fois sur dix, elle a raison. De prendre son temps. Oui, Aika, expliquez-nous.
Pour pénétrer dans mon Vert Instinct, il faut fermer les yeux. Et imaginer une fenêtre au huitième étage qui donne sur une cour intérieure. Un rebord large à cette fenêtre. Et, dessus, une chaise pliante.
Diablement théâtrale, votre entrée en matière. Le décor est planté.
Vous allez voir, Karl, qu'il a toute son importance. Et voilà le confinement décrété ! Pour moi, au risque de choquer, une période extraordinaire ! Plus de circulation, de bruit, une météo estivale, un ciel d'azur. Et plus aucun planning, ni défilés, essayages, shootings. Sentez-vous cette impression de vide qui m'habite ?

Aika égrène un rire mutin.

Pourtant, d'une certaine manière, ma vie reprend sens. Je fabrique des origamis. Ceux de mon enfance. J'en remplis mon studio. Et j'observe par la fenêtre, dans la cour, le seul arbre, qui s'étoffe de jour en jour. En vert moelleux. Ce vert auquel je n'ai pas accès, parce qu'on m'a enfermée. Je prends l'habitude de m'asseoir sur ma chaise et de contempler ses feuilles. Jusqu'à un matin, où je remarque une échelle dans le mur. Incroyable, je n'avais jamais fait attention à ce détail ! Et je suis mon instinct. J'enjambe le promontoire, la peur au ventre. Si je tombe, si je me tue ! Et je grimpe aux barreaux. Arrivée là-haut, *le* choc. Paris. Immense. Dans un silence… Une marée de toits, de cheminées, de clochers. Les monuments comme si je pouvais les toucher du doigt. Et la démesure du ciel. La liberté ! J'avais pris des risques considérables.

J'ai recommencé. Je devais gagner en assurance pour atteindre mon paradis. À chaque fois, je me sentais revivifiée. J'étais *ce* Vert Instinct. J'avais osé. Au risque de tout perdre. Et j'ai tout gagné. Je suis *plus* qu'une couleur. Beaucoup plus ! Mais si le vert de cet arbre ne m'avait pas attirée, je ne serais jamais montée.

Le Vert Instinct d'Aika m'a soulevé.
Au-dessus des toits du monde.
Là où mes projets d'architecte sont ancrés.
Déployer le ciel.

Le vibrato d'Henriette me ramène sur terre :

Allons-y pour mon Vert Patte de poule !

Elle est la seule à arborer un rouge sombre sur les orteils ; elle serre ses genoux contre son ventre et cale le tissu de sa jupe. Oui, elle se cale, comme si elle était assise au coin du feu.

Le Patte de Poule est une plante de l'île de La Réunion, d'où est originaire ma grand-mère. Tombée amoureuse d'un Kanak, elle a entrepris ce grand voyage de l'océan Indien à l'océan Pacifique. Onze mille kilomètres pour rallier la Nouvelle-Calédonie et l'épouser. C'était en 1953. Grâce à ce bond, j'ai la chance d'être née à Nouméa et d'y vivre. Quand j'étais enfant, pour m'endormir, elle psalmodiait des mots étranges dont je ne comprenais ni le sens ni la logique. « Guérit-vite, bois de chandelle, poc-poc, brède mouroume, bois de pintade… »

J'observe Adémar. Il boit les confidences des uns et des autres avec un calme olympien, mais je pressens que le feu le brûle, et que ce n'est pas seulement dû à l'eau-de-vie de poire qu'il chauffe dans le creux de sa paume.

Un jour – je devais avoir six ou sept ans –, je lui ai demandé si c'était un langage de son île d'origine. Elle a eu cette réponse merveilleuse : « C'est le dialecte des plantes, mon Henriette. Partout où tu iras, sur chaque continent, dans chaque pays, tu pourras inventer le tien. Il te suffira de mettre bout à bout les noms de tes fleurs préférées et si tu les chantonnes avec le cœur, elles te le rendront ! » Et elle m'a tendu un gros cahier. C'était son carnet d'herboriste. Tous les noms qu'elle récitait et bien d'autres y étaient consignés, avec un spécimen de la plante et des recettes. Par cet herbier, j'ai appris qu'elle était tisaneuse. Et qu'en arrivant à Nouméa, elle avait dû tout réapprendre. Les plantes endémiques sont différentes d'un lieu à l'autre. De là est née ma vocation de botaniste. Et quand j'ai fait le trajet en sens inverse pour un voyage d'études, j'ai rapporté de Saint-Denis un rameau de ce petit arbuste, le Patte de Poule.

Henriette sort de sa poche une carte plastifiée ; dedans, une branchette d'un vert tendre.

Le vert Patte de Poule, c'est mon porte-bonheur ! Et Guy, vous avez raison, difficile de quitter ce fauteuil de rêve !

On pourrait peut-être vous le louer à l'heure ? s'amuse Nathanaël.

Je vais y songer.

Olya s'est levée. Elle qui me paraissait plus assurée qu'Idriss à l'arrivée va disparaître dans la Mama Bear. Mais…

Je préfère rester debout. Idriss n'est pas un ver de terre, c'est une souris de bibliothèque, de nef, de vitrail qui cherche l'élévation de l'âme. Un truc qui a vingt siècles ! Moi, je suis bleu Parme-tiret-Zan. Et beaucoup plus terre à terre. Bleu parme, c'est-à-dire bleu clair et rose tyrien bien étalés et mixés à la crème fraîche du père de Guy, avec une pointe de noir brillant sur la langue, celle du zan ! J'adore le zan ! J'ajoute à cela le beige un peu jaune fleuri du parmesan, mon péché mignon. En tranches fines sur toute tomate basilic qui se respecte ! Et face aux questions qui habitent ma sœur, j'écoute le vent qui est le seul à avoir les réponses. Mais, malicieux, il les envoie valser et me pousse vers l'aventure ! Juste profiter de l'instant. Suivre mon instinct comme vous, Aika !

Votre lien, chacune, avec le vent m'intéresse !

Karl reprend la parole de sa voix profonde de lac majestueux.

L'une le convoque. L'autre le suit. Figurez-vous que je dois mettre en scène prochainement une pièce dont le personnage principal veut le devenir. Troublante coïncidence, non ? Nous avons des choses à partager !

Je laisserai Idriss en discuter avec vous, Karl. Le confinement m'a mis le cerveau en PLS ! Bon, je vais chauffer votre transat, Nathanaël. Tout le monde à la casserole, ce soir.

Je ne vais pas prendre le risque de m'installer dans ce fauteuil. À vous croire tous, il faudra une grue pour m'en déloger ! Pour autant, j'adopte la tradition. Visiblement, ça aide !

Nathanaël balance ses espadrilles.

C'est à la Canebière que revient l'honneur de clore le bal des couleurs. Moi, je suis Bleu homard jusqu'à l'épicentre du cœur ! Et je dois à cette couleur mes étoiles de cuistot, alors elle me chauffe le désir ! Un homard bleu, c'est tellement beau que ça concentre toute la joliesse de la terre. Et c'est si délicat au palais. Cependant, je dois le confesser, Olya, j'adore aussi la tomate basilic… Dans mon bleu homard, il y a un peu du rouge-orange du soleil de la Méditerranée quand il s'y couche et un peu de l'orange-rouge du soleil de la Méditerranée quand il s'y lève. Et c'est heureux, il s'y lève chaque matin, n'est-ce pas Guy ? Tout ce que je peux assurer, c'est que c'est dans les assiettes que j'aime marier les couleurs. Et que c'est ça qui me fait *bader* dans l'existence : admirer avec amour, en provençal. Quand je ne cuisine pas, peuchère, j'ai l'âme en peine !

Si vous voulez prendre ma place ? Je ne peux pas rivaliser avec un étoilé du Michelin !

Tope là !

Nathanaël tend sa main. Adémar lui checke le poing, le coude, l'épaule.

Alors, rendez-vous lundi sept heures dans mon potager. Et il n'y a pas que de la blette à ramasser !

Sept heures, tu joues petit bras, l'ami. Dans le Sud, c'est à cinq qu'on ramasse. À sept, la courgette, elle est déjà grillée. Disons que si ça convient à tous, on se refait une chaude-party mardi soir ? Il faut un, que je me repose sinon Philippine, ma moitié, va me tomber dessus. Deux, que je me ratatouille un peu la rascasse : la cuisine, c'est elle qui apporte ses idées et nous qui obéissons. Trois, que j'évalue ce qu'Adémar propose à la cueillette et que je situe son piano. Mardi, ça me paraît au poil.

Approbation générale.

Henriette s'est rapprochée d'Adémar.

Pour vous, c'est oui, la visite du parc. Mais je ne pourrai pas vous y faire le guide. J'ai une semaine chargée. GD s'y collera. Il connaît la maison par cœur.

(Adémar lâche du lest sur la forêt-jardin ! L'océan leur a tourné la tête à tous.)

En échange de ce privilège, Henriette, n'hésitez pas à me consigner vos enchantements ! Et à me signaler les arbres qui déconnent, qui se la pètent, les disputes entre cadors, les débuts de sclérose, les minus qui souffrent de la pauvreté de leur écosystème. Je ne suis pas un spécialiste, je suis un autodidacte que les plantes ont, semble-t-il, accepté. Mais je vous avoue que ce paradis nécessite une telle écoute que je ne parviens plus à satisfaire et ses complaintes et celles des légumes de mon potager en permaculture.

Le potager en permaculture m'intéresse aussi !

Alors, joignez-vous au ramassage scolaire de ce lundi, six heures trente à l'entrée de la Chamblaie.

Je peux venir ?

Oui, Aika. On dirait que je vocationne à pleins bras avec mon ramassage scolaire.

Je conduis le bus, si vous voulez ?

OK, Guy. Mais qui va s'occuper de contempler la mer, si vous désertez tous ?

Pas de souci, répond Karl. Je suis le guetteur du vent !

Nous serons deux, confirme Idriss.

.49.

La nuit s'est calée dans des horaires où seule la lune a le droit de rester éveillée. Chacun est retourné à son lit de camp. Candice a sonné l'heure du retrait. Je lui ai précisé que la soirée de mardi se tiendrait à la cabane d'accueil et l'ai remerciée pour la disponibilité de son carré de sable. Elle m'a répondu : « Jamais je n'aurais pensé que ce fauteuil recueillerait un jour des confidences sur la couleur des êtres. Ni même que les êtres en avaient une. Les œuvres, oui ! À la lumière de ce que j'ai entendu ce soir, j'en suis maintenant persuadée. Mais la mienne, je suis bien incapable de la déterminer. » Encore une phrase qui me fait douter des propos que tient cette femme. Si le Bleu Royal de Tertre n'évoque rien pour elle, où a-t-elle déniché cette expression ? Et pourquoi l'a-t-elle inscrite sur son questionnaire ? Je la laisse rentrer dans la 47 et couvre la Mama Bear de sa voile.

Erwan, tu peux y aller. Je vais finir de ranger avec Marjorie.
Que tu dis ! En partant, je te tire le premier chariot à transats sous la Canadienne, ça te fera gagner un peu de temps.
Merci. Sois prudent avec ton scooter.
Je sais où les gendarmes se planquent ! À demain matin pour les mandalas.

Demain, c'est dimanche. Les mandalas font la grasse mat' !
Alors à lundi matin, six heures.
Tu croiseras du monde.
Oui, la colo du potager !

Marjorie et moi, nous nous activons, ganivelles à replier, cantines à remplir, tables basses et plaids à empiler, le second chariot à remonter. Je bénis le ciel d'avoir eu la brillante idée de baliser un chemin à l'aide de traverses. J'aimerais prolonger cet instant à deux mais je la raccompagne à l'entrée de la Chamblaie. Nous nous taisons durant la traversée de la forêt. Ma torche déclenche parfois le crissement vespéral d'un animal dérangé dans ses activités nocturnes. Je lui souffle que je dois assurer le service du petit déjeuner, être sur le pont dès six heures, aller chercher les viennoiseries à la boulangerie. Est-ce la vraie raison ? Je ne veux pas faire de mal à Marjorie. Je ne suis plus certain de rien. Je ne veux pas m'appuyer sur elle comme je l'ai fait sur Amélie, sans m'impliquer. Toujours à la lisière. Je ne veux pas de la monotonie, des fausses promesses et des unions bâclées. Je crois que le Bleu Royal de Tertre m'a remué les sens. Je crois que cette foudre-là n'a pas encore livré la totalité de ses coups de tonnerre. Je crois que je suis une partie de l'homme que j'ai été lors de cette nuit dans un hôtel de Montmartre. Je crois que Candice est une sorcière. Je crois…

Elle récupère sa voiture.
Sois prudente.
À elle aussi, je donne ce conseil auquel je ne crois plus.
Elle ne me répond pas :
À demain.

Elle répond :

Bon dimanche.

Tacitement, elle accepte. De ne pas tout comprendre. De ne pas vouloir tout comprendre.

.50.

Deux heures du matin. Je redescends vers mon hamac. Je n'ai pas eu le courage de rentrer au Four après les derniers ajustements. La plainte de la mer m'attire. Comme ce soir de Noël. Piquer une tête. Puis sombrer. Dans la courbe de ses hanches. La 37 est la plus proche de ma cabane.

Elle est là.
Au bord de l'eau.
Sa baladeuse à côté d'elle.
Point lumineux qui se raccroche à la voie lactée.
Assise. Comme cette après-midi.
Visage sur ses paumes.
Paumes sur ses genoux
Plaid sur les épaules.
Difficile d'aller me baigner à présent.
Difficile de l'ignorer.

Ça ne va pas ? Vous avez besoin de quelque chose ?
Elle me fait signe de m'asseoir. Je m'agenouille.

Je ne crois pas que le Bleu Royal de Tertre soit votre couleur.

Je crois que quelqu'un vous l'a imposée. Je crois que votre

couleur est le blanc de la neige sur le mont Fuji. Le blanc de la fleur de lys, pas celle des armoiries, la vraie. Ou le blanc des pétales de la fleur de cerisier. Ou celui de l'amandier sous la grêle. Je crois que défricher les couleurs des autres vous amène à fuir vos propres références.

Ce n'est pas moi qui ai écrit ce questionnaire, Aika. C'est Adémar, le fautif!

Quelque chose me dit qu'il l'a écrit pour vous.

Vous avez au moins raison pour le blanc. Ma neige est devenue d'écume.

Elle glisse ses paumes le long de ses cuisses, les pose à plat.

Vous voulez que je vous raccompagne ?

Non, je vais rester un moment. Contempler. Je suis venue pour cela.

Son profil dans la lumière feutrée.
Architecture d'une *minka* japonaise.
Je voudrais transcrire cette perfection.
Bambou à peine bombé du front,
papier translucide des cloisons nasales,
argile rosée des lèvres entrouvertes,
paravent sculpté de l'oreille.
Elle déplie ses jambes.
Je me bascule sur le côté, ôte mes baskets.
Pieds nus qui fouillent le sable.
Envie de me vider la tête.
Nuit de Noël en creux.

Je vais aller me poser plus loin. Je ne voulais pas vous déranger. Juste me baigner.

Elle m'attrape la main. La relâche, surprise de sa hardiesse.

Pardonnez-moi. D'habitude, je ne suis pas si directe avec les hommes. Ils me feraient plutôt peur. Mais pas vous. Restez.

Si ce n'est pas trop indiscret, pour quelle raison les hommes vous effraient-ils ?

Leur indélicatesse. Leur brutalité. C'est monnaie courante, dans mon métier. Je prends, je jette. Vous, vous avez l'air à côté de vos pompes, pardonnez-moi l'expression. Un Pierrot lunaire !

Parfaitement d'accord ! Mes pompes m'attendent et la lune me tend les bras… Vous n'êtes pas obligé d'accepter, je veux dire, leur brutalité.

On ne me demande pas mon avis. Et vous, les femmes vous intimident-elles ?

Je suis un matheux. Il me faut des choses carrées, démontrables. Et il me semble que les femmes sont tout sauf assujetties aux lois mathématiques. Je vous avoue être un peu paumé dans leurs aspirations parfois contradictoires. Par exemple, leur volonté de liberté et celle toujours aussi forte d'enfiler la robe blanche. Et pour ne rien vous cacher, je n'ai pas trop envie de blesser.

Au moins, vous êtes honnête.

Je n'en sais rien. Je suis plutôt solitaire. Montagnard dans l'âme. J'ai une sœur et je suis passé à côté d'elle. J'ai eu une amie et je suis passé à côté d'elle.

Pour votre sœur, rien n'est perdu. Pour votre amie, le mot « amie », ce n'est pas si mal.

Aika, là, je vous le demande, votre avis : acceptez-vous de vous baigner avec moi dans une eau fraîche à deux heures du mat' ?

Pourquoi ferais-je cela ?

Pour oublier ce que nous venons de nous dire. Se laver les neurones. Et demain, redémarrer à neuf! Avec des idées plus claires!

En se baignant la nuit?

Manière comme une autre de chasser les peurs inutiles. Enjamber une échelle au-dessus du vide. Cette soirée m'aura de toute façon tourneboulé la raison pour que j'ose vous faire une proposition pareille.

Vous faites cela souvent?

Me ridiculiser?

Non, un bain de mer la nuit?

Deuxième fois! La seule chose… c'est que la première, j'étais seul. Et c'était la nuit de Noël! Je me suis autorisé à beugler « Joyeux Noël » car l'eau était glacée. Là, beugler, ça ne va pas être possible avec nos cabaneurs qui ronflent.

Et qu'est-ce qu'on hurlerait en chuchotant?

Vert instinct! Vert instinct!

OK, j'accepte!

Je me déshabille. Aika fait de même. Caleçon pour moi, culotte et soutien-gorge pour elle. Il faut s'avancer loin, la mer est en descente. La lune nous indique les rochers. Rien de dangereux. Quand l'eau touche ses chevilles, elle frissonne. Je murmure: « Blanc de neige. Vert instinct. Blanc de neige. Vert instinct. » Lorsque la mer m'atteint au bas-ventre, je plonge. Premières brasses. Cadeau. Noël en plein mois de juin. Je trace, m'éloigne. Aika a plus de mal. Je reviens vers elle, l'encourage. Alors, elle inspire profondément et s'y jette en lançant: « Joyeux Noël! »

.51.

Nous sommes remontés sur la plage.
Elle s'est enroulée dans son plaid.
Elle claque des dents.
Je la frictionne.
Gracile et longiligne.
Si longiligne.
Plus grande que moi.
Un grog vous fera du bien.
Dans ma 17, je lui tends la cathédrale de Milan,
un caleçon, une paire de chaussettes.
J'enfile Valentine, l'iconique machine à écrire
d'Ettore Sottsass.
Nous trinquons.
Deux tasses de café avec un trait de rhum blanc.
Joyeux Noël.
Elle raconte.
Ce que les hommes indélicats et brutaux inventent.
Silence du vent qui s'assagit.
Nous nous sommes endormis
dans le hamac. À quel moment ?
Je n'ai jamais dormi avec une femme dans un hamac.

Elle m'a demandé
de l'entourer de ses bras.
Elle s'est étirée. Doucement.
Pour ne pas basculer.
Sa tête à la jonction de mon coude.
Mon bras sous ses seins.
Ses pieds dépassent.
Elle a ramené le plaid sur nous.

Je reçois un sms cette nuit-là.
Assan m'annonce son arrivée mardi matin.

.52.

Sept heures et quart. Je ne me suis pas réveillé. Aika s'est volatilisée. Si elle n'avait pas replié Milan sur mon rondin de bois, pas sûre que je croirais à sa présence à mes côtés la nuit dernière. Je m'extirpe de mon hamac avec un crâne neuf et une douche rapide. J'ai bien fait de donner congé à mes mandalas. Le ciel s'est griffonné au crayon de papier mal taillé ; pas de tache ronde et jaune derrière la forêt. À l'aide, Guy ! Candice a commandé son petit déjeuner pour huit heures quinze. Je suis capable de sprinter le raccourci en 17 minutes. Normal ! Amanda fait des siennes pour démarrer : ça va être chaud pour les croissants. Pied au plancher. Et merde ! Le contrôle routier, c'est pour moi. Oubli et du masque et de l'autorisation de sortie en plus du dépassement de vitesse. Un petit trois cents euros qu'il va falloir que je dérobe à une rombière. Les billets ne poussent pas sur les arbres de la forêt-jardin…

Et c'est là que l'idée se flashe.

Ils le pourraient si et seulement si…

Je n'ai rien pour la noter.

Je fais mine de me concentrer sur la quittance que le gendarme me tend et, sans me démonter, je lui emprunte son stylo pour inscrire au dos de son papillon l'illumination qui vient de me traverser.

Pas de doute, j'ai les neurones douchés !

Je frappe à la porte de Candice à huit heures quarante. Pas très correct pour un premier service. Pas de réponse. J'abandonne le plateau à l'entrée – l'eau chaude est en thermos et les délices protégés, pas de péril en la demeure. Je déshabille Mama Bear – qu'elle profite de la baie –, et reprends ma distribution. J'aurais dû rapprocher les cabanes : à la fin de l'été, j'aurai des mollets d'athlète. Idriss court sur la plage, elle, pour son plaisir ! Olya m'ouvre leur porte et m'attrape le plateau des mains.

Je vais goûter à la vague avant ton jus d'orange. Sympa la soirée hier. Ce qui n'était pas gagné vu l'âge moyen des candidats à la contemplation !

Dans une autre vie, je songerai à une sélection dix-huit - trente ans.

Dans la vie d'après, t'as certainement raison. Des vieux, y en aura plus ! Et pas qu'à cause du covid… Meurtre, héritage, malversation, abus de biens sociaux. Ah les boomers !

Elle rit franchement, et file serviette sur l'épaule rejoindre Guy au bord des vagues. Lui tâte le terrain, orteils dans l'eau. C'est un lève-tôt : son petit déjeuner suivait de près celui de Candice.

GD, demain, ne te donne pas cette peine, j'irai le récupérer à l'accueil. Au fait, j'espère qu'Adémar ne m'en a pas voulu pour la couleur ?

Oh que non ! Mais si tu pouvais faire apparaître une belle tache jaune, là…

Facile : suffit de crier « Guignol, Guignol ! »

Ramassage des plateaux à onze heures. Je suis vidé. Je vais sérieusement réfléchir à éliminer l'option pension complète après la première saison. Première saison qui risque bien de prendre la flotte, covid ou pas : la rencontre des gendarmes m'a rappelé qu'avec Adémar, je marche sur un fil administratif qu'il n'a pas pris le temps de nouer. Entre-temps, je me suis organisé pour accueillir Assan. Il va adorer dormir dans mon hamac. De lui, j'aime tout : sa gentillesse, cet accent qui parfois dérape sur le « i » dans les virages, forme d'hommage à ses racines, son désespoir pudique d'avoir perdu Azmia, et sa façon de le cacher en m'offrant ses services. Je ne refuse pas son aide. Je lui soutiens, au contraire, qu'il va m'être indispensable. Sinon, j'ai bien peur qu'il change d'avis et ne vienne pas.

Je ne veux pas penser à Aika.
Je n'ai pas le temps de penser à Aika.
Je ne veux plus de superpositions.
Amélie sur Victoria,
Marjorie sur Amélie,
Aika sur Marjorie.
Je ne l'ai pas aperçue.

Aika qui décrit la mer
comme un corps de femme tourmentée.
Aika qui grimpe sur les toits au risque de tomber.
Aika qui atomise ma mathématique.
Aika dont le prénom signifie
complainte triste pour son père,
chanson d'amour pour sa mère.
Aika, gelée, gracile et longiligne.

.53.

Henriette et Aika arrivent ensemble pour le déjeuner. Elles discutent, comme deux copines complices. Par bribes, je saisis que le cœur de leur semaine battra, non au large, mais à l'ombre de la hêtraie et des tilleuls sous le couvert du chant des gravelots, bécasseaux et autres aigrettes qu'elles sont allées observer dès potron-minet. Je finirai par braver l'interdit d'Adémar et disposer des transats sous la canopée. Aika, rayonnante, me salue, visage au naturel, cheveux tirés, masque qui, occultant ses lèvres, affermit en son regard cette quiétude qui étreint le corps et l'âme après une ascension. D'avoir livré ses secrets l'a embellie, si cela est encore possible. Short beige et chemise large blanche, elle est incroyable d'élégance. Je ne peux m'empêcher de songer à la beauté de ces deux femmes : l'une louée pour cet attribut reçu au berceau sans y être pour quoi que ce soit, l'autre pour la magnificence de son savoir qu'elle a à cœur de vulgariser. Depuis quelques minutes, ça digresse sur « le sixième continent ». Nathanaël se présente en lançant à la cantonade un « Bonjour les toutes belles ! » Sa bonhommie est définitivement un atout. Il leur propose de partager leur repas, ce qu'elles acceptent, ravies. « Si en plus on bataille sur ce qui menace mon homard ! »

Soudain, j'aime que nos hôtes aient plaisir à se retrouver, qu'ils refassent le monde, que cette coursive existe, que l'arrière-grand-père l'ait désirée, qu'Adémar lui ait donné réalité. Généalogie heureuse quand la succession peut s'accomplir sans coercition, avec cet enthousiasme de poursuivre une œuvre amorcée, d'évaluer ainsi ce que chaque maillon familial apporte d'inédit. Son débat sur les couleurs a ouvert ces espaces relationnels de partage qui me comblent, bien plus que je ne l'aurais envisagé.

Karl, Olya, Idriss et Guy pique-niquent au bord de l'eau. Eux, de quoi débattent-ils ?

Pas de trace de Candice.

Ce n'est qu'au dîner, devant son absence réitérée, qu'un détail me revient : je n'ai pas aperçu sa voiture garée à l'entrée de la Chamblaie. Depuis ce matin.

.54.

Mardi. Deux jours que Candice n'a pas donné signe de vie. Mais elle ne paraît pas avoir quitté les lieux. Hier, inquiet, j'ai inspecté au travers des fenêtres du Pot de Yaourt. Quelques affaires éparpillées m'ont rassuré. Je ne me vois pas me rendre à la gendarmerie signaler une disparition, alors que je redoute les conséquences de nos demandes d'autorisation négligées. En arrivant au Four, je m'en suis ouvert à Adémar après sa cueillette avec la troupe. Parfois, il a des phrases qui me rappellent qu'une part de lui n'habite pas sur terre.

À la fin de la semaine, je te promets que ça va s'éclaircir.

Qu'est-ce qui va s'éclaircir ?

Notre décision.

Quelle décision ?

De travailler ensemble.

Je croyais qu'on avait un accord. Tu veux le remettre en cause ?

Laisse-moi ces sept jours et je te promets qu'après, je balance un dossier administratif ficelé !

Ou pas, ai-je pensé.

Sur le chemin de la gare qui me conduit jusqu'à Assan, le doute continue de me chicaner. Pour quoi ai-je travaillé si ce galop d'essai est interrompu par des procédures hors délai ou une injonction à fermer ? Et sur ce point, je ne pourrais que m'en mordre les doigts ; car ce n'est pas comme si j'étais inexpérimenté en la matière. Me suis-je autant attaché à ce lieu ? Ce n'est pas ce que j'y gagne qui me soucie mais le constat trivial que mon compte en banque ne me permettra plus d'engager un nouveau projet si celui-ci capote ; et que, au-delà de ces considérations matérielles, l'hypothèse de devoir quitter Adémar me panique.

Au Four ou à la Chamblaie, il a cimenté par son magnétisme unique des personnalités de tous horizons. Bien sûr, la période est particulière et, lors de notre rencontre, il était impossible de prévoir ce grain de sable du covid ; mais, malgré celui-ci, il m'a interdit d'abandonner. Nous avons fait naître ce miracle où le silence que la Nature fait éclore en chacun est lien à l'autre, où la descente en sa propre intimité n'a de sens qu'éclairée à la lumière des nécessités d'autrui. Ici, plus qu'ailleurs, je produis du sens, et mesure cette souffrance intrinsèque à chacun qui rend palpable l'égalité des êtres.

Ce nœud de pensées qui m'enserre se désintègre sitôt entraperçu le sourire d'Assan dans ses prunelles. Il ne s'est pas effacé. Comme il serait bon de s'étreindre.

> Ah fils, ti sais, Azmia, elle a pris la maladie tout entière sur elle. Pour que le virus ne revienne pas nous visiter. Et puis, elle s'en est allée. Sans qu'on la revoie ! Ah, dans mon cœur, c'est la douleur !

Il ne peut retenir une larme. Je ne sais que répondre. Je l'accueille, sa douleur. Quatre ans d'une amitié retenue nous lient. Une parenthèse dans mon gris de la Défense : présence de cette famille forte en gueule pour qui le mot accueil était synonyme d'amour.

De là où elle est, elle nous envoie la divine odeur de ses tajines.

Sûr !

Pour soulager sa peine, je l'interroge sur sa tribu. Et je me paume comme avant mais le retrouve lui, bonhommie et sincérité. Son masque n'y change rien. Nous arrivons. Il l'ôte.

Ah ça ne sent pas la capitale !

Il traverse la forêt-jardin avec des exclamations d'émerveillement.

Ici aussi, faut mettre des sirènes !

Les oiseaux les mangeraient !

Si on peut encore s'inventer des contes, c'est que la vie n'est pas tout à fait morte !

Nous débouchons sur la dune et les cabanes. Nouvelle larme.

Celle-ci, de joie !

Tu vas profiter ! Je te laisse à ma cabane, la 17. Je dois ramasser les plateaux du petit déj et m'occuper du service du repas. Mais je t'offre d'abord un 11.44.

Un quoi ?

Un café !

Si til dis. Avec le covid, tous les noms changent ! Mais taratata, ti prépares les repas. Je ramasse les plateaux. J'ai du temps libre avant ton cinéma !

Sur la coursive, Assan me parle de sa mer à lui, qui n'a pas la couleur d'ici, qui a la couleur de la chaleur accablante, de la blancheur du plâtre, de la rouille du pisé, de la lumière qui ne s'éteint pas, des oiseaux majestueux, signe de prospérité. Du désert où on est seul dans le gémissement du foehn, mais pas complètement seul, de ces milliards de grains de sable, les pauvres, qui attendent que le vent les entraîne au royaume de la paix. Bleu Lave. Il aime ce mot. Je le découvre poète. Et demande à Azmia de veiller sur lui.

Au loin, Idriss et Karl arpentent. Depuis hier midi. Lui les mains dans les poches, elle les mains en figure libre à hauteur de poitrine. Ils s'arrêtent de temps à autre. Déclament ?

.55.

Hier, lundi, j'ai revu Marjorie. Attentive. Attentiste. Nous avions programmé la sélection des arrivants pour la quatrième semaine, mi-juillet. Les hôtes s'adaptent, comme nous : être prévenu à la dernière minute ne pose plus de problème à quiconque. Les réservations vont et viennent au gré des annonces gouvernementales, des annulations cas-contacts : yoyo géant où le fil se dévide, puis remonte par secousse saccadée. Avec elle, je poursuis ce recrutement iconoclaste – comme si obtenir un séjour à la Chamblaie était un billet de loto gagnant – mais avec plus de célérité et d'engouement : quelque chose nous dit depuis samedi soir que des histoires vont se nouer bien au-delà de la solitude de chaque refuge. Ou peut-être avons-nous envie de provoquer ces rencontres…

Après trois semaines au vert et bleu, la suivante sera au jaune et rouge. Nous nous sommes affranchis de la règle édictée par Adémar : nous avons bûché sur des Or Crétois, Fuchsia-Pomme, Moutarde-Anis, Rouge-Mastic, Rose-Cyclamen, Aubergine-Opaline, Crème au citron. Le confinement libère des palettes insolites, habille les âmes de relâchement, d'ingénuité. De vérité. Le jeu des conventions sociales se dissout. Notre complicité ne fléchit pas d'un pouce. Subtile, douce, à demi-mot. Nos zones d'ombre nous définissent et nous confortent.

La visite du potager en permaculture a été un franc succès. Revigorés par les allées de salades, artichauts, haricots verts, les premières fraises et groseilles, les doigts crottés de la terre des patates, ils sont rentrés fourbus. Nathanaël, plus silencieux qu'à l'ordinaire, a passé un moment au Four pour s'organiser et concocter ses mets. La cuisine fait plus que lui convenir : « Elle me ravit ! » En le ramenant à la Chamblaie, je lui ai indiqué que je souhaitais lui rembourser une partie de son séjour, eu égard à son engagement. Il a repris à son compte cette tournure chère à Adémar :

> De deux choses l'une, soit la main tendue t'escagasses et t'as pas fini d'en baver seul au milieu de ton Atlantique, soit t'as sous la cagoule l'idée que le repas que je vais servir ne sera pas « à la hauteur » et tu as décidé de me renvoyer à mes calanques ! Moi aussi, je sais grimper aux échelles ! L'ami, cesse de me vexer !

.56.

À vingt heures, ce mardi, la table est dressée dans la Canadienne. Sans Marjorie : elle a décliné, déjà retenue. Je ne me suis pas compliqué la tâche. Drap blanc, assiettes signées Adémar dans leurs teintes de grège et d'hortensia bleu fin de saison, verres bullés dépareillés et tabourets que La Quimpéroise m'a gentiment prêtés. Assan m'a donné un précieux coup de main.

Candice est réapparue. Comme une fleur. Une fleur fanée qui déploie des inclinations à s'exprimer. Et il nous faut faire silence lorsqu'elle engage le dialogue, tant son grain de voix est bas et râpeux. Elle est repassée à la 47 enfiler une robe à gros motifs concentriques dans laquelle son corps se perd. Tenue décontractée en totale contradiction avec son maquillage sophistiqué. Elle ne portera pas de masque et ses lèvres carmin le crient à haute volée.

Et de quoi parle-t-on ce soir ? lance-t-elle.

D'entrée de jeu, Nathanaël chambre Adémar.

Sur l'objet préféré, je passe mon tour ! Mon tranchoir a été défloré par GD. À lui de monter sur l'estrade, enfin sur l'Ourse, jouer le professou !

Loin de moi cette idée !

Je n'ai pas apporté le mien, s'excuse Karl. À la différence de madame.

Vous pouvez m'appeler Candice. La Mama Bear vous est devenue familière, mais ce n'est pas mon objet préféré. Je cherchais un coin idyllique pour m'en débarrasser. Voilà qui est fait. Ce sera l'attraction pour les visiteurs suivants. L'Ourse aux couleurs ! Et puis, ici, tout respire l'intuition du décor qui étonne et émeut. Cette subtile alchimie des styles ! En parfaite osmose avec ce paysage sauvage. Dans cette cabane, elle ne déparera pas. Et la porte est plus adaptée !

Je m'étonne de ses largesses. Peut-être lui a-t-il fallu ces quarante-huit heures d'éclipse pour s'acclimater, et ainsi mieux se réapproprier l'endroit. Adémar me devance :

Nous vous remercions pour ce cadeau. Il devient le totem de cette aventure. Et il se pourrait que notre site se rebaptise Mama Bear Lodge à la prochaine saison ! Et votre objet préféré, Candice, existe-t-il ?

Pour le dernier en date, il s'agissait d'une gogotte de Fontainebleau, trouvée en salle des ventes à Dublin. Trop lourde à transporter dans une valise !

Voilà ce qui s'appelle avoir le sens de l'humour !

Qu'est-ce ? s'intéresse Karl.

Une curiosité. À mi-chemin entre une sculpture contemporaine et un impromptu géologique.

Mais encore ? interroge Adémar. Enfin, si votre voix vous le permet.

Dans cette forêt magique elle aussi, la silice s'est agglomérée il y a des millions d'années dans les bancs de sable des nappes phréatiques et y a formé des couches. Par l'érosion, elles ont généré des concrétions aux courbes douces, des formes, perruque de gentilhomme, agneau en première laine. L'œil choisit ce qu'il veut y discerner. Ce sont des gisements rares qu'il faut repérer et dont on extrait chaque sculpture. Chaque gogotte est en effet unique. Ce n'est pas tant l'objet tout en rondeur qui m'a attirée que cette idée que la Nature crée ses propres œuvres. Et que seul un œil averti puisse les déceler, et uniquement à cet endroit : Fontainebleau. Cette histoire qui m'a été livrée à Dublin a conquis mon imaginaire. Comme celles que vous avez partagées autour de La Mama Bear. Il existe des moments exceptionnels dans chaque vie. Je soupçonne la Mama Bear de détenir ce pouvoir de les créer.

Le silence s'est cristallisé au-dessus des beignets de fleurs de courgette et leur nuage safrané au pistou. Ces propos inattendus, la voix hiératique de Candice ont ensorcelé nos oreilles. Ou l'excellence de cette entrée en matière que chacun déguste. Assan finit par rompre ce *decrescendo*.

Je sais bien que mon objet préféré n'a pas la grandeur du vôtre. Mais la rose des sables, que je tiens de feu mon père, vient du fond des âges. Elle me rappelle que je suis un minuscule point dans l'infini des étoiles. Et que je vais disparaître. Quand elles, elles brilleront pour l'éternité. Alors, profitons. Nathanaël, votre repas, il est glorieux !

Oui, glorieux, acquiesce Karl. Mon objet à moi est à la mémoire du théâtre : une affiche d'origine d'une des premières représentations du *Roi Lear*, jouée à Paris en 1783. Si les étoiles continuent à briller bien après nos vies rétrécies, je suis certain que l'art du théâtre les accompagne. *Le Roi Lear* n'a jamais cessé d'être joué.

Et que dire de l'art du chant !

Ma sœur et moi, nous avons chacune notre plume d'oiseau. Mais elles sont imaginaires. Pas envie de trop s'attacher aux objets, déclare Olya.

On n'en a pas vraiment les moyens, souligne Idriss. La mienne est translucide. Elle attend d'être imbibée de Vert-Missel !

La mienne, arc-en-ciel.

Les jumelles concluent de concert :

Juste des objets invisibles qui caressent nos inconscients.

L'objet préféré qu'on ne peut posséder, dans ce monde où nous nous mentons sur le fait de pouvoir tout acheter, m'interpelle. Comme la concordance stupéfiante avec laquelle vous vous répondez.

Défaut de fabrication, mon cher Adémar. La pensée de l'une attrape la pensée de l'autre, répond Olya.

Et vice-versa, rétorque Idriss.

Et vous, Guy, vous avez un objet préféré ?

Adémar a repris le fil de tête avec jubilation. Il n'avait prévu que deux réunions. Les hôtes ont improvisé ce supplément : soupape de la conversation, tout à la fois organisée et imprévisible, comme si elle était nécessaire après ces semaines de silence forcé. Renouer le dialogue. Évacuer l'individualisme des écrans. Devant moi sourde la richesse des rapports humains, conceptions et contradictions, dissonance et complémentarité, toute chose inopérante dans ma profession de geek-assureur à la Défense. Et ce pressentiment : qu'ouvrir grand le spectre de la rencontre me devient vital.

Oui, j'ai un objet fétiche ! Avant, c'était un Guignol que mon père m'avait fabriqué pour mes sept ans. Un Guignol en jean avec un planisphère dans le cartable. Mais depuis son départ – il sort de sa vareuse une boule en bois clair et la pose sur la table –, c'est cette tête ! Polie dans un morceau de peuplier. La dernière qu'il a tournée. Le commencement d'une marionnette. Il a à peine entaillé les yeux avec sa gouge. Des yeux de quoi ? Renard ? Malfaiteur ? Maharadja ?

Pourquoi pas votre propre Guignol ? propose Karl.

Je ne tiens pas à reprendre le théâtre de mon père. Mais je ne me décide pas à le vendre et à fermer l'atelier.

Et pourquoi feriez-vous cela ? Les enfants ont besoin d'histoires. Surtout avec le covid.

Il faut se former. Déjà un an que les représentations sont annulées. À cause de sa maladie. Il a dû mettre son assistant au chômage technique. Covid ou pas, je n'ai pas rouvert. Je suis sur la route.

Dommage ! Voyager dans les étoiles, ça vous irait bien, suggère Olya.

C'est le moment que choisit Nathanaël pour apporter le plat principal qui patiente sous cloche.

Pour ne rien vous cacher, ça fait un moment que l'idée d'inverser la vapeur me grignote. Mais je ne savais pas trop par où tirer le fil. Et c'est peut-être toi, Adémar, qui viens de me tendre une clé pour un lavage complet du panorama. Grâce à la visite de ton éden « permacultivé ». Un changement de paradigme, comme dirait mon banquier.

Ce serait une première pour mes orties. Si elles t'ont chanté une sérénade, qu'elles en soient bénies ! Mon dos a trop tendance à les voir comme de la terre. À nettoyer celle-là !

Oh, c'est plus que ça ! Et c'est peut-être bien une des dernières fois que je sers un mets comme vous l'allez déguster ce soir !

Vous n'envisagez tout de même pas de renoncer au sommet de votre gloire ? s'inquiète Henriette.

Non, non ! Ce que je veux dire par là, c'est que je pense m'affranchir pour un temps de la daurade et du quasi de veau. Loin de moi de souscrire à la *fouligado* vegan, mais poisson et viande, je crois en avoir suffisamment agrémenté la place de Cassis. Me vient brusquement une frénésie de légumes, voyez-vous ? Et de sa compagne magnifique, la fleur ! Une bouillabaisse légumes-fleurs… Ça, c'est du divin, non ?

(Si nous devons bientôt nous nourrir uniquement de bleuet, chicorée et endives, je ne suis pas certain que cela me contentera. Lâcher les moules au cidre d'Adémar ? Et son onglet de bœuf, sauce roquefort ? Aïe !)

Vais-je réussir ces épousailles ? Je n'en sais fichtre rien ! Mais c'est le défi que la mer d'ici me scagaille ! En attendant, voici ce que je vous propose !

Il décloche.

Émincés de poulpes grillés sur lit d'aubergines confites, sauce à la menthe. Bon appétit !

Je ne doute pas un seul instant de votre réussite, Nathanaël. La plante offre mille possibilités. Jusqu'à écrire nos plus beaux parchemins…

Qu'entendez-vous par là, Henriette ? l'interpelle Karl.

Que j'ai la chance, comme Nathanaël, de pouvoir prendre des chemins de traverse… Et de devenir de temps à autre encrière.

Mais encore ?

Je fabrique des encres à partir de substances végétales ou minérales. Malheureusement, depuis la pandémie, j'ai dû mettre sur pause cette activité. Ne pas arpenter, cueillir, expérimenter des teintes : pour une botaniste-encrière, c'est une torture !

Candice, qui touche à peine à son assiette, intervient :

Donc, pour vous, la Nature est source de chefs-d'œuvre, n'est-ce pas ?

Sans l'ombre d'une hésitation !

Heureuse de ne pas être seule à en être convaincue. Le chant d'un oiseau engage de telles rythmiques que la voix humaine ne peut atteindre. Peut-on reproduire toutes les couleurs avec une palette végétale ?

Toutes ? Non. Mais une bonne partie.

Des détails ! réclament Olya et Idriss.

Il me faudrait la nuit !

Prenez-la, incite Adémar.

Pour les jaunes, on peut utiliser des feuilles de bouleau, hêtre, robinier ou frêne. Pour les violets, certains bois, santal, pernambouc du Brésil, campêche du Mexique. Les rouges, vous les connaissez par la garance des teinturiers, cultivée en Europe depuis des siècles. Avec les galles, Alep ou chêne, on obtient des noirs profonds, des bruns, des bleus. Je suis en train de rédiger un livre sur le sujet. Vous comprendrez par conséquent que mon objet préféré soit le mortier de ma tisaneuse de grand-mère ! Une façon de faire vivre sa mémoire. On ne produit pas des encres. On les met au monde parce qu'avec, on peut calligraphier la vie !

Vous pratiquez la calligraphie ? De cet art de son Japon natal, mon père m'a fait retenir ces deux mots : minutie et concentration.

Oui, calame de roseau ou plume d'oie sont des outils qui me parlent, Aika, et votre père a complètement raison. Quand l'écriture se pose en latin, hébraïque, chinois ou arabe avec l'encre du cœur de la terre, elle inscrit d'abord en vous une grande humilité. C'est un pont entre tous les savoirs et les peuples. Elle rappelle, comme l'a souligné Assan, que nous sommes des roses des sables, infiniment fragiles, que seul l'amour peut sauver.

Ai-je vu Adémar tressaillir ?
Ai-je aperçu son armure se fendre ?
Ai-je posé mon regard sur Aika
avec minutie et concentration ?
Aika que j'ai tenue dans mes bras.
L'ai-je désirée durant cette suspension d'air ?
Silence en tréfonds où chacun palpe son propre idéogramme.
Désir soudain qui me froisse.
D'une pureté absolue.
Comme la nuit noire constellée d'étoiles.
Le froid qui saisit puis engourdit.
La vague qui glisse sur les dorsales.
Je me perds.
Je n'ai jamais désiré une femme ainsi.
Entre charme et apaisement.
Une nuit à Montmartre, j'ai été envoûté.
Une nuit à la Chamblaie,
une nuit peuplée de voix, de questions,
je ne veux que m'effacer.
Laisser Marjorie se filigraner.
Amélie s'effilocher.
Victoria s'obscurcir.
Aika... s'imprimer ?
Je croise le regard d'Adémar.

Peur que mon trouble n'ait été perçu.
Lui aussi a ressenti un décryptage.

Moi, c'est ma propre calligraphie qui s'effrite. Un corps de craquelures. Un porte manteau où pendouillent des créations somptueuses que je serai souvent la seule à revêtir. Je garde avec moi cette paire de jumelles en nacre et bois de rose.

Aika sort de sa poche un petit étui qu'elle pose à côté de son assiette.

Cadeau de mon père pour mes vingt ans. Indispensable pour traquer le mystère du kabuki. Cette faribole de costumes et de grimages. L'intensité croissante tout au long de la journée de représentation. L'apothéose dramaturgique du dernier acte. Cette confrontation entre onnagata, personnages féminins, mais, faut-il le souligner, joués par des hommes, tachiyaku, héros masculins, et katakiyaku, ordures maléfiques. Une mise à mort. Qui rejoint, à peu de chose près, celle qui se joue sur nos podiums où mannequins de cire, interdites de sourire, nous défilons… Des jumelles de théâtre ! Pour scruter ceux qui me scrutent.

Idriss murmure : Aika, il faut écrire cela.

Olya : Le calligraphier. En faire un poème.

Karl : Le jouer.

Henriette : Et pourquoi pas une fin heureuse ?

Candice : Je rejoins Henriette. On en a soupé, de la mort et de ses menaces !

Et vous, GD, vous ne dites rien ?

Je refuse de rendre mon trouble perceptible.

Je crois qu'avant d'écrire, il faut, comme Idriss, vouloir prendre son temps. Admirer la couleur de l'encre. Peut-être est-ce la profondeur d'une teinte qui ouvre notre imaginaire et permet que les choses s'emboîtent sans heurt. La puissance d'un vert instinct, d'un blanc de neige.

On ne pourrait pas essayer d'en fabriquer avec vous, Henriette? demande Olya.

Je me tourne vers Adémar.

Ma foi, une seule direction possible: le parc. Un atelier travaux manuels le mercredi après-midi, ça parle à tous! Je suivrai de loin, Henriette, votre périple avec ceux qui ont envie de vous accompagner. D'autres contingences m'appellent. Je vous laisse les clés de mon éden. Je sais qu'il sera choyé.

Adémar, avoir son mortier ne signifie pas avoir le matériel adéquat. Je n'ai ni papier, ni…

Le matériel adéquat, ça se pêche! Demain matin, excursion récupération de matos à Quimper! tonne Nathanaël. GD, tu assures?

OK!

Je peux assurer, moi aussi! J'ai ma voiture.

Étrange revirement de situation, où Candice se rend disponible.

La table est débarrassée en deux temps, trois mouvements. Nathanaël dispose sa soupe de fraises, sorbet à la violette, chantilly vanille.

Assan, perplexe, hésite à plonger sa cuillère.

Vous n'aimez pas les fraises? s'inquiète Nathanaël.

Je sonde la profondeur du rouge. Je me demande si c'est ma couleur!

.57.

À mi-parcours de la semaine, mon gratte-ciel s'effondre. Étage après étage. L'euphorie de ce projet architectural, l'allégresse à découvrir Marjorie, chemin de vie renouvelé à l'ombre de cette singulière amitié, tout ça, balayés. Par quatre lettres et une paire de jumelles. Juste retour des choses. Après tout, j'ai commencé le premier en l'observant au travers de deux loupes.

Quatre lettres.

A de...
Je ne peux penser ce mot.
Il ne signifie rien
lorsqu'il n'est pas partagé.
I de Inconnu
K de Kabuki
A de Attente.
Géométrie indécise.
Répétition immuable.
Pénétrer dans son théâtre.
Calligraphier ma matrice sur son corps.
Maintenir les ombres à distance.

Théâtre.
Conte.
Pantomime.
Pouvoir magique des cabanes.
De l'océan qui les dilate.

Ne rien initier.
Ne pas
Replonger.
Se détruire.
Blesser.

Je lave la vaisselle, la range dans des caisses. La baie grande ouverte laisse la cacophonie des vagues se briser. Tenir encore trois jours. Samedi, ces lettres ne seront plus rien : une silhouette entre deux continents. J'ai le plus grand mal à remettre de l'ordre dans la Canadienne. Dans ma tête. Je dois rentrer au Four. Demain, la journée sera compliquée : Quimper, magasin de beaux-arts et virée botanique. Assurer seul le service. Erwan est absent le mercredi. Dormir. Dormir. Ou jeter sur le papier l'équation à deux inconnues qui me tourmente. Puis l'effacer d'un coup de gomme. J'attrape mon pull. J'ai froid dans le courant d'air de la porte. Un tour de clé. Je dévale l'escalier. Lampe torche.

Elle est assise.
Sous les étoiles.
Au bas des marches.
Au loin, seule la 47 est encore allumée.
Candice doit écouter *La Traviata*.
Au plus profond d'elle-même.

Je peux dormir avec vous ?

Je dois répondre non.

Je ne dors pas sur place. Je rentre au Four. J'ai prêté ma cabane à Assan.

Elle rit à cause de la rime.

Je viens.

Non. Non. Non.

Je ne l'ai pas prononcé, ce refus.

Nous traversons la forêt-jardin.

Raccourci interminable
dans nos respirations conjointes.

Je chevauche Alfred. Elle s'installe. Je lui tends mon bonnet d'aviateur. Elle l'attache sur ses longs cheveux. Accélération. Phare qui balaie au ras de l'asphalte. Terre-pleins. Intersections en hameau. Lampadaire en berne. Brise fraîche. Nuit claire.

Je stoppe le moteur.

Adémar veille dans la chambre de façonnage.

Je lui fais signe d'être silencieuse.

Nous grimpons.

Pointe des pieds. Gamins en faute.

Je m'allonge. Elle se colle contre moi.

Dans sa robe serrée à la taille.

Elle a ôté les jumelles de sa poche.

Sa ceinture, ses ballerines.

Elle s'endort.

Ses cheveux sentent la pierre humide.

C'est moi qui remonte la couverture.

Je fais le vide. Fixe la croisée.

Que vais-je contempler demain matin ?

Des circonvolutions de mandalas ?
Je sombre.
Ciel gris pâle. Au loin, un bruit de moteur.
Je me suis rendormi
dans la chaleur de son corps parfait.
Adémar nous a quittés dans le brouillard de la nuit.
Le réveil sonne.
Je ne serai pas en retard.

.58.

J'ai dû la réveiller. Lumière opaque. Le soleil hésite à percer dans un ciel de lait. Elle me fait remarquer la douceur du jour qui se lève. Elle aime le mercredi, ce jour français, le jour des enfants. Elle s'excuse d'avoir dormi dans mes bras. Dans la vie d'avant, elle dormait parfois avec son petit frère, Daisuke.

Une habitude que je dois perdre. Il a eu vingt ans, le mois dernier.

Pourquoi, si cela vous apaise ?

Elle me demande de continuer de nous vouvoyer. Le vous, cette distance qui l'empêcherait d'inscrire dans notre conversation plus qu'il n'y a à inscrire. J'ai acquiescé, bien obligé. Dérouter mon esprit vers une relation amicale ? Comme avec Marjorie. Je sais bien que non. Elle boit son thé. Elle raconte. Leur entente. Leurs chamailleries. Leur manière de se demander pardon, un rite, deux chevaliers sous un cerisier. Leur capacité à intervertir les rôles grâce au kabuki, leur facilité à verbaliser ce qu'ils éprouvent, pour permuter leur regard sur le monde, mais ça ne fonctionne pas toujours… Nous poursuivons la conversation dans la DS, les croissants chauds sur ses genoux. Je lui confie que j'aurais voulu avoir des rapports moins terre à terre avec Delphie, mais que j'étais secret, obstinément accroché à l'univers que je décomptais, à cette fascination pour la résolution des équations, et que ma facilité scolaire face à son désintérêt pour ce qui me passionnait nous a séparés, sa jalousie caractérielle ayant renforcé mon ancrage dans la solitude. Elle a hâte d'arpenter le parc et de calligraphier avec les encres d'Henriette. Elle a appris ce langage avec son père, les kanjis, et les symboles phonétiques, hiraganas, katakanas ; et avec sa mère, les majuscules cursives, si aristocratiques. Mais elle maîtrise déjà ce qu'elle tracera. « La contemplation, c'est être soi devant la mer. SOI en majuscules cursives sur la dune ou dans un jardin enchanteur. Elle nous charpente. » J'aime son mot : charpenter. C'est un mot de montagne, un mot d'architecte. En réponse, j'ai cette phrase maladroite : « Être soi avec les autres. » Dès notre retour, elle s'échappe, discrète, vers la 37.

Je conduis à Quimper, Henriette, Aika et Candice, toutes masquées, avec leur autorisation de sortie. Impression d'être le directeur d'un sanatorium ! Les jumelles sont restées à la 77, des lectures en cours, mais Olya viendra cette après-midi tester sa capacité à colorier. Guy s'est joint à nous. Il ressent un irrépressible besoin de bouger. « La route, ma patrie. Trop de contemplation tue la contemplation ! Je ne suis pas de taille à laisser le bourdon m'envahir. » Il prendra le volant au retour. À l'arrière, Henriette, au téléphone, prépare une drôle de commande. Le commerçant contacté a pu rester ouvert grâce à ses cartouches d'imprimantes : le sulfate de fer, le carbonate de potassium ou la gomme arabique n'ont pas l'estampille « biens essentiels ». Lorsqu'un produit est manquant, elle assène : « Il faudra faire avec. D'un raté surgit toujours une découverte. » Les plantes lui ont appris la patience. Pour les supports, je les entraîne chez un papetier qui décline plusieurs gammes de papier artisanal et en élabore quelques-unes. Henriette discute avant de faire son choix. Aika fait sien un rouleau. Guy tend l'oreille, captivé par les explications de ce créateur qui travaille la matière végétale et partage son tourment d'avoir dû fermer son magasin. Guy connaît ce tourment, et sa compassion est sincère. Cette rencontre le remue et le renvoie à l'œuvre de son père, à éteindre ou à pérenniser ? Il s'en ouvre à nous, persuadé que les billets de train sur l'établi n'étaient pas là par hasard, que ce dernier l'a envoyé à la 57 pour le placer face à ses choix. Aika lui suggère que rien ne l'empêche de faire les deux ; qu'être marionnettiste, c'est avant tout voyager et faire voyager ; qu'il a raison de réfléchir ; Henriette, qu'il doit en discuter avec le collègue de son père, vaincre ses peurs de ne pas être à la hauteur. « Si tu ne tentes rien maintenant, ce n'est pas lorsque la maladie ou une autre épreuve t'aura frappé que tu pourras le faire. Ce covid nous le rappelle. Il est temps d'être porteur de projets qui embellissent la terre. Qu'aurait voulu ton père, selon toi ? Tu sais, les racines de pissenlit, ce n'est pas si mauvais. Parole de botaniste ! » Nous rions. Nous écrasons les menaces avec du papier, des encres, et nos encouragements. Candice, elle, s'est esquivée, à nouveau fuyante.

Lorsque nous la retrouvons, elle a commandé des cafés et des tortillons au chorizo. Pour moi, un latte macchiato à la cannelle. Les autres n'ont droit qu'à des expressos allongés. Henriette plaisante :

Candice, vous vous êtes procuré une fiche sur notre hôte ?

Elle a soudoyé Adémar, suspecte Guy.

Ça se pourrait bien ! Pourtant, sur ce coup-là, il se sera trompé. Je vous remercie Candice, mais je n'aime pas la cannelle. Je vais opter pour un allongé. Si quelqu'un veut le latte ?

Je prends, soupire d'aise Henriette.

À quoi joue Candice ? D'où tient-elle qu'à Londres, je commandais chaque matin cette boisson que j'avalais sur le chemin de l'agence ? Je préfère couper court à ces supputations. Elles m'entraîneraient là où je refuse d'aller.

.59.

Assan m'attend à la Canadienne. Nathanaël lui tient compagnie. Intrigué par la passion de Guy pour Kessel, ce dernier se délecte d'avoir déniché *Belle de jour* parmi les coups de cœur de Marjorie : il le feuillète, picorant des passages à la volée qu'il lit à voix haute en faisant les cent pas. Nous sommes en retard. Assan, l'air embêté, me harponne à la seconde.

Te voilà ! Madame la maire est passée. J'ai appelé Adémar. Plusieurs fois. Et toi, pareil. Elle t'attend cette après-midi entre deux et quatre à sa permanence.

Ah, merde ! Tôt ou tard, ça allait nous rattraper !

Je tente de joindre Adémar. Silence radio.

Tu peux me remplacer cette aprèm ? Henriette se débrouillera très bien dans le parc, c'est dans son élément. Là, je dois passer au Four voir si Adémar y travaille. Sa présence à mes côtés est indispensable.

Aucun souci, fils, j'suis là !

Nathanaël lâche son livre et s'approche :

Des entourloupades ?

Disons des complications.

Je t'accompagne. Pas tant envie que ça de bouquiner ! Si jamais Adémar est introuvable, on gérera ensemble. Jamais seul au milieu de ton Atlantique, je t'lai dit ! Ce n'est pas un élu de la République qui va me chatouiller. Surtout en ce moment.

Nathanaël m'inspire confiance. Sur le trajet, je lui explique notre situation, l'aversion d'Adémar pour l'administratif, mon manque de temps, et, soyons honnête, ma flemme à gérer, en plus du reste, un dossier qui ne me paraissait pas si complexe. Adémar a travaillé dur ces derniers mois, de longues heures reclus dans son atelier. Il n'y a guère que lors de nos virées dans la forêt-jardin ou au potager que je l'ai senti reprendre un semblant d'oxygène. Je me suis parfois inquiété de sa santé. Et si le deuil récent de son frère au Canada l'a affecté, il n'en a rien laissé paraître : raison supplémentaire de ne pas le tourmenter. Conséquence, nous sommes dans l'illégalité.

C'est peut-être simplement un ras-le-bol ! Au-delà de celui du covid qui nous a tous plongé le moral dans le caniveau, une bonne grosse nausée pour toutes ces réglementations. Tu sais, si je n'avais pas ma Philippine et un conseil juridique, je n'y verrais pas clair dans le bouillon, et je ne pourrais pas être derrière mes fourneaux. Sans compter qu'on est allés s'enferrer à ouvrir un restaurant à Londres, quand la deuxième étoile a été confirmée ! Péché d'orgueil ! Et que le Brexit nous est tombé sur la tronche ! Votre situation me rappelle celle des paillotes. T'inquiète. Ça va se résoudre. Et ça prendra tellement de temps, vu les lenteurs de l'administration, que dans l'intermède t'auras eu le temps d'élever la marmaille !

Le ton de Nathanaël a changé. Intimiste, moins fleuri. Il me rend la confiance qu'il m'inspire.

Pour ça, faudrait d'abord avoir une moitié.

Je parlais de tes cabanes ! Partout sur la planète dans des endroits de dingues. Tu tiens une idée en or, tu t'en rends compte au moins ? Quant à la marmaille, la vraie, c'est comme un jus de fèves à monter au frémissement, ça s'apprend !

Vous avez des enfants ?

Oui, trois filles. Pas intéressées par le panais. Mes enfants, c'est aussi la brigade de mon restaurant. Les filous que je forme et qui me le rendent bien.

Pourquoi filous ?

Parce qu'il faut les mettre au garde-à-vous pour que tout s'insère au poil, et que c'est plus trop dans l'air du temps. Derrière les fourneaux, la discipline, ça ne se discute pas ! Gain de temps, organisation et partage millimétré des tâches pour une belle complémentarité. C'est la mayonnaise qui fait tenir l'ensemble !

Où se situe votre restaurant dans Londres ?

Marylebone Road près de Regent's Park. Non loin du planétarium. Tu connais Londres ?

J'y ai travaillé quatre ans.

Notre conversation s'oriente sur la capitale anglaise, réveille mes déambulations du dimanche, au Design Museum, du côté de la British Library ou dans Hyde Park, sas de décompression : enrayer la solitude, cette envie d'y promener un chien comme les flâneurs croisés. Est-ce l'écoute attentive de Nathanaël ? La remise en cause récente de ses acquis ? Son empressement à me donner un coup de main ? Il n'y a plus d'amertume en moi à évoquer ces années où j'ai dû affronter la pourriture humaine.

Le Four est désert.

Pas de trace d'Adémar.

Direction la mairie.

.60.

Adémar ne vous accompagne pas ?

Non, je suis désolé, madame la maire. Il est retenu par une urgence.

Nous sommes arrivés en même temps. À l'entrée de son bureau, elle a ôté ses bottes de pluie et passé une paire de mocassins. Elle jette sa veste en velours sur le dos de sa chaise et relève les manches de sa chemise d'homme avant de s'asseoir. Replète, cheveux courts cendrés, tabagie active, elle ne s'encombre pas de nous demander si la fumée nous dérange. Elle en profite pour ôter son masque : fenêtre entrouverte, cela lui suffit pour chasser les virus. Plutôt bon signe, elle n'est peut-être pas trop tatillonne. Je me présente, un peu tendu. Nathanaël dépose devant elle sa carte de visite.

Nathanaël Ricsin, La Voile d'Or à Cassis, un restaurant à quelques encablures du port. Deux étoiles au Michelin. Vous connaissez certainement les calanques, en tant que maire d'une commune touristique ? Nous avons en commun le pavillon bleu.

Il a entamé la discussion avec un bagout bien acéré, et plus policé que ce à quoi je pouvais m'attendre. Seul l'accent chante encore. Il est capable de se montrer on ne peut plus sérieux et de mettre ses galéjades au rebut lorsque la situation l'exige. Il en impose. Madame la maire saisit sa carte. Elle, elle n'a pas l'air bien commode. On ne la lui fait pas. Elle aime jouer serré.

Non, malheureusement, je ne suis jamais allée visiter les calanques. Vous êtes en vacances dans le coin ?

Dès que cette infortune sera derrière nous, je serai heureux de vous y accueillir. Le restaurant dispose de quelques chambres et d'une piscine. Et pour répondre à votre question, non, je ne suis pas en vacances. Mon établissement est à l'arrêt comme pour tous mes confrères. Ce qui représente un manque à gagner conséquent pour nous et pour nos communes. Ami de longue date d'Adémar, je suis en déplacement professionnel à la Mama Bear Lodge. Tout devant disparaître en fin de saison, nous réfléchissons aux critères de la restauration sur place : produits d'excellence, bio, du terroir, mais surtout, à l'image de ce qui a été réalisé sur le site, *up-cycling*. Démarche écoresponsable, la clé de notre avenir, pas vrai ?

Il se fait bluffeur de première catégorie : ma nervosité s'envole. Ou peut-être est-il rompu à l'exercice pour sécuriser banquiers et partenaires ? Visiblement embarrassée, madame la maire se tourne vers moi.

Je comprends votre souci de vouloir le meilleur, et croyez-moi, je l'apprécie. Mais ici, nous sommes une petite commune dépendante d'une agglomération. On ne peut pas faire n'importe quoi, n'importe comment ! Vous n'auriez pas dû ouvrir sans m'informer de la date, même si les déclarations de travaux ont toutes été enregistrées et qu'elles n'excèdent pas les six mois de présence réglementaires.

Elle attrape sur une console plusieurs pochettes d'où dépassent les plans de mes cabanes, des photos, formulaires, courriers.

Encore que votre offre soit un peu compliquée à gérer, puisque la plage sur laquelle elle est implantée ne fait pas partie du domaine public et qu'avec Adémar, nous essayons par tous les bouts de lui permettre une implantation pérenne. En saison s'entend !

Adémar a assuré nos arrières. Je suis si surpris de ma méprise que j'en bafouille :

C'est un… C'est un round d'essais.

C'est d'autant plus un round d'essais que je suis dans l'obligation de vous ordonner de fermer parce que je n'ai pas obtenu l'autorisation d'ouverture. Et cela uniquement à cause des retards liés au covid.

Elle m'énumère un certain nombre de décrets passés par la cellule de crise préfectorale qui gère le virus.

Je dois fixer avec vous le rendez-vous pour que la commission de sécurité fasse son inspection.

Rebelote pour une salve d'arrêtés. Pour lui prouver que je maîtrise à la perfection ce qu'elle vient de me citer, je pourrais lui dérouler mon CV, il servirait enfin à quelque chose : bac à seize ans, ENSA Belleville, mention spéciale du jury, doctorat en droit immobilier, diplôme d'AgroParisTech en innovation dans les systèmes techniques végétaux, mes prix d'excellence reçus à l'agence pour Atlanta et Copenhague, mais à quoi bon ? J'ai volontairement mis tout ça sous le tapis pendant quatre ans. Et ce qui me scotche là, c'est l'investissement d'Adémar : cet homme est un homme de parole. Sa discrétion me laisse pantois. Nous formons plus qu'une équipe. Je lui assure que je me tiens à sa disposition.

J'espère bien, parce que je suis persuadée que votre projet ne peut que promouvoir la commune et la région, et qu'il est une manière très astucieuse de valoriser ce parc que les ascendants d'Adémar lui ont légué. Des années que je tente en vain de lui faire ouvrir son royaume, de le faire classer comme jardin remarquable. Mais c'est une tête de mule ! Et là où je m'en vais lui passer un savon, c'est sur la cabane-pilotis à l'entrée de la dune qui, elle, n'a pas l'air démontable et pour laquelle je n'ai aucun dossier. Vous pouvez m'expliquer ?

Nathanaël me devance.

Il s'agit de la cabane d'accueil du lodge. Adémar vous prie de l'excuser. Son frère est décédé du covid au Canada, ce qui a entraîné pour lui un surcroît de démarches. Il va bien entendu régulariser la situation.

Ah, je n'étais pas au courant. Quelle tristesse ! Son frère était… d'une incomparable force d'âme. Il aurait dû m'appeler. Enfin, c'est Adémar. Mais là, on parle d'un permis de construire ! J'espère qu'on pourra régulariser.

Est-ce que vous avez une idée de la date à laquelle nous pourrons envisager une réouverture ?

Elle lève les bras au ciel.

Qui pourrait le dire ? C'est la panique à la préfecture. Mais vous pouvez être assurés que je fais tout pour. Je vous laisse la fin de semaine. Vous n'allez pas mettre vos visiteurs dehors.

Nous fixons le rendez-vous où je lui ferai les honneurs du site. Je m'engage à joindre toutes les commissions de la planète nécessaires au maintien de notre entreprise. Ça tripe à l'intérieur, je reconnais cette lame de fond, adrénaline de la dernière chance, force du combat, de l'argumentation. L'entretien se termine. Lorsque nous sommes sur le point de sortir, elle lance :

Votre projet est une chance. Profiter du littoral sans l'abîmer, ce devrait être l'affaire de tous, bien au-delà du Conservatoire.

Si les terres d'Adémar n'ont pas été préemptées, c'est uniquement grâce au parc. Et c'est sans doute mieux ainsi. La nature a pu s'étoffer, conserver sa diversité. Maintenant, il pourrait constituer une exceptionnelle opportunité afin que les générations futures étudient et comprennent les écosystèmes. Parlez-lui-en. Sa coursive avec des jumelles pour l'observation des gravelots !

J'abaisse la poignée.

Il y a cependant une chose qui me chiffonne. C'est le nom de votre éden. Ce terrain porte le joli patronyme de La Chamblaie, et c'est ainsi qu'il est toujours cadastré. Pourquoi en changer ? Surtout si c'est pour souscrire à la mode anglo-saxonne… Jamais vu qu'il se balade des ours sur le terrain de la Chamblaie. Maintenant, avec ce virus, les cerveaux sont un peu détraqués, pas vrai ? Et Adémar a toujours été sacrément cachottier !

Sur le parking, je ne peux m'empêcher de tester Nathanaël :

Si je te le demandais, tu me les ferais ces paniers-repas ? Je sens Adémar un peu débordé. Cuisinier, ce n'est pas son métier. Bien qu'il soit cordon-bleu !

Peuchère, évidemment ! Mais… sans poisson !

Un petit brochet tout de même, de temps en temps ? Pour nos ours.

Si c'est pour nos ours !

67
La Norvégienne
Karl

Rencontrer cette jeune femme, Idriss, est l'occasion d'une remise en question providentielle. Fine, intuitive, idéaliste… C'est si rare, de nos jours, une gamine à l'écoute de l'adulte. Surtout d'un adulte périmé comme moi ! Avec mes étudiants, je n'obtiens plus cette qualité de perception, cette envie d'approfondir. Ils sont pour la plupart gorgés d'incantations parcourues sur le net, qui ne présentent rien de commun avec une quelconque réflexion liée à la lecture d'opinions contradictoires. Bien sûr, ils ignorent du haut de leur jeunesse qu'il faut une vie d'expériences et d'échecs pour être capable, non de savoir, mais de poser la question judicieuse. Je souhaiterais tant qu'ils puissent jouer cette partie de ping-pong qui aguerrit les esprits curieux et fabrique les philosophes de demain, joutes verbales qui font avancer la pensée humaine. À leur décharge, le cours en distanciel les a déboussolés et c'est heureux. Ils ont saisi l'importance du tactile, de la voix, des corps, qui n'ont pas dit leurs derniers mots !

Assurément, Idriss possède ce tempérament littéraire. Elle est prête à se battre avec l'amplitude du sens, cet affûtage qui polit le débat. Pourtant, la forme de son propos communique une certaine évanescence. Parfois elle suspend sa verbalisation, elle est ailleurs quelques secondes, puis elle revient à la conversation... C'est drôle, sa perplexité naturelle irait comme un gant à mon acteur...

Je lui ai confié une copie de la pièce. Décidément, les femmes me sont indispensables ! Elle m'en a livré une lecture aérienne et puissante. Cela m'a remué. À travers ce monologue, je sens son amour éperdu du théâtre, de ce positionnement du corps, de cette réplique qui doit claquer à l'instant T, signification et sonorité, cette perfection qui s'encastre en un échange vif, rebondissant de spectateur en spectateur. Elle m'ouvre des possibilités en révélant le pendant féminin de l'œuvre. Elle soutient qu'une interprète apporterait plus de sensualité, de fougue, une tessiture proche de la soprano, murmurante, doucereuse, puis aiguë. Quand un interprète, lui, apporterait une densité tout autre : haute-contre puis basse. Entre les deux, du contraste. Elle me suggère d'alterner : un soir une actrice sur scène, un soir, un acteur. Que ce serait vraiment novateur !

Je pointe ses remarques. Leur justesse. Et à la suite de nos échanges, une question me vient à l'esprit. Quel est le son du ciel ? Quel est le son de ce seul écrin qui contient le vent ? Elle me défriche une voie pour affiner et ma direction d'acteur et mon décor. Le vent propose tant de tonalités : il siffle, soupire, couine, glapit, grince, feule, rugit, hurle, stridule, gémit, pleure, gronde, grogne, brame, susurre... On peut jouer sur chacune de ces partitions pour le positionnement de la voix qui après tout n'est que de l'air qui vibre, donc du vent ! Identiquement, la mer parle, expulse un phrasé. Mais le ciel ? Son absence de son se fige au cœur de mon idée de contemplation. Personnaliser le vent sur scène. Ou rien. Épure. Je reste indécis. Quand LE déclic va-t-il se produire ?

Et puis la vie, si simple, lorsqu'il suffit de se baisser pour la cueillir. Assan, dont j'apprécie la tonalité de son « i » qu'on croirait qu'il va poser un accent circonflexe sur une étoile, vient à notre rencontre, nous écoute « réciter », et, face à la mer, a soudain cette réplique : « Le vent nous déplace plus que nos jambes. Lui donner vie sur scène ne se fait pas avec un décor, mais avec une simple djellaba de Touaregs. Quand le vent souffle, la toile vole. Quand le vent assèche, la toile colle. Et les Touaregs, c'est bien connu, sont les hommes les plus libres du monde. »

Je viens de poser cette clé sur le papier ! Le covid m'aura rendu sourd. Il m'est urgent de rebrancher mon acoustique intérieure. Qui passe par celle des autres. Alors, j'ai griffonné ceci en sus :
« Il me reste quelques heures entre Idriss et sable. Pour dégoter le moyen d'accorder à mes étudiants une confiance renouvelée, les excaver de la sidération. Réinventer ma relation avec eux malgré l'écran, la régénérer, les encourager, les aimer ! Et être honnête, non ? Rendre ce qui lui appartient à qui de droit. »

77
La Polonaise
Olya

On aurait dû se séparer avant de se planter sur
cette plage et sa forêt de *Petit Poucet*.
Se « désiamoiser » d'office à la remise de peine,
se serrer la main devant la porte du Grand Central
en se souhaitant bonne chance. Je ne sais vraiment
pas pourquoi je me suis enterrée dans ce paradis.
Quant à Idriss, elle file un mauvais coton. Elle est
de plus en plus amoureuse. Non de Karl Pebst,
mais de son texte ! Elle contemple son génie
plus que la mer ! Elle a rompu le contrat :
elle m'en lit des passages. Pour sa défense,
c'est sublime. Et je suis jalouse. Elle se sent proche
de ce personnage obsédé par sa recherche venteuse.
Moi, je ne me sens rien du tout. Et pourtant,
j'en brasse de l'air. J'en fais de la provoc'.
Et je ne fais que me singer. Dans notre duo,
je suis l'extravertie, elle est l'effacée.
Sommes-nous en train d'intervertir les rôles ?

Je nage, je respire en grand large.
Ça me donne des démangeaisons au bout des
orteils.

Parcourir l'amour. En sonder les chemins et les mirages.

J'ai affirmé à Idriss que si je pouvais me barrer, ce ne serait pas dans le vent, mais dans la lune : j'écrirais un polar cosmique. Flinguer des bonhommes bleus et verts. Elle m'a répondu : « Chiche ! » Mais je ne veux pas écrire. Ni me voir coincée à vie derrière un bureau de prof. Je veux prendre la route. Aimer. Aimer les familles crasseuses, déracinées, les montagnes cassées, les fleuves débordants, les terrasses éboulées, les déserts acrobatiques, les couchers de soleil qui enflamment toujours la terre, au-delà des météos endommagées. Globe-trotter. Rapporter dans ma besace, les femmes qui soutiennent le monde et le façonnent avec leurs colonies d'hommes bleus et verts. Ou rouges ou jaunes. Ou zèbre. Ou ambre.

Mais depuis cette aprèm et cette balade iconique dans la forêt des songes, il se pourrait que j'en aie trouvé une de route, et un début de réponse.

Guy a l'asphalte imprimé sous le scalp et dans ses buissons, bien des histoires d'hommes bleus et verts à raconter. Qu'il planque.

27
La Bretonne
Nathanaël

Voilà ma Philippine, tu m'as envoyé ici pour que j'arrête de m'emmêler les boyaux du cerveau et c'est raté ! Je suis un homme de fourneaux qui ne sait rien faire d'autre. Un homme des aurores qui se lève pour tirer profit du fruit de la terre que d'autres ont ensemencé et récolté. Et qui n'est pas dupe ! Avec les étoiles, faut tout le temps innover !

À absorber de la lumière, le popotin sur cette plage, à me triturer sur le crocus et son pistil safrané, sur la bourrache et son goût iodé qui pourrait remplacer l'huître et le concombre, je finis par situer ce que je peux apporter de neuf au métier. Ça va t'étonner ! T'as voulu que j'observe ! Les changements de ciel, y a que ça ici ! La mer galope pour finir comme nous tous à retourner au point de départ. Ça me chamboule mon horloge interne. La lumière de notre Midi est écrasante, elle manque de subtilité à tout nous balayer dans les mirettes. Mais celle d'ici ne se laisse pas agripper comme ça. Elle joue à cache-cache.

Et à faire vibrionner tout le tintouin des émotions. Stratosphérique, sa gigue à me flanquer la niargoule, quand le vent s'y met aussi...

C'est peut-être elle, la lumière d'ici, plus que les merveilles du potager d'Adémar, qui m'a soufflé cette folie de révolutionner ma manière de travailler un plat. Et surtout les ingrédients ! Oui. Un vent de lumière dans mes assiettes. Me focaliser sur une base de dégradés de goûts, fumets voilés en fond, palais plus neutre à l'approche pour que ça palpite au fur et à mesure, intensité crescendo, et *un* élément qui viendrait éclairer la totalité des sensations en bouche. Cet inaccessible, il me le faut ! C'est ma liberté qui se raccorde. Sortir des radasses rebattues, défricher des saveurs inconnues, sublimer en sobriété. Pas une cuisine qui superpose, non ! Une cuisine monochrome qui surprend ! Et galvanise.

Philippine ne m'en veut pas, mais je ne déconnais pas quand j'ai affirmé à GD que j'allais lui préparer ses paniers-repas. Ce jeune est tellement inventif, tu verrais ses cabanes ! Sa façon de capter les gens avec son acolyte Adémar me semble être l'aubaine d'une vie que je ne peux pas laisser filer. De ces amitiés qui ne s'éteignent plus, ces tyroliennes qui se cramponnent entre les affinités. La volonté de ne maîtriser aucun risque parce qu'on les prend tous !

Soraya, tu vas à la seconde ricocher sur cette fable de lumière ! Tu sauras avec moi ce que ce concept peut dévider dans nos mets. On va commencer par élaborer les paniers-repas pour GD. Puis naîtront nos compositions, des milliers, légumes, fruits, fleurs, épices. La lumière, la nouvelle âme de La Voile d'Or ! On n'aura jamais si bien porté notre nom !

37

La Marseillaise

Aika

Henriette est une magicienne ! C'était comme si le parc était tatoué en elle et qu'il était d'accord pour lui partager ses secrets. Parce qu'elle seule était capable de capter la voix des arbres ! Elle a affirmé que les arbres en avaient une, un bruissement imperceptible et qu'il faut pénétrer dans un espace végétalisé avec les oreilles aux aguets. Guy semblait sous hypnose. C'est un homme gentil, Guy, simple et essentiel. Des hommes comme lui, il ne devrait y avoir que ça, honnêtes du cœur et désireux de s'instruire sur l'autre, ne pas chercher plus loin. Je pensais qu'il nous avait accompagnées parce qu'il s'ennuyait. Pas du tout. Il posait des tas de questions et s'est excusé. Henriette l'a mis en confiance : « Il n'y a pas de questions bêtes. Il n'y a que des gens qui cherchent des réponses. »

Elle savait reconnaître chaque espèce et, quand elle hésitait, elle l'ébauchait sur son carnet. « Je vérifierai ! » Elle nous a expliqué comment ne pas blesser la plante, nous a plongés dans le silence pour saisir les sons : végétation, oiseaux, animaux. Suspendus au-dessus de la vie... alors qu'on s'enfonçait en son cœur. À la fois écho de nos palpitations personnelles et habité par autre : derrière la dune, le grondement permanent d'un paysage liquide. Venteux. Impalpable. Lorsqu'elle m'a demandé ce que j'en pensais, j'ai répondu que chaque plante était un vêtement de la nature et qu'on ne pouvait pas la déshabiller impunément, au risque d'en briser l'harmonie. Comme pour une femme. Que si la nature était silencieuse, elle n'en pensait pas moins et qu'elle se vengerait un jour. Olya a ajouté que mon idée du vêtement lui plaisait : elle y voyait une fable à écrire. Guy est resté muet. On lit de la tristesse dans son regard, de la tristesse mauve et bleue, sans fard. Olya voudrait bien lui peindre un regard joyeux, mais son trait de pinceau serait trop rapide pour que la joie puisse s'imprimer sur ses pommettes. Il faut être patient avec lui. Avec les encres aussi. Les essais ne sont pas toujours à la hauteur de nos espérances et le processus de transformation, mystérieux et différent d'un végétal à l'autre.

Nous avons extrait un jaune à partir du hêtre. Une clairière d'arbres de toute beauté d'une hauteur impressionnante. Des sentinelles de la mer, aux racines en croix, à l'écorce grise si lisse sous la paume. Et un rose presque brun à partir de baies de sureau mélangées à des boutons de rhododendrons orangés pour éclaircir. Je n'ai pas retenu le procédé. Olya l'a noté. Mais touiller comme une petite fille, qui écrase de la terre pour préparer un café à sa poupée, a réveillé en moi ce contact déterminant du toucher, de la caresse des tissus, me réconciliant pour un instant avec la main qui effleure sans penser à mal. J'ai enfoui profondément en moi la magie régénératrice d'Henriette, après le sommeil réparateur avec GD. Et c'est déjà beaucoup.

Ce matin, jeudi, le temps est à l'averse. Je me love dans cette matinée bruineuse, convulsive de rafales. Et voilà qu'Henriette allume un feu de soleil dans ma journée. Elle a déposé sur mon plateau de petit déjeuner deux godets et une carte. Une carte, il y en avait d'ailleurs une autre ! C'est le jour des cartes : les gens s'écrivent dans ce drôle d'hôtel. Sur la sienne, elle a crayonné : « Que la soie de votre pinceau réveille les âmes endormies ! » La veille, après nos tripatouillages, elle m'avait conseillé, si je désirais un effet plus velouté, de délayer les encres avec un peu d'eau lorsqu'elles seraient prêtes – les décoctions doivent reposer.

J'ai mixé le rose presque brun et le jaune moutarde pâle pour obtenir ma propre teinte. Et j'ai commencé à calligraphier mon prénom

en hirigana et kanji sur le rouleau de papier pulpe.
Aika.
M'écouter.
Puis je l'ai transcrit en cursive à l'anglaise.
M'écouter. Un peu plus.

Sur le côté droit du rouleau, j'ai repris. Lancé
au ciel, au vent, à l'océan, de nouveaux signes.
Le mot Akina est apparu. Si proche de mon prénom.
Tout compte fait, je dois aimer les métamorphoses.
Aika pour Akina.
Amour en japonais ?
Ou Fleur de printemps.
Ou Brillance.

Une porte s'entrebâille. Sur un monde étrange
et généreux. La calligraphie me souffle
des impromptus que j'ai décidé d'épingler.
Des soubresauts de forêts.

87
La Cirque-Ulaire
Henriette

J'ai retrouvé la forêt, *Qaaqa* ! Mais celle-ci n'est nulle part répertoriée et heureusement ! Image d'une nature idéale et merveilleuse ! Une forêt-jardin enchantée pleine de recoins et de surprises, une forêt-conte où des lutins plantent pour chérir, préserver, faire vivre et revivre, révéler la beauté et l'inattendu. Oh, Rosane, si tu savais ce bol d'air que je viens d'avaler ! De quoi oublier les tristesses de notre séparation et me convaincre que tu vas m'attendre, que ce péril ne traversera pas la grande mer pour te dévorer...

Je voudrais discuter avec Adémar. Lui livrer mes remarques puisqu'il m'a autorisée à lui en faire. Et elles ne seraient pas si nombreuses, tant les plantations sont pensées à l'équilibre pour le bien de la Terre-Mère. Mais si j'osais cette démarche, Rosane, si je parlais en privé avec Adémar, je crois que je pourrais tomber amoureuse de cet homme et de son bonnet d'aviateur ! Puisque tu me l'as seriné, qu'il me faut un homme capable de supporter ma révolte

devant la maltraitance infligée à la nature,
un homme capable de saisir ma folie à sauver
ne serait-ce qu'un pédoncule !

Pour autant, *Qaaqa*, j'ai partagé un peu de
notre sang de vie avec quelques personnes
qui m'accompagnent dans ce drôle de périple.
Nous avons cueilli pour peindre, et tu étais
avec nous. En leur enseignant la recette
du jaune-hêtre, toutes mes encres sont réapparues !
Elles appelaient de leurs vœux la rédaction
de ce grimoire que j'ai abandonnée, où la parure
végétale de la terre nous apprend à chatoyer
les parois de nos grottes ancestrales. Et celles
de nos murs contemporains, si souvent livrés
au repli.

Une jeune femme franco-japonaise a osé saisir
le pinceau. Elle répond au doux prénom d'Aika,
et si elle accepte de partager son travail de
calligraphe, j'en serais heureuse. J'ai pour ma part
passé la matinée à peindre des étiquettes à la
manière des enluminures. J'ai toujours un flacon
d'or avec moi : « de l'or dans les yeux, de l'or
dans les doigts », selon ton expression consacrée.

Voilà le mail que je t'enverrais si j'avais un
portable mais, comme tous les hôtes, je m'en suis
séparée et cette décision est la meilleure dans
cet espace-temps.

Ce matin, le délavé de mes encres ressemble à la mer qui se chafouine avec la pluie. Rien de bien grave ; de quoi préparer la venue de l'été quand toi, tu te chauffes au bois de Bahou. Je vais marcher sans capuche, chanter aux mouettes qu'un jour je volerai comme elles, que j'examinerai le monde de si haut que j'en oublierai qu'il peut être enlaidi par la main des hommes. Je vais déposer sur l'écharpe du vent une corbeille de baisers pour toi, ma Rosane. Tu les auras demain matin sur le sable de la baie des Citrons.

57
La Tonkinoise
Guy

Mercredi soir. De grandes bandes virent au noir au bout du paysage. Comme l'asphalte quand il commence à briller à cause des premières gouttes. Et ça loupe pas ! La pluie se pointe par paquets. Une pluie de printemps chargée de l'odeur des souvenirs. Dans mon casque, la pop mélancolique de Souchon.

La mer du Nord en hiver.
Sortait ses éléphants gris-vert.

Rafales qui cinglent le pare-brise. Sauf que je n'ai pas d'essuie-glaces. Bizarrement, je n'en ai pas besoin. Tout me paraît net. Ne plus entendre ta voix. Ne plus sentir ta main sur mon épaule. Ne plus me coller dans ton dos quand tu allumes le plafonnier de l'atelier. Le clic ronronnant de son interrupteur qu'il faut tourner d'un demi, ta fée électricité...

Être à deux endroits à la fois, papa, ça t'est déjà arrivé ? J'imagine que oui puisque tu es marionnettiste et que tu passes ta vie à raconter des histoires ! Je suis assis sur cette plage devant un horizon bouché, une nuit sans étoiles, à te parler. Libre. Comme dans mon camion. Avec cette envie de rouler sur la mer, de traverser l'échangeur entre l'océan et le ciel. Avec cette fichue impression que le voyage ne s'arrêtera jamais, que je vais continuer à rouler, rouler, parce que c'est improbable de faire le tour de la Terre avec ton planisphère minuscule dans mon cartable... Et en même temps, je tourne l'interrupteur, j'entends son clic bourdonnant, la lumière s'allume. Tu es devant ton établi. Tu tripotes les derniers paletots que Drine a cousus. Tu te retournes. Et c'est moi, papa, que je vois. Moi avec mon sourire quand je trace la route au soleil levant. Et c'est moi qui sculpte, sur ta boule de tête, les yeux d'un enfant. Un marmouflet qu'aime pas trop l'école, un copain de Guignol, un copain d'aventures autour du monde. Au prénom magnifique : Tipignon. Guignol et Tipignon, ça percute, non ?

Et c'est moi qui raconte aux mômes. Moi qui construis les décors. Heidelberg, la Bibliothèque palatine, ses milliers de planisphères, Lisbonne, son tramway jaune, Dubrovnik, ses remparts, sa mer turquoise qu'effacent les guerres.

Ça tripe devant cet océan qu'appartient à tous

et à personne. La baleine s'étouffe d'avaler
du plastique – j'entends les gosses crier beuuuurk !
Le volcan vomit sa colère – la peur dans leur
regard, hihi !! La forêt pleure ses arbres brûlés
– leur désarroi, oooh... Et patte-de-poule,
la plante d'Henriette qui entre en scène et gicle
son encre arc-en-ciel aux pouvoirs de guérison.
Ouuuf de soulagement.

Cet intervalle minime pour le bonheur.
Tu le leur accordais...

Et je reste là, comme un con, papa, à me laisser
tremper. De grosses larmes sous l'averse.
Des flonflons à la française. De fancy-fair à la fraise.
Un tipignon.

À me demander si nos bras peuvent résister
face à un jeu vidéo.

77
La Polonaise
Idriss

Olya file un mauvais coton. Jamais je ne l'ai sentie aussi proche de tout larguer. Ce confinement l'a chamboulée. Moi, je flotte au-dessus de la plage. Et je flippe à chaque seconde de me fracturer à l'atterrissage. Alors, je me pelotonne bien au fond de ce rêve éveillé. Jamais je n'aurais pensé rencontrer un tel texte et en prime son auteur-metteur en scène. GD débarque d'une autre sphère ! Il invente un paradis, bat les cartes de profils de vacanciers, et de son jeu de couleurs, tire rois et reines susceptibles de s'accorder. Cela étant, je ne lui parle pas trop. Ni aux autres. J'ai trop à faire avec Karl.

Je ne respire pas la mer, le vent, la dune ou la forêt qu'Olya est allée explorer. Je ne respire que les mots. Il m'a donné sa pièce à lire. Ce monologue est mon avenir ! Il contient tous les vents ; féminin-masculin, charnel, spirituel, intemporel. Ça bouillonne en moi et comme d'hab, personne n'en saura rien. Faux ! Je *la* bassine ! C'est Olya qui se tait et m'écoute. Et si les rôles s'inversaient ?

Plus je relis ces répliques, plus je veux écrire. Me confronter aux interprétations, illusions, opinions, obsessions. Ce personnage m'est obsessionnel ! Sa vision d'un amour éthéré et puissant. Je veux aussi me consacrer aux pensées et aux rêves : eux aussi sont du vent. Et la seule manière de les attraper et de les retenir, c'est de les traduire en paragraphes...

Idriss l'effacée devant Olya la lumineuse ? Plus trop sûre de le rester.
Monter sur scène ? Me dire à voix haute ?

Je me fous de tomber amoureuse. Les mots me suffisent. Je ne veux dépendre de personne. Et pourtant, Olya a raison, je suis raide de Karl ! De ce qu'il dégage, de son savoir, de cette faculté d'avoir réponse. Ou de proposer des possibles là où on n'en a pas. S'autoriser à hésiter. Trébucher ? « C'est la vie qui nous fait trébucher, pas nous ! » On ne parle pas que de théâtre ou de littérature, on parle du sens de cette fichue vie. Et je reste comme une andouille, subjuguée par sa facilité à démêler mes doutes. Et le voilà qui me demande mon avis...

L'amour viendra. Quand j'aurai exploré tous les mots.

Olya, nous avons eu la bonne intuition : il faut nous séparer. Prépare ton sac. À toi, le monde et les gens qui le peuplent. À moi, leurs rêves et les mots qui leur donnent chair.

57
Le Pot de Yaourt
Candice

Rester de marbre est inhumain. Mes silences se fissurent. Après ma voix... Je les ai laissés marcher dans l'ombre de la forêt. Cela aurait pu m'apaiser de flâner sous les grands arbres, bercée par la voix passionnée de cette botaniste. Je suis rentrée.

Dans ce refuge blanc que je ne parviens pas à m'approprier. Qu'il m'arrive de quitter la nuit pour aller m'allonger chez Magda. Sa maison n'est pas si loin. Elle m'en a laissé les clés. Je ne crois plus à l'apaisement. Pourtant j'aime son regard. J'aime qu'il soit étonné et qu'il n'en laisse rien paraître lorsque je dépose des indices. J'aime sa stature, un peu maigre, son front haut, cérébral, et ses yeux un peu enfoncés sous les pommettes, j'aime sa ride entre les sourcils sur sa peau bronzée, ride de défiance, ride de calculs intempestifs, de concentration extrême, j'aime le vent dans ses cheveux un peu longs sur la nuque, un peu ondulants, j'aime ses mains un peu fines d'intellectuel et un peu calleuses d'artisan.

Tout est un peu chez lui, et c'est intéressant, ce dessin à peine terminé qui témoigne d'une âme méthodique, qui peut à tout instant aller voir ailleurs.

L'excessivité me fatiguait. Aujourd'hui, elle m'effraie. Elle était ta marque de fabrique. Rattraper tes bêtises est une douleur. En aucun cas, une compensation. Parce que je ne comprends toujours pas ton geste. Et que j'en veux à ton père. Plus qu'à toi. Mais ne suis-je pas également responsable ? Cette culpabilité va me détruire. Elle se mêle à la sidération qui ne me quittera plus, je le crains, que je ne pourrai diluer en mélodiant Campra. Et quand bien même j'aurais encore ma voix, je ne pourrais plus ni chanter, ni remonter sur scène. Tu nous as achevées toutes les deux.

Dans ton silence, il ne me reste que le regard interrogateur de GD.

.61.

Hier soir, après ma visite à la mairie, j'ai cherché Adémar. J'avais besoin de le remercier. Et de lui parler de Nathanaël. De notre duo qui pourrait devenir trio. Envisager des pistes de développement au-delà de l'enfermement qu'on nous impose et qui ne va pas durer éternellement. Nulle trace du lascar ni au téléphone ni au Four. Annuler les réservations à trois jours! Bien sûr, les clients comprendront dans ce contexte, mais c'est encore s'asseoir sur notre revenu modeste. Sans parler de cette question qui ne me lâche pas : a-t-il sciemment oublié la demande de permis de construire pour la Canadienne? Sur ce coup-là, nous sommes dans l'illégalité la plus totale.

Une fois de plus, j'ai appelé Marjorie à la rescousse. Elle a bravé l'interdiction de sortie à plus de dix kilomètres. Marjorie que j'ai l'impression de trahir alors que je n'ai rien laissé paraître. Marjorie qui réaffirme : « Ne lâche rien. Tu tiens une idée à rebours de la cabane plantée sur des atolls paradisiaques pour des apprentis Crusoé pleins aux as. » Je lui ai répondu qu'il n'y avait pas des Adémar à chaque coin de rue! « Des GD, non plus! » Marjorie croit en moi. Marjorie que je voudrais serrer dans mes bras sans savoir quoi penser de la bombe Aika, de l'insondable gravité de ses yeux en amande, de la douceur poétique de ses remarques, des déroutants assauts de sa révolte. N'ai-je vraiment rien laissé paraître ? À d'autres. D'elle-même, Marjorie m'a quitté : « Tu as encore du travail à fournir. Sois patient. Et si la lumière jaillit, ne l'enfonce pas sous la cendre. Saisis-t'en et éclaire la route. » Elle s'est effacée. Elle a eu raison, non de s'effacer, mais sur l'ardeur qui s'est emparée de mes neurones. J'ai aligné une nuit blanche. De ces nuits si particulières où les lignes s'incrustent au-dessus du monde, où je n'ai plus qu'à reproduire ce qu'elles vont harponner dans ce mot impossible à contenir : inspiration.

J'ai entendu la clé d'Adémar vers trois heures du matin, le furetage, le bruit du décaissement, mais je n'ai pas bougé. Impensable de m'extraire de cette folie en train de jaillir, lubie entrevue lors d'une rencontre avec un gendarme, un matin à la presse, un mal pour un bien, réamorcée par la conversation avec la maire cette après-midi et le soutien de Marjorie. Lubie sublimée par le contour d'un corps, celui d'Aika quelques heures auparavant.

Mon crayon court.
Tout vient au jour, s'articule, s'encastre.
Tout aiguillonne l'architecte que je suis.
Des bribes de tristesse,
des lignes de fuite,
cet entracte où j'ai abandonné ma vocation,
où je me suis oublié,
enfoncé dans des zones de non-vie,
les femmes auxquelles je désire rendre hommage,
Victoria, Amélie, Marjorie, Aika,
Delphie, avec qui j'aimerais nous réinventer

Oriane, ma mère, notre brodeuse de contes,
et cet espace à ouvrir à la visite,
et à préserver coûte que coûte.

Je dessine, et la nuit s'établit, chahutée par l'averse qui voltige dans les gouttières. Je dessine, et des passerelles en bois se tissent au-dessus de la forêt-jardin. Une promenade entre ciel et terre. D'arbre à arbre. J'en situe chaque spécimen, hauteur, solidité, recoin, panorama. Amarrage. Je dessine un parcours pour un éden à portée de regard. Travées, rampes, bancs, dénivelés, plateformes, paliers, estrades, nichoirs. Je dessine des perspectives au faîte des chambres, saison à saison. Je dessine une jonction entre des milliards d'étoiles et des milliards de grains de sable : un infini.

Je dessine
un corps de femme
en surplomb de la canopée,
lascif et endormi
modulé et modulable
immergé dans une marée de nuages indociles.
Je dessine l'avenir.

Notre 6.33 nous a conviés, ponctuels, au rendez-vous des palettes bleues, odeur de varech et de brume, couverture filasse qui se fragilise entre les averses. Harassés. Nous sommes tombés dans les bras l'un de l'autre. Oubliées, mes explications de la veille : Adémar est au courant pour la mairie. Sous son bonnet d'aviateur, il a des antennes paraboliques. Je lui indique que nous devons fermer, que ça me brise, que je ne supporte plus ces indécisions récurrentes.

Tu serais mieux à Paris au chômage ? Si un beau matin, tu as bricolé une cabane de mer entre les quatre murs de ton rez-de-chaussée, tu as poinçonné ton empreinte. Ça s'appelle l'inspiration. Et lorsqu'elle disparaît, crois-moi, ça sclérose.

Cette transmission de pensées après ma nuit blanche, où je sais intuitivement que ce que j'ai livré est de l'ordre de la pulsion créative aboutie et cohérente à l'endroit où elle doit s'implanter, ne m'étonne plus. Se remplir de ces ondes, des autres, des courants. Ouvrir les fenêtres en grand. Se laisser bousculer.

GD, on ne va pas contre le surgissement d'un appel. Regarde vers l'avenir. La terre se délite. Toi, pas. Toi, tu te fortifies et tu la fortifies. Et pas de bol, j'ai encore besoin de toi ! Entre deux annulations, dépose ça sur tes plateaux de petit déj.

Il me tend des cartes. Au centre, au stylo, une question. Encore une !

« Quel mot choisiriez-vous pour qualifier votre contemplation ? »

En dessous, un *nota bene* : « Aucune obligation de réponse. Cela ne donne pas droit à une ristourne en fin de séjour. »

Que manigance-t-il pour la réunion de clôture de demain soir ? Je voudrais lui dire que je ne suis pas favorable aux devoirs de vacances, mais il a déjà disparu dans sa chambre de façonnage. J'ai oublié de lui parler de la demande de permis de construire. Bien malin qui peut savoir quand je l'apercevrai à nouveau. Adémar est un Feu Follet, un 2F.

.62.

À l'instant où je démarre la DS, Erwan se pointe. Il tombe à pic.

Assan m'a dit que j'étais bienvenu pour le service du petit déjeuner.

Assan ? Il a ton numéro ?

Ben oui, il fait partie de l'équipe, non ? (Assan est le seul à qui j'ai autorisé le portable.) Il veut te proposer quelque chose pour demain soir. Et il a demandé son aide à Nathanaël.

Ça se corse…

Non, c'est génial. Et j'ai jamais participé à un truc comme ça.

Crache le morceau !

Ils veulent organiser un méchoui ! Assan dit que c'est ptêt bien la dernière fois que Nathanaël cuisinera de la viande. Et que lui, Assan, peut lui apprendre des astuces. Peut-être qu'il veut le faire changer d'avis ? Sur son problème avec la bidoche. Il a dit que ce serait aussi un hommage à sa mère, mais là, j'ai pas trop compris, je t'avoue.

Cherche pas !

Qu'est-ce t'en penses ?

Vous êtes tombés sur la tête ? Vous croyez qu'en plein covid, on trouve un cochon de lait, comme ça, à faire rôtir !

Sérieux ? Un agneau, GD. Tu vas pas faire manger du porc à Assan !

Arrête de te foutre de moi ! D'ailleurs, tu devrais pas être en cours ce matin ?

C'est pas à toi que je vais expliquer qu'avec le covid, tout est déréglé. Et que de temps en temps, ça m'arrange.

Sauf si tu te fais piquer !

Ou que je le chope ! Assan dit que Nathanaël peut la dégoter, la barbaque. Que ses deux étoiles, ça lui donne des ouvertures dans toutes les boucheries.

Purée, ça va me coûter combien vos divagations ? Et en plus, je ne vois vraiment pas comment cadrer un méchoui avec une réunion de contemplation.

Hyper facile ! Le fumet du barbecue – il passe son index sous ses narines – et ils seront tous en lévitation. Et là, ce sera de la bonne, sans dégât possible !

Je lui fourre une tape dans les cheveux.

T'as gagné ! Quitte à fermer samedi, autant terminer sur une note festive.

Tu vois, quand tu veux !

En attendant, sur les plateaux, entre le croissant et le café, faut poser ça.

Je lui tends les huit cartes préparées par Adémar. Il lit et se tape une barre.

De plus en plus givrés, les gars…

Et quand tu débarrasses, surtout vérifie que t'as bien leur retour. Je les déposerai ce soir à Adémar.

Et si y a pas de réponse ?

Ben… privé de méchoui !

.63.

Je ne veux croiser ni l'une ni l'autre. Je ne vais pas pouvoir l'éviter.

Même si Assan et Erwan se sont également chargés du déjeuner, il me faudra bien retourner à la Chamblaie en fin de journée. J'ai terminé de gérer les annulations. Je me suis assoupi, sieste réparatrice sans laquelle je n'aurais pas été en mesure de caler une phrase intelligible.

Elles sont là toutes les deux. À danser dans mon esprit.

Aika, parce que mes sens se sont accrochés à sa beauté fragile depuis deux nuits incertaines. Je me méfie de la nuit, de son manteau d'irréalité qui falsifie les plus grandes attentes, mais l'urgence rétrécit mon discernement : ne me reste qu'une journée pour engager une approche. Ou me faire harakiri.

Candice, parce qu'elle me colle de mauvais pressentiments dès qu'elle entre dans mon champ de vision. Instinctivement, mon cerveau se connecte à une scène dont il ne situe ni l'endroit ni les protagonistes, dans laquelle je suis partie prenante, et dont la teneur s'est effacée de ma mémoire. Ai-je croisé cette femme, et si oui, où ?

Je me redresse. J'étale mes croquis, vérifie un ou deux calculs de portée sur cette promenade au-dessus des frondaisons, mais je sais par expérience que la mathématique s'enchante de toucher le ciel et qu'elle se fait légère quand on lui demande d'être au service de l'inventivité. Alors, dans l'instant, j'assume un geste tout aussi créatif que celui de ces hommes qui ont planté la Chamblaie : je ravive au brun quelques ombrés sur le corps-modèle d'Aika, sur ce dédale perché qui évoque sa peau soyeuse, vêtement trop léger pour couvrir ses zones de fracture.

Lui divulguer ce projet architectural dont elle est la source d'inspiration ? Provoquer ? Ou laisser s'enfuir ? Au bord du précipice, évaluer, j'ai su le faire ; et puis, la montagne m'a quitté...

J'entrevois Adémar et Marjorie. Grâce à eux, la dune est devenue lieu de sur-vie : un mouillage où se relancent nos énergies vitales, où s'ajuste un moi vis-à-vis de lui-même. C'est par ce mot « énergie vitale » que je répondrais à la dernière question d'Adémar. Je n'ai plus aucune appétence pour la déliquescence. Et c'est avec eux que la canopée deviendra aussi poumon de cette sur-vie ! Boucler la boucle.

Je dois parler à Aika.

.64.

Je ne voulais rencontrer ni l'une ni l'autre mais, à l'entrée de la hêtraie, Candice piétine de long en large. Le va-et-vient de son manteau syncope la lumière en signaux clairs sous la frondaison absinthe. Une chaleur tempérée après la pluie de la matinée fait monter des odeurs de jacinthes sauvages. La tristesse de ses yeux mauves, quand elle s'approche, me serre la poitrine. Brusquement, une suée court le long de mon échine : son regard est le calque parfait de celui de Victoria. Cette pointe d'ironie dans la fatalité, de combativité, d'une position où l'assagissement serait bienvenu. Ressemblance troublante que je n'ai pas été en mesure de discerner durant les intermèdes où je me suis trouvé en présence de cette femme. Paniqué, je me force à l'ignorer. Elle me rattrape.

J'ai à vous parler.

J'intime à mes pieds de s'arrêter ; ils ne m'écoutent pas. Elle m'empoigne par le bras.

Ça ne prendra que quelques minutes.

Je ne veux rien avoir à faire avec ces souvenirs. Mais, si ce qu'elle veut partager avec moi a un quelconque rapport avec mon passé, je ne peux pas la laisser me le déballer dans la forêt-jardin. Personne n'inscrira dans ces futaies du désagrément. Personne ne sera autorisé à en ôter le caractère bienfaisant. Et hors de question qu'un des hôtes puisse nous surprendre. Je fais demi-tour pour rejoindre la route, lui demande si elle a en tête un endroit précis.

N'importe lequel fera l'affaire.

Moi, je désire être au calme pour affronter cette mémoire rance qu'elle pourrait faire remonter à la surface. Nous regagnons nos voitures en silence.

Vous montez avec moi ?

Je vais vous suivre.

Nous roulons quelques kilomètres. Un peu plus au nord, le sentier côtier s'ancre au-dessus d'un amoncellement de blocs rocheux découpés comme une falaise précaire : là aussi, tout peut s'écrouler. Cette vision ressemble étrangement à ce qui va m'arriver. Je ne suis pas certain de ne pas avoir envie de sauter dans le vide lorsque Candice m'aura lâché son morceau. Mais je sais que cela ne servirait strictement à rien. Nous amorçons quelques pas côte à côte sur le chemin sableux. Un banc en retrait se profile. Elle sort une enveloppe du sac qu'elle a défait de ses épaules. Elle me souffle qu'après ce qu'elle a à me dire, elle se fera silence, s'éloignera et de la scène et de la vie telle qu'elle l'a connue.

Avant de vous remettre cette lettre qui vous est destinée, il faut que vous sachiez que je suis la mère de Victoria.

Le pressentiment a parfois pour seule finalité de rejoindre la réalité et nous permettre de l'accueillir avec recul. Je m'assois, l'invite à faire de même.

Vous savez, j'ai finalement peu connu votre fille. Elle était une collègue de travail. Je ne vois pas ce que…

Elle était, c'est bien le temps qui la qualifie.

Elle se pose à côté de moi.

Ma fille n'est plus.

Mes doigts se crispent entre deux lames du banc. La sidération est une arme fatale. Elle nous fait repousser les vérités qu'elle nous susurre à l'oreille, ces mots qui n'ont plus le sens que le langage leur octroie.

Comment ça, elle n'est plus ?

Victoria s'est défenestrée début avril.

Candice a rivé ses yeux aux grondements sourds des vagues qui brutalisent les parois. Va-t-elle m'éclairer sur les milliers de questions qui pourraient se bousculer dans mon cerveau, mais qui se sont anéanties avec l'horreur d'un terme sur lequel je ne peux projeter aucun mouvement de chute, d'écrasement au sol ? Seul le voilage d'une fenêtre brodé d'immenses gardénias ondule.

Comme vous le savez, elle était installée à Londres…

Candice, je n'ai pas été en contact avec Victoria depuis six ans. Je ne sais plus rien d'elle. Je ne peux vous être d'aucune aide si c'est ce que vous attendez.

Si vous voulez bien m'écouter, il se peut que ce soit moi qui aie des informations à vous donner.

Elle inspire profondément, la lettre serrée entre ses doigts.

Elle travaillait toujours pour le bureau d'architectes dans lequel vous vous êtes rencontrés. Faire rapatrier son corps en plein covid a été une terrible épreuve. Je possède un deux-pièces à Londres mais je n'ai été autorisée ni à le rejoindre ni à voir sa dépouille… Son père vit aux États-Unis. Nous sommes séparés. Lui non plus n'a pas pu rentrer à Paris pour l'enterrement. Une douleur supplémentaire dans ce non-sens pandémique…

Candice, je pourrais vous dire que je suis désolé, mais la vérité est que je suis effondré. Victoria était brillante, impétueuse, fonceuse. Rien ni personne ne pouvait lui résister. Et ce geste ne correspond pas à ce que je devinais d'elle.

Elle l'a pourtant prémédité, ce geste. Avant de le commettre, elle a laissé deux lettres. Une pour moi. Et celle-ci, pour vous. Elles m'ont été transmises par un de ses collègues. La mienne contenait des… des instructions… Dont celle de me rendre sur votre site internet, de remplir le questionnaire, d'y apposer cette mention « Bleu Royal de Tertre » pour obtenir un séjour dans votre lieu. De pouvoir ainsi vous rencontrer et vous remettre ce pli. Ça a été compliqué, cette attente pour savoir si ma candidature serait retenue et à quelle date. Je ne savais pas si vous alliez mordre à son hameçon. Comment vous a-t-elle retrouvé ? Aucune idée. Mais ce qui me paraît certain, c'est qu'elle était persuadée que le Bleu Royal de Tertre serait un sésame… Entre nous, je n'ai pas compris ce que cette couleur évoque. Je vous laisse vos secrets. Et vu la chose qui nous occupe ce jour et va nous occuper dans les mois qui viennent, je ne peux que vous affirmer, après avoir retourné ses intentions dans tous les sens, que vous comptiez énormément pour elle. Pour le reste, j'ai assez à essayer de comprendre l'énigme que représentait ma fille. Et son geste.

Elle retient ses larmes. Sa voix s'épuise. Tétanisé, je suis incapable de la réconforter. À la manière d'Adémar, en écoute, sans interprétation ni jugement, j'attends qu'elle crève sa poche.

J'ai fait la bêtise de la laisser passer son adolescence aux États-Unis avec son père, un trader, arriviste et corrompu. Nos chemins ont divergé quand elle avait quatre ans. Avec le recul, il m'arrive parfois de me demander comment j'ai pu l'épouser. Autre histoire… Pour en revenir à Victoria, je suis à blâmer.

Ma carrière décollait. Je voulais chanter ! Je nourrissais cette ambition de faire découvrir, au-delà des opéras célèbres, des pièces oubliées du répertoire. Mon travail était exaltant ! L'exhumation de certains compositeurs, l'adaptation de la voix à des registres variés, les orchestrations à redéfinir. Le Baroque ! Un défi comme on en rencontre peu dans nos carrières. Les répétitions, les enregistrements en studio, cet emballement du public. Et que dire des représentations ? Les grandes scènes internationales ! *La* scène !

Elle s'arrête à nouveau. Dans ma crevasse, j'économise mon oxygène.

Je ne pouvais pas l'emmener dans mes tournées. Et il est vrai qu'elle a présenté très tôt de solides dispositions pour les études. Alors, je l'ai laissée partir à New York, l'année de ses treize ans, essayant tant bien que mal de pallier. Pallier ! Est-ce un mot pour une enfant ? Lorsqu'elle est rentrée, son diplôme d'architecte en poche, j'ai compris mon erreur. Nous ne partagions plus la même conception de la vie… J'ai voué mon existence à l'art. La gloire, l'argent, qui peuvent en découler, ne m'intéressent pas. Nous avons eu de nombreuses disputes. Elle a claqué la porte, pris sa vie en mains à Londres. Ce poste chez Coleman, c'était sa réussite. Ce qui s'est passé là-bas entre vous, je n'en sais rien et je ne veux pas le savoir. Mais dans ses dispositions testamentaires, j'ai retrouvé la petite fille que j'ai élevée, les quelques valeurs que j'ai tâché de transmettre… Il s'agit de sommes considérables. Enfin, là n'est pas la question. La question est que ces dispositions vous concernent pour partie. Et quoi qu'en pense mon ex-mari, je suis bien décidée à faire respecter ses dernières volontés.

Candice me tend la lettre.

Je vous laisse en tête à tête avec elle.

Deux initiales à l'encre vert forêt.
GD.
G pour Gardénia ? D pour Désastre ?

Puissiez-vous découvrir que ma fille n'était pas ce que Coleman l'a fait devenir. Ça lui a coûté la vie, ces montées d'adrénaline pour toujours plus de numéraire.

Elle se lève, attrape son sac et s'engage sur le sentier en sens inverse. Mon corps ne répond plus. Je la hèle.

Candice ! Attendez ! Cet argent, je n'en veux pas. Il y a eu un différend à Londres entre nous, et…

Lisez !

Elle l'a crié.

Et la Mama Bear, c'est aussi son cadeau. Ce fauteuil où elle se réfugiait enfant, après notre divorce. Elle y écoutait la musique. Celle que je lui fredonnais.

Ses larmes, perles brillantes dans un rayon timide.

Les miennes, opaques, dans l'ombre qui me couvre.

Je ne peux m'extraire de ma crevasse.

.65.

Je ne lirai pas cette lettre.
Je veux rembobiner le film.
Ne pas avoir rencontré Candice.
Ne pas avoir rencontré Victoria.
Je reste assis.
Grands aplats indigo,
crêtes crevées d'écume sale
qui s'échouent sur le grain sépia de ma vie.
Les plages ne sont pas de sable.
Les plages sont des souvenirs.
Des châteaux.
Quc nous construisons,
Que nous détruisons.
Je fixe ma pensée sur le voilage aux gardénias.
Je contrains mon esprit
à ne pas retourner place du Tertre
à ne pas sentir la brûlure de sa main
dans la mienne
à ne pas remarquer le rouge du store du bistrot,
qui fait paraître ses cheveux plus auburn,
ses lèvres plus mordantes, cerise ou bigarade,

à ne pas entrer dans cette bijouterie artisanale,
à ne pas la laisser passer à son doigt en riant
cette fleur de lys, armoiries désuètes,
à ne pas la lui offrir
parce qu'elle aimerait se sentir plus française
parce qu'elle plairait à sa mère, cette bague,
et qu'elle a envie de renouer avec elle,
parce que ce serait romantique d'offrir une bague
comme ça sur un coup de tête
à une femme qu'on ne connaît pas vraiment,
pas encore,
à ne pas imaginer cette couleur
qui serait celle d'une maison construite ensemble
qui contiendrait toutes les sensations
que nos corps vont s'offrir.
Une nuit Bleu Royal de Tertre.

Je rebrousse chemin.

Sur le parking, il n'y a plus que ma DS.

Au dos de l'enveloppe, Candice a inscrit ses coordonnées.

Je dépose Victoria dans la boîte à gants.

.66.

Nathanaël me tombe dessus.

J'ai repris mon portable, GD. Pour pouvoir dégoter notre agneau. Ça n'a pas été une mince affaire mais on y est arrivé! À une trentaine de kilomètres d'ici. Seul bémol, j'ai besoin d'un taxi pour aller le chercher. Parce qu'Assan veut le faire mariner, et on est déjà charrette. La princesse Candice est une fois de plus aux abonnées absentes. On n'a pas pu lui taxer sa carriole, alors si tu pouvais nous dépanner!

Tu as ton permis moto?

Pas que je sache.

Pas grave! Assan doit savoir conduire Alfred. Assan sait tout faire.

Conduire Alfred?

Un side-car. T'as du bol. Il est sur site. Adémar l'a garé à couvert, à droite de la hêtraie. Mais ne vous faites pas gauler.

Pas évident avec un agneau sur les genoux!

Tu le planqueras sous la bâche.

Quand j'te disais qu'on était en camp scout! Ça va nous encanailler toute la journée de demain, cette affaire. Où veux-tu qu'on installe le foyer?

Le plus loin possible de la forêt. Et éviter d'être dans le sens du vent. Pas besoin que les gendarmes se pointent en pleine garden-party. Les ganivelles pour le protéger sont sous la Canadienne. Je distribue les repas. Je viens vous aider après.

Rien du tout. On se débrouille. On va lancer ce soir. Ceux qui veulent pique-niquer avec nous autour du premier lit de braises, tu nous les envoies, et tu ferais bien de venir t'asseoir un peu. T'as une mine à faire peur.

Je me force à sourire.

C'est la déception de fermer après-demain.

T'inquiète. On va le rouvrir, ton éden. Et des paradis à préserver, y en a plus d'un ! Va chercher la guitare qu'on gratte le flamenco !

T'aurais pas déjà siroté la demi de côtes-du-rhône qu'Adémar a prévu pour le dîner ?

Il me tape sur l'épaule.

Si y a du Ventoux au programme, la soirée ne fait que commencer.

Nathanaël est définitivement un homme d'allant, force tranquille radieuse, quand Adémar se montre plus ténébreux : deux piliers pour me permettre de poursuivre mes encastrements de Lego. Cette idée de trio se renforce.

Tous ont répondu présent. Excepté Candice, qui n'est pas revenue pour dîner. J'ai récupéré les réponses à la question d'Adémar et je les ai lues. Ce que nous avons mis un an à créer tient sur des petits bouts de carton. Lorsqu'Adémar aura fini de s'interroger sur le sens de ces réponses, je les encadrerai : souvenir d'un accouchement dans la douleur, mais infinie reconnaissance de ce qu'il nous a permis de mettre au monde. Nous sommes les heureux détenteurs de huit synonymes du mot contemplation. Enfin, sept.

Karl : le son du ciel
Olya : la volonté d'être
Nathanaël : la lumière
Aika : le signe
Henriette : la survie de chacun et de tous
Idriss : la chance d'être
Guy : le début d'une histoire

Candice a seulement barré un S majuscule.
Silence ? Symphonie ? Sortie ?

.67.

Je suis incapable d'avaler quoi que ce soit. Dans le ciel qui se fonce s'étirent des froufrous de pétales nuageux, des cœurs de gardénias. Impression d'un immense gâchis, d'une ombre qui me couvrira jusqu'à ce que le monde s'endorme au bout de son bout. Fixé sur ces harmonies, j'écoute distraitement la conversation, qui tourne autour de la balade dans la forêt-jardin. Guy et Olya affichent une complicité nouvelle. Cette dernière fait part de certaines de leurs découvertes, les écailles piquantes des Araucariacées et la raison du surnom « désespoir des singes » donné à ces arbres en Europe : ces fameuses écailles qui auraient empêché les animaux de grimper le long de leur tronc. Au Chili, où l'arbre est un véritable arbre à pain, il porte le simple nom de pin du Chili.

Arbre à pain ? s'enquiert Nathanaël.

Exactement. On peut faire griller les graines ou en extraire une farine. Pour certaines ethnies, c'est parfois la seule manière de survivre.

De quoi enthousiasmer ma nouvelle vision de la gastronomie ! Tes fruits et légumes, Adémar, sans pesticides si ce n'est tes humeurs, vos connaissances incroyables et mon tour de main !

Taratata. C'est avec moi, Henriette, que vous allez pondre une bible !

Elle l'approuve en riant.

Je décroche. C'est dans le regard d'Aika que je me taille la zone : j'observe ses mains, qu'elle frotte l'une contre l'autre pour les réchauffer, son jean clair, son pull vert mousse ; il dérobe ses formes, et, plus court devant que dans le dos, laisse apparaître son nombril ; un nombril d'une concentricité parfaite sur une taille si fine que je pourrais l'entourer de mes deux mains. Idriss a apporté des rubans de guimauve. Elle propose de les faire griller. Comme les graines des araucariacées ! Elle n'a jamais testé, d'autant que les siennes sont parfumées : verveine, citron, lavande. Des branchettes ramassées non loin du foyer suffisent à ce petit bonheur, que chacun veut essayer. Olya commence à découper de gros cubes rosâtres. Assan fixe le feu et, dans le rougeoiement des braises, libère soudain son âme. Il livre qu'il n'aime pas savoir Azmia, sa mère, enterrée au cimetière de Bagneux, qu'il aurait dû faire incinérer le corps de ses parents et répartir leurs cendres au-dessus de la blanche Casablanca. Poussière féconde au-dessus des déserts. Mais que lui s'y sentira parfaitement à sa place. Car il aime le parc de Sceaux tout proche, où Azmia l'emmenait, enfant, s'égratigner les genoux. D'ailleurs, il a rencontré sa femme, Léli, dans une épicerie de Bourg-la-Reine.

C'est le destin ! Et le destin de ma moitié : devenir reine mère, maintenant qu'Azmia nous a quittés. J'ai jamais mangé de guimauves grillées, j'adore ça. Nathanaël, ti devrais en faire au jasmin. Les servir en dessert.

C'est ainsi que naissent les recettes, Assan. À partir d'histoires que l'on se raconte au coin du feu.

Je propose d'aller chercher des bouteilles de cidre. J'ai besoin de secouer le vert instinct de mon idée fixe. Aika l'a-t-elle compris ? Elle s'est levée.

Je vous accompagne. Quatre bras pour rapporter plus de bouteilles !

Nous nous éclipsons, alors que chacun y va de sa douceur préférée, rémanence de l'enfance. Lorsque nous reviendrons avec le cidre, ils auront évoqué jusqu'à leurs culottes courtes, et autres quignons de pain et carrés de chocolat, roudoudous et cornes de gazelle.

Au bas de l'escalier de la Canadienne, dans un mouvement d'humeur, dernière chance pour improbable survie, je saisis la main d'Aika et lui balance que je veux passer une nouvelle nuit avec elle. Laisser venir, ça ne m'a pas toujours réussi, et provoquer, ça peut signifier tout perdre. J'en suis à peine conscient, dévoré par la même énergie que celle de cette nuit à Montmartre qui a bousillé ma vie. Si je me fais avoir comme un bleu, j'aurai moins mal ce coup-ci. Il n'y a pas de store de bistrot, de dômes blanchâtres, d'escaliers, de manège, chevaux de bois qui tournent et tournent, pas de boutiques attrape-touristes, réverbères, conversations de zinc, fréquence FIP en bande-son. Seulement quelques baladeuses qui éclairent la nuit et le chahut du ressac. Je distingue à peine ses yeux. Bien sûr, je me reprends et la prie de m'excuser. Aika attrape mon poignet.

D'accord. Mais d'abord, je repasserai à la 37. J'ai quelque chose à te donner.

A-t-elle dit « tu » ?

.68.

Comme l'avant-veille, Aika se faufile dans l'escalier du Four en catimini. Tandis qu'elle monte, je dépose sur la table de la cuisine les huit cartes-réponses. Adémar est dans son atelier. Je dispose discrètement mon rébus : un train dont le S barré de Candice serait la locomotive et nos sept synonymes, les wagons. File indienne. Si je pouvais glisser le planisphère minuscule de Guy comme point final, l'équation de notre semaine serait résolue.

Contemplation.

Lorsque j'aurai livré à Aika ma détresse, lorsque je l'aurai déchirée, déchiquetée, ma terre intérieure ne se délitera plus jamais. Je pourrai même accepter de quitter cet endroit, s'il ne peut rouvrir. Libérer l'ensemble des maquettes architecturales dont j'ai fait le deuil.

.69.

Elle s'est déshabillée, a enfilé mon tee-shirt des Oval Gardens. Elle a remonté les oreillers et s'est assise contre le mur de pierres qui fait office de tête de lit. Sur ses jambes, elle a drapé son pull vert. Granit et lichen: elle se meut dans la forêt-jardin. Elle est belle dans cet acte de patience. Avec ses doigts, elle s'amuse à projeter derrière la lampe de chevet des ombres chinoises et raconte une fable. Un poignard, une cape et un chapeau, un voleur, trois papillons, une princesse, un lapin agile et un renard facétieux. Ses doigts se plient aux changements d'identité et, traversant la lumière, créent l'inouï. Je m'approche sans bruit, me positionne à genoux contre ses cuisses, me laisse surprendre. Moment d'intimité, d'imaginaire en suspens. J'applaudis silencieusement, me bascule, impromptu de Schubert assourdi, son visage contre mon cou, j'embrasse ses cheveux, elle a froid, je la couvre avec un des plaids de Marjorie. Mohair et confidences.

Mes mains resteront nouées à celles d'Aika. Mais l'enjeu n'est que platonique dans cette nocturne bretonne où mon passé se reconfigure. Patience et prudence. Je cherche mes mots. Je ne suis qu'une mathématique, segment, angle droit. Parler de Victoria, c'est renouer avec le lyrisme inconnu qui a guidé mes paumes sous le voilage aux gardénias. C'est secréter l'attente des longs mois qui ont précédé cette rencontre parisienne, loin de Londres, de ses agendas boursouflés, prêts à crever de semaines qui frôlent les mois de labeur. C'est recevoir en intime cette femme, ce qu'elle m'a laissé espérer, les infimes signaux dont elle a ponctué nos réunions, allumés puis éteints, qui annihilent jusqu'à mon discernement, mes capacités de résistance.

Je cisèle des phrases.
Sur l'emportement du désir.
L'embrasement de faire mien
chaque parcelle de son corps.
Sur la victoire,
cet orgasme de revanche
que mon pénis sculpte
contre l'adversité de mes déserts,
la tour d'ivoire de ma vie, cachot et oubliette.
Sur la profondeur de l'aurore qui suit.
Je suis allé au bout de mes peurs.
Je me suis révélé.
Piédestal où je me suis déposé avec elle.

La nuit nous cerne. Aika m'interroge. Sur une aventure six ans plus tôt. M'oblige à décaisser. L'arrivée de cette jeune femme dans l'équipe. Insatisfaite, mordante. Qui bouleverse les équilibres. Mon habitude de travailler en solitaire. Mon incommunicabilité maladive. Cette préhension immédiate des enjeux qui est ma marque de fabrique. Cette dextérité innée qui me rend plus véloce que tous. Ce que je suis en mesure de vérifier à chaque nouvelle mission, ma manière d'anticiper les attentes des clients, avant même qu'ils ne les formulent, de les traduire en lignes de force, d'élévation, qui habillent un paysage, un centre-ville, les grèves d'un lac, qui campent une vie, une volonté de se sédentariser. Intuition payante. Contrats qui tombent : hôtels, villas, bibliothèques. Escarcelle à ras bord. Rivalités et compétition qui naissent entre collaborateurs.

Le jeu de Victoria module l'inaccessibilité.
Il produit son fruit.
Laminage.

Jusqu'à la compétition « Dubai ». Trois agences en lice. Projet architectural du millénaire, superlatifs à toutes les sauces. Un complexe gigantesque. Sur le sable. Chaleur écrasante et mer languide. Dans une ville surpeuplée bâtie comme un mirage, qui se métamorphose sans cesse depuis l'an deux mille, inflation des hauteurs, folie des grandeurs. Nous devons travailler à trois. À moi, la conception, à eux les calculs de faisabilité : Victoria et Ethan. Lorsque Hearl répartit les rôles, je m'esclaffe : les calculs de faisabilité seront pour tous, je suis bien placé pour le savoir ! Je ne veux pas de ce projet. Je ne veux pas découvrir la mer. Je ne veux pas suivre ce chantier qui prendra des années. Je ne suis pas un homme de canicule, ni de climatiseur. Je demande une décharge. Hearl met ça sur le compte d'un caprice. Je ne l'obtiens pas. Victoria et Ethan feront les visites préliminaires. Leurs photos, les relevés du site et le cahier des charges me suffisent. J'extirpe de mes méninges un projet pharaonique, à la démesure des pétrodollars alignés sur le tapis. Totale innovation. Huit mois d'intense rumination, allers-retours, maquettes. Hearl est à l'affût mais je ne dévoile rien. Victoria et Ethan me suivent et tentent d'apaiser le patron. Les enjeux financiers se chiffrent haut comme la lune. L'agence joue sa crédibilité. Tous attendent, bec ouvert, leur fortune. Je m'en fous. Je n'ai plus de jus. Je suis allé au-delà de la mémoire, de l'équilibre du bâtiment, de mon équilibre personnel : j'ai douté, griffonné, raturé, chialé, calculé. Toujours à la limite. Pour pondre la grâce. 4 décembre 2013. La présentation aux cadors internes me borde au pinacle. Hearl est certain de gagner la compétition. Je quitte la réunion en ayant une seule exigence : trois jours de repos avant le largage de la bombe. Nous serons les derniers à rendre notre copie, le vendredi de confrontation. Hearl sent mon épuisement, il me les accorde, mais ce ne sera qu'un week-end prolongé.

Je m'interromps. Je sais que la suite sera plus difficile à débroussailler. Aika repousse le plaid, embrasse mes lèvres, baiser que je ne pense pas à prolonger. Nous sommes unis, c'est tout : plongés dans l'instant de bascule d'une existence. Elle s'échappe et slalome en culotte dans le bazar de la chambre où gisent pêle-mêle au sol les dossiers des cabanes, des plans d'anciens bâtis, et sur un coin de table, les esquisses du parc-passerelles Canopée-Chamblaie, dont elle s'empare.

Adémar est au courant ?

Je pose un doigt sur mes lèvres.

Ce sont juste des idées.

Ce ne sont pas des idées. Il faut lui parler de ce corps de femme éternel. Je descends te chercher un reste de cidre.

Elle n'a pas reconnu le sien, de corps. Elle remonte avec un plateau. Elle s'est préparé une tisane, un bol de framboises que nous partageons. J'enfouis à nouveau mon nez dans sa chevelure soyeuse, laisse la rage s'évaporer, petite brume dans le pépiement des premières mésanges. Elle m'encourage à grimper tout en haut de mes barreaux d'échelle pour y puiser la force régénérative.

Termine ton récit.

Je la préviens. Le reste n'est qu'escroquerie. J'invite Victoria à passer le week-end avec moi. Elle dit oui. Je ne veux pas rester à Londres. Elle dit oui. Je veux me plonger dans de l'haussmannien, des avenues larges à pierre de taille, des fontaines Wallace et des kiosques verts, je veux survoler des toitures de zinc, des cheminées de briques, des arrière-cours, des places circulaires et des bistrots d'infortune. Prendre du recul. Elle dit oui. Je réserve à Montmartre. Elle dit oui. Elle n'a pas posé son lundi. Elle ne veut pas laisser soupçonner quoi que ce soit à l'agence. Je dis oui. Elle reprendra l'Eurostar dimanche soir. Je dis oui. Je flâne au Petit Palais, lundi, son odeur sur ma peau, des gardénias tatoués sur mes prisons dont les barreaux ont éclaté. Déambule dans le Marais. Sous son emprise. Je l'appelle à l'agence, la préviens que je ne rentrerai que mercredi. Il me faut du temps pour redescendre de mon sommet. Elle me dit que mon absence à quelques heures de l'échéance va exaspérer Hearl, qu'elle se chargera de le calmer. Je ne rêve que de son corps, me repasse en boucle nos flâneries, les retraverse mardi matin en songeant à revenir m'installer en France, rénover des chalets d'alpage. J'ai la trouille pour la première fois. Ce que je vais présenter à des milliardaires est une défiance à l'altitude : un immeuble-ruban, qui enroule sa structure, non en verticalité, mais en largeur, un immeuble-palmier, un ruban-tronc aux multiples branches qui place les appartements en lévitation au-dessus du turquoise. L'œuvre d'une carrière. Je suis trop jeune. Victoria ne me préviendra pas que Hearl, sûr de son coup, a obtenu d'avancer la réunion au mardi pour court-circuiter la concurrence. Banal et monnaie courante. Elle prétextera que je suis malade. Burn-out : le mot qui brise une carrière. Elle prendra les commandes. Elle assurera. Elle est brillante, ambitieuse, manipulatrice, et volage. Elle couche avec Ethan depuis son arrivée, quand elle ne swingue pas la gaudriole avec Hearl. Le mercredi matin, j'arrive à l'agence. Silence de marbre. Airs gênés. Victoria a pris une journée de récupération. Je suis la risée des collaborateurs. Typhon. Naïveté mise à nu. Plus personne ne m'humiliera. Hearl refuse ma démission. Il n'en a pas le droit. Je rends les clés de mon appartement et plie bagage dans la soirée. Je n'ai rien à emporter. Une boîte de compas reçue pour mes huit ans. Retour aux dômes de Montmartre, à la chambre aux gardénias. Je m'y effondre durant trois semaines. Je la quitte en ayant lacéré les rideaux et leur laissant un chèque : qu'ils les remplacent. Je ne la reverrai pas. Quelques mois plus tard, son nom et celui d'Ethan font les gros titres des journaux spécialisés. Ils récoltent les prix prestigieux pour leur œuvre ingénieuse défiant les lois de la gravité. Le complexe sort des dunes. Le champagne coule à flots.

Et toi, qu'as-tu fait ?

Je suis rentré à Chambéry. Je suis devenu moniteur de ski pendant une saison à La Clusaz. Je suis né à la montagne, c'était mon terrain de jeux. Puis, j'ai trouvé un job de commercial, dans les assurances à Chambéry, et le gérant m'a fait remonter au siège parisien à la Défense. J'y ai croupi quatre ans jusqu'à terminer au service informatique. La boîte m'a viré il y a un an, compression de personnel, juste avant l'épidémie. J'ai rencontré Adémar, par un concours de circonstances que je soupçonne n'en être pas un, tant nous étions faits pour nous électriser ! Et je tente de vivre avec ce dicton : « Pas près d'être né celui qui m'humiliera à nouveau. »

Un truc m'échappe. Pour quelle raison, ce passé remonte-t-il maintenant ?

J'ai envie de la prendre dans mes bras, d'un espace-temps infini pour la connaître, chérir cette minute éternelle de nos partages.

Parce que c'est la nuit. J'aime la nuit avec toi. J'aime admirer à nouveau. Mes cabanes, l'océan, les talents des autres. Toi…

Parce que Candice est la mère de Victoria. Elle est venue ici m'annoncer que Victoria était décédée. Et qu'elle m'a laissé une lettre.

Oh… quelle tristesse… Tu as lu sa lettre ?

Je ne l'ai pas ouverte et je ne vais pas le faire.

Tu as tort. Ne pas lui pardonner, c'est te réempoisonner. Moi aussi, je sais de quoi je parle.

.70.

Je ne suis pas descendu pour le 6.33. Aika m'a laissé dormir et en a informé Adémar. Il la raccompagne à la Chamblaie. Assan distribuera les petits déjeuners à ma place. Sur le plateau du mien, Aika a posé le rouleau de sa calligraphie. Je le déplie. Deux signes à l'encre orangée : Aika et Akina. À côté, sur une feuille de bloc, coincée entre le thermos et les tartines, un haïku libellé en deux langues : française et japonaise.

Au printemps
les chansons d'amour naissent
de la brillance des fleurs.

Puis cette injonction :

Lis la lettre de Victoria.

Dans l'aube fraîche et rose, Adémar et Aika ont soulevé les mutismes de la terre qui se délite, délie les langues et dénoue les parcours. Aika a remercié Adémar.

De quoi ?

D'être à la Chamblaie tandis que l'humanité s'angoisse et souffre… Pouvoir oublier nos sensibilités mises à rude épreuve.

Vouloir construire un monde neuf. Apprendre de l'autre au lieu de rétrécir nos vies à nos seuls ego. Reprendre confiance. Être authentiquement soi dans un rapport ajusté au monde. Savoir que ça peut casser, mais qu'on a toujours un bout de mer, un arbre, une main, pour réparer... Nous l'avions tous oublié.

Il l'a écoutée, comblé.

Puis elle lui a parlé du méchoui, parce qu'elle se doutait que je n'avais pas eu le temps de l'en informer ; et l'a prévenu que cette journée pouvait être un peu spéciale pour moi.

Des résurgences de sa vie d'avant le perturbent. Comme si cette épidémie nous amenait tous à considérer notre bilan personnel. Et puis, devoir fermer lui fend le cœur, bien qu'il ne s'en plaigne pas. Vous avez beaucoup investi l'un et l'autre.

Adémar a répondu que cette soirée serait spéciale pour chacun, une première pour lui qui n'avait jamais goûté un méchoui, que c'était bon de laisser les autres décider de temps à autre, que la dernière réunion serait pleine de surprises, qu'il devait se sauver, parce qu'il lui restait peu de temps pour la préparer.

Il a commencé à remonter l'allée, puis il l'a rattrapée.

Je vous offre ce haïku :

Le vert instinct
se mêle au blanc de la neige.
Une craquelure se soude.

.71.

GD,

Je me suis égarée.

Dans cette vie. Dans ce métier. Dans mes amours mal ordonnées qui n'en ont jamais été. Sauf peut-être avec toi. Ta sincérité. Ta candeur. Ton incroyable lucidité.

Je me suis noyée. Je ne m'attends pas à ce que tu puisses comprendre.

À cet endroit, elle a rayé deux lignes. Impossible de les déchiffrer.

Sortie de route.

Je ne te demande pas de me pardonner.

J'ai bloqué sur un compte l'argent gagné qui te revient de droit.

J'ai toute confiance en ma mère pour te remettre cette lettre et tout faire pour que tu récupères ce qui t'appartient.

Elle te défendra contre mon père.

C'est Ethan qui a retrouvé ta trace pendant le confinement. Il traînait sur internet pour se louer une cabane et il est tombé sur ephemerescabanesdemer. *Il m'a dit avoir téléphoné à une certaine Marjorie Fressec, décoratrice d'intérieur, pour connaître les possibilités de location et s'il n'y avait pas d'autres destinations plus exotiques que la Bretagne. Au cours de la conversation, elle a lâché le prénom de son associé. Il m'a dit : « C'est lui ! D'abord parce que ce projet lui ressemble. Ensuite, parce que les GD ne courent pas les rues ! »*

Et c'est grâce à Ethan que m'est venue l'idée de te faire le cadeau de deux terrains. Ils sont en bord de mer, maintenant que tu as accepté de te confronter à cet élément et que tu y crées les maisons du futur. Le premier est en Australie, sur la côte nord, dans le golfe de Carpentarie, zone préservée où tes cabanes feront merveille. Le second au Japon, sur la péninsule de Miura, au sud de Yokohama. Deux endroits totalement différents, deux cultures, deux approches. Je ne te facilite pas la tâche mais je sais que dans ces paradis tu pourras laisser libre cours à l'équilibre de tes constructions qui défient les paysages et la raison.

C'est aussi ma manière de te conjurer de pardonner à Ethan, puisque, sans le savoir, il répare un peu le mal que nous t'avons causé. Ainsi, je pars apaisée. Je t'embrasse en Bleu Royal de Tertre.

Always yours.
Victoria

.72.

La lumière étincelle sur des risées calmes. Le ciel, parsemé de fils cotonneux, découvre un bleu royal de mer. J'esquisse un sourire à l'apparition de cette expression dans ma pensée. Elle ne me quittera plus. Je termine de liquider l'adrénaline qui a enrobé cette passion : vie passagère qui a immortalisé en moi un fac-similé de la mémoire de Victoria. En parvenant au débord des rhododendrons, je me plonge dans ce spectacle : l'océan. Cela fait un moment que les odeurs de graille se mêlent à celles des frondaisons, et fourrer mon nez dans les boutons en fleur me procure une joie toute enfantine. J'ai voyagé dans le végétal enchanteur de la forêt-jardin avec la lettre de Victoria : ses phrases ont bourdonné jusqu'à s'évanouir ; les sensations de cette nuit qui nous a conviés à défier la quadrature des amants maudits s'effacent, ne laissant affleurer qu'une lisière de bonheur fugitif. Unique instant où il me semble qu'elle ait été elle, cette jeune femme en proie aux déchirements les plus tenaces, à l'écart vertigineux entre le paraître et l'être, qui saborde les meilleures intentions. À Montmartre, elle s'est offert cet apaisement. Nous nous sommes offert cet éclair d'apaisement, cet arrêt sur image dans nos luttes permanentes contre notre devenir, les non-sens de ce que nous encaissions, cette vie qui s'emballait : trop vite, trop de responsabilités, trop d'argent, trop d'appels à vouloir être ailleurs, sur des crêtes à crier à l'écho que nous étions somme toute encore vivants. Elle s'est enfoncée. Je me suis élevé. La voilà, la place de ma montagne, tatouée à plein cœur sur mes mollets et mes méninges. Le sens de ce que mon père tentait de me transmettre sans savoir le formuler. Ces sommets inaccessibles dont la pureté, l'intangible nous propulse. C'est ce que je discerne lorsque je contemple les rouleaux qui s'écrasent sur le sable. Cette première approche qu'Adémar m'a tendue de la mer, son vocabulaire alpin pour la décrire, cette intuition qui l'a conduit à me percer à jour dès l'aube de notre amitié, ces concrétions minérales qui défient les lois de l'apesanteur, blocs instables qui ne pardonnent pas le faux pas, cette petitesse de l'homme qui le contraint à être ingénieux, prudent, humble, à ne jamais se reposer sur ses acquis… puisque tout peut chavirer en une seconde. Un saut dans le vide du haut d'un cinquième étage…

Victoria, que ton âme d'architecte talentueuse s'installe, non entre quatre murs, mais vole de femme à femme ! Qu'elle féconde d'une manière toute spéciale celles qui fouleront les planchers de ma canopée, Mama Bear à la proue !

Je ne l'ai pas entendue arriver. Elle a posé sa main sur mon épaule, sa main courte et ronde qui caresse l'objet en lui insufflant déjà un nouvel élan. Je me retourne. Marjorie me prend dans ses bras, ce qu'elle n'a jamais fait. Spontanée et sincère.

J'ai des choses à te raconter !

Moi d'abord ! Je t'ai dégoté un contrat. Je *nous* ai dégoté un contrat. Dans le Sud, la Provence, non loin de la Sainte-Victoire. Ça nous changera ! Un mas à rénover et agrandir.

De l'ancien à marier à du contemporain, des arches à jeter entre deux mondes.

Marjorie, je voudrais… Je n'ai pas été au bout de mes explications à Rosporden.

Elle me coupe.

Aller au bout, c'est être mort ! Qui a envie de mourir ici ? Ni toi ni moi. Ça fait six mois qu'on danse la gigue du covid pour éviter de l'attraper, qu'on le défie, qu'on réinvente nos vies. Le passé, laisse-le où il est. On ne fait pas revenir les trépassés. On les prie de nous filer un coup de main et en général, ils le font ! Enfin, c'est ce que je pense. Ou ce qu'on m'a dit de penser ! Et ça, j'avoue, je ne l'ai pas remis en cause parce que ça m'arrange bien, vu le nombre de vieilleries que je rajeunis ! Alors ce contrat ?

On signe ! Quant à moi, il se pourrait bien que je t'embarque un jour en Australie ou au Japon.

On signe !

Tu viens ce soir ?

Oh que oui !

.73.

Pas de déjeuner dans les cabanes : avec le feu vert d'Adémar, Assan et Nathanaël utilisent le foyer entre deux murets bricolés pour faire griller les soles qu'il a rapportées de la criée. Salade de tomates et melons. Aubergine sous la cendre. L'agneau, sur une planche, déjà embroché, marine à couvert, régulièrement arrosé d'un mélange d'herbes et d'épices. Odeurs des quatre coins de leurs souvenirs olfactifs. Tous ont donné un coup de main pour cette dernière journée autour du feu de camp : transats bigarrés, tables basses de la 87, coussins-galets de la 27, plaids brodés de la 77. Déballage joyeux et éclectique. Je grimpe à la Canadienne. Dans la boîte à portable, les clés de la 47. Un rapide tour au Pot de Yaourt me confirme que Candice a quitté la Chamblaie.

Me vient à l'esprit
que c'est la mer qui nous appelle
et non nous qui allons à elle.

Je reprendrai contact avec Candice, mais auparavant, je lui écrirai une lettre, moi aussi. J'alignerai les mots, ceux qui m'ont manqué cruellement pendant de nombreuses années. Je rédigerai l'équation de Victoria à mille inconnues, afin de lui démontrer qu'elle était insoluble, de la libérer de la culpabilité que le suicide instille dans l'esprit de ceux qui y sont confrontés. Je briserai le doute, la peur et les mensonges qu'il glisse aux oreilles affaiblies. Je la convaincrai que ce mystère nourrit tout autant nos existences que les solutions logiques et les résultats tangibles, et qu'il faut l'accepter, quoi qu'il nous en coûte. Je lui montrerai combien Victoria va se déployer au travers des cabanes. Parce qu'elle aurait aimé travailler sur ce projet, que son talent en aurait été sublimé. Aurais-je le cran de la lui envoyer ?

Pour l'heure, Aika vient à moi. Élancée et frêle, indécise et irrésolue, longue chevelure à peine brossée, short, et ce pull vert garrigue qui la nimbe, achève de peindre sur son minois grave une mine resplendissante, alors qu'elle a si peu dormi. Nous apercevons un rai de lumière dans le filet de nos histoires. Puissions-nous nous en saisir et éclairer ensemble le parcours qui semble s'ébaucher.

Tu as récupéré ?

Oui, un peu. Merci pour ce matin.

De rien. Discuter avec Adémar est une aventure ! Bien que, parfois, je ne comprenne pas complètement ses ellipses. Sûrement pour ça qu'il est si doué pour les haïkus.

Je ne le connaissais pas auteur de haïkus, mais oui, ses ellipses font partie de son charme.

Ce matin, il nous a expressément défendu de poser un orteil dans la forêt-jardin. Personne ne sait ce qu'il y trafique, mais Marjorie est dans le coup. Donc, toi aussi, tu es prisonnier ici.

Pas de souci, les cabanes et le feu de camp vont me suffire pour éviter de considérer cet avenir qui, demain, se la jouera sans personne sur le sable.

Et si je te demandais de rester ?
Tu serais ma cabane à toi toute seule !
Alors, je vais désorganiser un peu tes passerelles. Te voir les construire m'intrigue. T'aimer m'intrigue.

.74.

La journée s'étend au rythme de ces nappes de vert et bleu qui se retirent et emportent avec elles le monde d'avant. Guy et Olya discutent près du foyer ; leur complicité se confirme. Leurs âmes de globe-trotter possèdent des points communs avec ce que pourrait devenir la mienne. L'Australie ! Le Japon ! Aika va y détecter une drôle de coïncidence... Karl a passé sa journée à écrire sous la canisse : il a tiré son bureau pliant à l'extérieur. Il arrive à dix-neuf heures, rasé de près. Plus de bouc. Il a rajeuni de vingt ans. Tout le monde lui en fait la remarque.

C'était un pari avec Nathanaël. Je l'ai perdu.

Ce dernier ne moufte pas malgré des yeux rieurs. J'informe la compagnie que Candice ne se joindra pas à nous, qu'un évènement l'a contrainte à repartir.

Pas le covid, j'ispère !

Quel dommage ! compatit Henriette. La perte de sa voix devait être un désastre pour elle. La musique est une forme d'élévation dont on ne peut se passer, encore moins en ces temps troublés.

Il ne tient qu'à nous ! s'exclame Nathanaël.

Il entonne *Quand il me prend dans ses bras*, l'empoigne et amorce une valse.

Adémar arrive, Marjorie et Erwan sur les talons. Nathanaël lance le méchoui avec un rosé de Bandol. La découpe de la viande est un art qu'Assan maîtrise à la perfection. Ils se sont relayés pour tourner la broche, inséparables, leur soleil méditerranéen en commun. Avec les sucs, ce dernier a cuisiné des poivrons à la marocaine, dont chacun s'accorde à vanter l'excellence. Azmia peut dormir tranquille : la place Balard a son étoilé ! Henriette, quant à elle, a livré la recette d'une purée de salsifis pimentée, qu'Idriss a tartinée sur des croûtes d'orge, servie avec une feuille de chêne du potager.

Adémar remercie chacun de s'être prêté à cet exercice de contemplation qui renverse la perception que nous avons de nous-mêmes et des personnes que nous côtoyons. Il affirme que cette pratique est le seul rempart contre les vicissitudes de nos existences : prendre conscience de ce qui nous entoure, à commencer par cette terre, qui se délitera inéluctablement si nous ne la replaçons pas au centre de nos vies. Karl rebondit : lui parle du miracle qu'il vit depuis quarante-huit heures : son inspiration réamorcée alors qu'il la pensait perdue.

Elle ne paraissait pas vous avoir quittée, s'étonne Henriette. Avec votre pièce à mettre en scène.

Le terme est bien celui-là : paraître. Je suis un usurpateur… Oh, bien sûr, je vais monter l'œuvre pour laquelle je suis engagé, mais avant cela, il faudra que je rende à César ce qui est à César ! Je ne suis pas l'auteur de ce texte. C'est mon épouse Rachel qui l'a écrit. Pour me sauver de mon imaginaire en pleine capilotade. Je veux voir son nom sur l'affiche.

Courageux de l'admettre, concède Olya. Ça va faire des vagues, non ?

C'est gentil de vous en préoccuper, mais quand bien même je devrais me prendre une belle remontée de bretelles, je me brancherai sur la paix de cet endroit, et me souviendrai de cette ultime tempête qui a eu raison de ma barbichette !

Idriss hasarde :

Vous avez tous pu constater que j'ai souvent échangé avec Karl durant la semaine. Sur son métier qui me passionne et sur cette fameuse pièce… Il m'a autorisée à la lire. Elle est géniale ! Et au fond, je suis assez contente qu'elle ait été écrite par une femme. Ce drame fera une place méritée aux autrices. Au théâtre, elles ne courent pas les rues.

Ô combien tu as raison !

Je voulais vous remercier. Pour votre disponibilité. Du coup, j'ai préparé quelques passages. Si vous êtes d'accord, j'aimerais en faire profiter tout le monde.

Excellente idée !

Olya ne cille pas. Sa sœur si réservée se jette à l'eau. Grande première. Libération. Elle va pouvoir lui expliquer qu'elle ne rentrera pas, qu'elle arrête tout. Et en premier lieu de se mentir. Elle va tailler la route avec Guy, dont elle partage la passion pour la mythique Heidelberg et son incroyable bibliothèque de planisphères ; et leur goût commun pour la bière blanche et pour cette écriture particulière du tatouage. Le sien à lui : un chapeau de Guignol, sous l'omoplate gauche, pas si loin du cœur. Sa part d'enfance indélébile.

La voix d'Idriss se détache. Vibrante, elle défie le firmament et donne envie de se caler à bord d'un vol d'oiseaux migrateurs et de se laisser porter par le bruissement de leurs ailes. Écho aux passerelles que je désire visser au-dessus de la forêt-jardin. Éprouver cette légèreté. Au-dessus de l'océan, des goélands, des hêtres et des haies. Embrassement de l'horizon sans entrave. Rêve fou. L'extrait du monologue se termine. Souffle incandescent. Les applaudissements s'élèvent. Comme au théâtre. Idriss salue. Puis se tourne vers Adémar. Elle en est certaine à présent, c'est du théâtre dont elle veut vivre. Et tant pis si cet acte d'exister entre les lignes de Shakespeare et d'Ibsen est casse-gueule.

> Si tu te casses la gueule, Idriss, reviens ici. D'autres l'ont expérimentée avant toi, la chute. Ils s'en sont relevés. Plus aguerris. Moins cons. Plus humains.
>
> J'ai pris moi aussi une décision. J'envisage de rouvrir la salle de mon père. Et avec des histoires inédites ! Je reviendrai chercher l'inspiration dans ce coin préservé avec Idriss ou Karl, si vous êtes d'accord Adémar ? Depuis trois jours, j'ai en tête un personnage que j'ai baptisé Tipignon. C'est comme ça que mon père appelait les gosses. En discutant avec Olya, la lumière s'est allumée. Celle de l'atelier de mon paternel ! Le grincement de son bouton me manque. Actualiser les fables, ça urge, non ?
>
> Inscrire la marionnette dans le siècle de l'intelligence artificielle, chapeau ! C'est établir, comme Henriette ou GD, un pont entre passé et avenir.
>
> L'enfance est si courte. Je vais voir comment articuler tout ça. Je devrais pouvoir m'arranger avec mon patron. Inconcevable pour moi d'arrêter de rouler. Je suis incapable de ne me balader que dans ma tête.

En entendant Guy, Idriss est confortée : son duo avec Olya est bien sur le point de changer d'envergure ; échouer ici était la meilleure des solutions pour quitter l'autre. Cesser de penser de concert, vivre cette osmose de loin. La lucidité du metteur en scène a été son ampoule à elle. Elle se sent soulagée qu'Olya se décide à accrocher son sac à dos avec Guy. Parce qu'il vient de reconnaître qu'il a conservé son goût du merveilleux et… sa part de théâtralité. Elle voit combien Olya est anormalement silencieuse. Les rôles, oui, s'inversent.

Et vous, Henriette ?

Adémar ne lâchera personne ce soir.

Il me semble que la contemplation sans observation n'est rien. Ce n'est qu'à cette condition qu'elle fait toucher du doigt la précarité des plantes, donc celle des hommes, blessés à l'égal des écosystèmes. Elle m'amène souvent à réfléchir sur leur dépendance entre eux ; à penser qu'il est temps de délester : avoir peu pour être mieux. La sauvegarde de la planète, ça doit être concret. L'enthousiasme d'Olya, Guy et Aika lors de notre balade dans le parc a été suffisamment communicatif pour m'insuffler le désir de poursuivre mes recherches, et l'écriture de mon livre. Et qui sait, revenir moi aussi un jour sur cette lande bienfaitrice vous présenter le fruit de mon travail ? Mais il faudra d'abord résoudre un sérieux problème. À présent que nous avons divulgué notre couleur, comment être retenu lors d'une prochaine sélection de cabaniers ?

À l'unisson d'Henriette, tous se mettent à railler cette manière si bizarre de recruter nos locataires. Je ne peux que leur répondre :

Ce questionnaire inhabituel a fonctionné ! Je ne suis pas prêt à y renoncer !

Marjorie intervient :

GD a changé les règles, et après quelques séquences en bleu et vert, des petits bonshommes rouges et jaunes auront bientôt la chance de nous envahir.

Adémar lève son verre.

Aux couleurs du monde ! Et vous Aika, quelque chose s'est-il délité en vous sur notre lagune ?
Dans mon métier, il y a ce moment où l'âge vous laisse sur le bas-côté. Je n'attendrai pas. J'ai d'autres désirs que la mer a fait échouer sur la plage de ma vie. Calligraphier est mon mot du moment. Merci Henriette. Calligraphier le vent. Merci Karl. Calligraphier le retrait de la mer, sa renaissance à chaque marée, la beauté des nuages et la pluie. Merci Adémar. Calligraphier les similitudes et les controverses. Merci Olya et Idriss. Calligraphier le soleil jaune, rond et chaud, et les cris des enfants. Merci Guy. Calligraphier le silence. Merci Candice… Oui, grimper sur des échelles et toucher le ciel, la voilà, ma contemplation. Être à l'équilibre quoi qu'il arrive.

Nous profitons du crépuscule. La flamme du foyer s'étouffe. Dans la douceur de la brise de mer, le jour refuse de céder la place à la nuit. Difficile d'imaginer que nous allons dans quelques heures réaffronter la folie-covid. J'enlacerais bien Aika pour une promenade pieds dans l'eau et plongeon tonifiant. Il va me falloir quitter nos hôtes, leur donner rendez-vous pour le départ, et cela pourrait être plus délicat que ce que j'aurais pu imaginer en bricolant une cabane de 14,28 mètres carrés dans un studio, place Balard. Je dois conclure.

C'est mal connaître Adémar.

.75.

Aussi étrange que cela puisse vous paraître, la compilation des mots que vous avez chacun inscrits sur les petits cartons a été pour moi l'aboutissement d'un processus enclenché il y a bien des années. Quand j'ai décidé de revenir sur les terres de mes ancêtres qui, il faut bien le dire, m'avaient laissé un sacré cadeau : cette plage plantée de leurs rêves les plus optimistes.

Adémar embrasse le paysage de la main, ce même geste par lequel il m'a offert son éden le jour de mon arrivée, signe qu'il se déleste de sa carapace. Si rare chez lui, que je retrouve intactes les sensations nées de l'étrangeté de notre rencontre. Maintenant, je sais que ce qui va advenir est précieux, à incruster dans le sillon de la mémoire et de l'apprentissage. Je ne peux m'empêcher d'effleurer la main d'Aika, de dévisager Marjorie qui le scrute tout ouïe, et d'être infiniment heureux qu'elles soient là toutes les deux pour vivre l'intensité de cet instant-miroir. Les doigts d'Aika la ressentent, cette béatitude qui recoud les entailles, résorbe les ecchymoses. Pouvoir passer à autre chose. J'aime Marjorie, à ma manière, ébloui et timide, et souhaite plus que jamais que nos sensibilités continuent à s'enrichir.

Marins, voyageurs, explorateurs, planteurs, voilà les fortes têtes qui ont créé ce paradis dans lequel je vais vous convier à pénétrer à la nuit tombante. Essentiel, la nuit tombante et son manteau d'ombres qui nous entrebâille une autre vision que celle aperçue en journée. Prendre son temps. Celui d'éclairer nos zones de clair-obscur. Les mots que vous avez notés sont-ils le début d'un renouveau ? Avec ceux-ci, voici le nouveau poème que l'on peut composer. Étonnante âme humaine ! Écoutez plutôt.

Le son du ciel danse dans la lumière.
Il est le signe de notre volonté d'être et de notre survie.
Les histoires qu'on s'invente dans le silence
Modulent, elles, notre chance d'être.

Adémar répète.

Lentement.

Chacun présent dans ses lignes.

Après un temps, il reprend :

Quand je me suis réinstallé ici, la première impression que mon cerveau a enregistrée, c'était cet amoncellement de bleus et de verts. Je l'avais oublié dans un coin de ma mémoire d'enfant. Est-ce que c'était le vert de ce parc, les bleus de l'océan ? Est-ce que c'était à cause de la banlieue d'où j'arrivais ? Qui, si elle n'était pas complètement grise, n'en était pas si éloignée. J'ai vite compris que je n'avais ni le gène du botaniste, sa curiosité et sa rigueur, ni celui du jardinier, son amour patient de la plante. Arroser, surveiller, tailler, et parfois, surtout ne rien faire ! Combien ai-je pesté ! J'en ai créé un potager. À côté, semer des patates me semblait bien plus simple. Et la Chamblaie ne m'en a pas voulu… Elle a survécu, elle s'est adaptée à ne pas recevoir une attention perpétuelle, à ne pas rencontrer de nouveaux compagnons noueux, feuillus, chevelus, ébouriffés ou tordus. Et, sans remords, je me suis concentré sur ma vraie vocation : céramiste. À l'image de mes ancêtres, je partais aussi à la conquête des bleus et des verts : les miens ! J'ai laissé à mon frère aîné le privilège de marquer son empreinte sur ce sol avec trois oliviers. Cela peut paraître peu. Mais un olivier, c'est mille ans ! L'air de rien, il m'en avait collé trois mille dans la vue. Il y a six ans, malheureusement, il a tiré sa révérence. À son départ, je me suis posé cette question : quel héritage un peu digne de ce nom j'allais pouvoir laisser à cette lignée ? Et je peux aujourd'hui témoigner que, grâce à cet art du feu, j'ai accompli au moins deux fois le tour du globe. Dans ma tête, Guy ! Pour tenter de lier mes deux teintes ! Je les ai tous étudiés. Le vert pistache, le vert sapin, le bleu azur, le Klein, le Majorelle, le kaki, je vous en passe et des meilleurs. Des merveilles et des bouses ! Sans jamais parvenir à définir ma teinte. J'étais sur le point d'abandonner… Et GD a débarqué. Huit petites heures pour humer le vent, et il avait compris. Pour une raison simple : il n'avait jamais vu la mer. Au vingt-et-unième siècle, un gaillard intelligent comme lui avait refusé de se poser le cul sur une plage. Ça n'existe pas ça, dans un monde connecté ! Et c'était devant mes yeux. Huit heures pour humer le vent et pondre, alors que je n'avais rien demandé, un projet d'une justesse époustouflante. Un dialogue avec mes ancêtres. Chez GD, il y a cette volonté, aussi folle que la mienne, d'intégrer le paysage à l'intérieur du bâti, à l'intérieur de soi. À son contact est née cette intuition : sélectionner des personnes qui comprendraient cet endroit comme nous. D'où les trois questions… Je ne savais pas où cela allait nous conduire, mais après s'être contactés sur fairedenimportequoiquelquechose, il était évident que nous n'avions rien à perdre. Et c'est là que le deuxième miracle a eu lieu. Des personnes partageaient leur vert ou leur bleu personnel, celui qui n'existait que dans leur tête. Puis, le troisième prodige : quand Marjorie et GD se sont penchés sur ces listes, afin d'en extraire les teintes qui les interpellaient. Un équilibre entre deux collaborateurs – deux amis – et un sacré défi : ils acceptaient de lancer une bouteille à la mer…

Adémar s'arrête et avale un peu de rosé.

Il y a quelques semaines, Marjorie a eu la gentillesse de me communiquer vos couleurs. Elles ont eu pour moi un effet boomerang qui a, comment dire, stimulé non seulement ma recherche infructueuse, mais légitimé celle-ci. Quel artiste peut rester insensible à la palette que vous avez proposée ? Du Bleu Royal de Tertre à celui de Poméranie, du Vert Instinct au Vert-Missel ? Merci pour votre don, le don de vous-mêmes ! Je l'ai mise en terre, votre graine, bleuie et verdie, émaillée, cuite. Je l'ai peaufinée, à la suite de notre rencontre de samedi dernier, où vous avez tous accepté de livrer votre humus avec sincérité. Et je l'ai plantée ! Au cœur du parc. Manière de l'offrir à ceux qui ont fait ce lieu, à mes deux frères aussi, et à ceux qui fouleront ses allées quand je ne serai plus là… Voilà. Nous allons faire cette balade à l'intérieur de vos nuits, de nos ombres, qui, lorsqu'on les révèle en pleine lumière, déroulent un tout autre voyage. Que le lien de ce qui se délite en vous s'évacue définitivement s'il doit l'être. Ou se consolide s'il doit l'être. Erwan, tu peux donner à chacun sa lampe ?

.76.

Presque vingt-trois heures. Ciel encore clair.

Nous remontons le chemin par la chambre des rhododendrons. La mer ballote des effluves iodés qui se mêlent à ceux des feuillages : bois frotté, pédoncules repliés qui ont enclavé un peu du soleil de cette journée radieuse, senteurs de mousse, violette, mûre, de sable et d'eau fraîche : parfums d'été. Réveillées par les rayons des torches, les chambres de verdure paraissent scènes d'un dessin animé d'où peut surgir à tout instant un animal féerique. Henriette, qui a déambulé dans ces allées, s'amuse de la perte de ses repères, de cette dimension d'irréalité qui colore chaque alcôve avec l'assombrissement progressif de la voûte. Je ferme la marche, goûte à ce dernier parcours avec nos hôtes, Candice au-dessus de mon épaule. Le chemin s'éclaircit, les arbres dansent. À l'entrée des fougères arborescentes, une lumière feutrée débroussaille ce coin de l'enfance cher à Adémar : une rangée de spots au sol adoucit les dentelles crantées des arbustes, surmontées à présent d'un panneau. Monté sur trois pieux, il est recouvert d'une bâche.

On y est.

L'obscurité est tombée. Pas un nuage. À cet endroit, la chambre des fougères dessine une clairière qui laisse le ciel à découvert. Une pluie d'étoiles inonde la voussure entre les frondaisons hautes et lointaines. Pas un bruit ne filtre.

Si vous voulez bien placer vos torches vers le haut. Et si Marjorie veut bien se donner la peine de dévoiler.

Huit rectangles.
Deux en hauteur sur quatre en largeur.
Ils forment une composition.
Le mouvement de l'émail se prolonge
de l'un à l'autre.
Puissance d'une débauche de verts, de bleus.
Colorimétrie aux multiples nuances.
Au milieu de ce roulement sans fin,
percées d'éclats monochromes, slashs d'unis.
Bronze des tracés, reflet de lune.
Puissant et fondateur.
Huit stances qui, chacune, évoquent
les délitements et consolidations
des êtres qui les ont mis au jour.
Communion intense dans cette narration
où la forêt de la Chamblaie est réinterprétée
dans son écrin maritime et sableux,
et se consolide par la résonance de l'amitié.
Commencement.
Le troisième en haut, de gauche à droite,
est celui du Bleu Royal de Tertre.
Blanc, rouge, or, au centre d'une nuit.
L'émotion me submerge.
Les yeux me piquent sous les bravos.

Erwan fait sauter les bouchons.
Dans le son du ciel.

.77.

Aika et moi avons dormi comme des rescapés. L'un contre l'autre. Il nous faudra des secondes illimitées pour découvrir nos corps. La Chamblaie, ses chambres, nous dictent cet état d'esprit, celui du temps qui ne se décompte plus, des urgences qui s'évanouissent, des gestes qui posent l'autre en retrait, dans le creux de deux mains qui accueillent.

Éradiquer les chiffres et les horloges.

Je ne sais pas l'heure qu'il est.

L'aube m'a chatouillé des envies d'herbe mouillée sous la plante des pieds, pousser le rideau-oiseaux aux becs fluos de la maison d'entrée où Adémar entasse les cadavres de ses échecs. Recyclage des impressions qui ont compté. Dans toute histoire neuve, trace de la mémoire qui écrit le futur. Aujourd'hui, après le trajet pour Quimper, j'appellerai ma mère pour lui dire combien j'ai aimé son conte *La Liseuse des neiges*, et la dédicace : « À mon fils, enfant des sommets et des équations inabouties. »

Je descends l'escalier avec discrétion. Ce matin, c'est moi qui laisse Aika se reposer. Elle a annulé son billet retour… L'odeur du café flotte, elle enrobe celle du pain grillé et du four dont le ronronnement crépite déjà. Il est assis. Plongé dans mes rouleaux. Il griffonne sur un bloc. Il y a quelques heures, j'ai eu besoin de la lumière de la cuisine pour noter des impressions, prolonger cette réflexion qui s'incise, affiner certains détails.

Désolé, je n'ai pas pris le temps de ranger hier soir.

Tu pensais me les montrer?

Je n'en sais rien.

Tu veux m'en parler?

Ça m'est venu devant un gendarme. Peut-être parce que tu m'avais dit que tu ne craignais pas d'emmerder la maréchaussée!

Malicieux, il me fait une courbette de la main.

Pose-toi. Je te sers un jus. Et pour une fois, on est en retard. Raconte-moi tout.

Je m'assois, déguste nos 6.33, 9.18, 11.44, tandis que nous parlons, parlons. Aika ne se montre pas. Et pourtant, nous avons peu de temps, puisque nous devons ramener nos convives à la gare. Mais le temps se rétrécit ou s'allonge dès qu'on le lui demande.

Je suis un montagnard, tu sais! Pour moi, c'est au sommet que l'homme se révèle. C'est au sommet qu'il se fait miroir de la création. De la nature. Appelle-la comme tu veux.

Il ôte son bonnet, lisse son crâne.

Création est un mot qui me botte, GD!

Ce chemin de passerelles au-dessus de la canopée, c'est être à la fois du ciel, de la terre, de la mer. De l'horizon infini et immense. Tout embrasser. C'est un dialogue entre l'homme et les éléments. Un dialogue du silence intérieur. C'est le mot que tu as employé hier soir: dialogue. C'était aussi ta volonté pour la Canadienne. Sur la loggia, on y a déposé l'empreinte de ton frère moine. Je ne connais pas son prénom.

Gautier. Il s’appelait Gautier.

Et ton autre frère est tout entier dans ce tracé avec ces points de vue, ces bancs de repos, ce perchoir pour observer les oiseaux, cette terrasse à lièvres.

Tu as vu les lièvres ?

Oui, avec leurs levreaux, par deux fois.

Baudouin, ça lui correspond assez. Il était monteur pour des documents animaliers.

Je n’ai rien d’autre à ajouter. Enfin, je veux dire, après, tu le sais, c’est une organisation… Nous sommes là. Moi. Marjorie. Erwan.

Si, il y a une chose à ajouter : ton talent… Prodigieux, ce corps au-dessus du monde…

J’attrape deux dessins, lui indique certains des arbres concernés, pourquoi j’ai imaginé la promenade dans un sens précis. Je lui explique qu’il y a d’autres croquis, qu’il nous faut plus qu’un coin de table, que je n’ai pas encore abouti, ni chiffré. Il écoute – son geste à nouveau : caresser de la paume son crâne, concentration, puis conclut :

Financer ce projet, c’est autre chose.

Les moyens ne sont plus forcément un problème. Je t’expliquerai. Les autorisations seront en revanche indispensables !

Oh si ! Y a un sérieux problème ! Et pas que d’autorisation ! Faut qu’on se dépêche ! Moi qui te prône le bon vieux ralentissement de la contemplation depuis des mois !

Et pourquoi on devrait se dépêcher ?

Tu ne resteras pas sur cette lagune, GD. Et j’aurais tort de t’y retenir. Tu as tant de mers éphémères à ensemencer !

• Remerciements •

Cabanes de mer est une vague qui s'est échouée sur la plage
de mon imaginaire il y a bien longtemps.
Lui donner forme fut une longue traversée.
Elle n'aurait pas eu cours sans le point de départ que furent
les encouragements de Pierre Péju : je souhaite vivement
le remercier ici.
Cette aventure a ensuite affronté bien des tempêtes et sans la ténacité,
l'expertise, la patience, la remise à flot de mon éditrice, Roxane Defer,
il est fort à parier que l'architecture de ces cabanes aurait été engloutie.
Qu'elle trouve ici toute l'expression de ma gratitude. Puisse-t-elle
sortir de ma pleine mer aussi forte, assurée et grandie qu'elle m'a
permis de le devenir.
Mes remerciements vont également du fond du cœur
à Héloïse d'Ormesson qui continue, avec ce quatrième roman,
à croire en mon travail et à le soutenir avec toute son équipe.
Peu nombreuses, elles font un travail remarquable, ne ménageant pas
leur peine. Alix, Charlotte, Alexandra, Anne-Marie, soyez remerciées
ici.
Et puis, il y a les petits mousses qui ont écopé si bravement pendant
cette marée haute, toujours présents pour soigner le mal de mer :
à chacun de mes enfants, à Stéphane, Hélène, Sandrine, Guillaume,
un immense merci.
Enfin mention spéciale à Lorraine : Persévérance et Amitié, sous
les coups de boutoir de la houle.
Puissent nos libraires transmettre encore et encore, par leurs conseils
avisés et personnalisés, la passion de cette littérature que nous désirons
vous faire découvrir et aimer. C'est grâce à eux pour partie que
vous avez ce livre entre les mains et, croyez-moi, ils savent bien
ce que signifie pour un auteur « se mettre à pieds secs »...

Conception graphique et réalisation
Anne-Marie Bourgeois/m87design

Achevé d'imprimer
par Normandie Roto Impression s.a.s.
à Lonrai (61),
en février 2023

Dépôt légal
avril 2023
Numéro d'imprimeur
2300761

Édition n°1